La belle sauvageonne

Mary Jo Putney

La belle sauvageonne

Traduit de l'américain
par Elizabeth Clarens

J'AI LU

Titre original :

THE WILD CHILD
A Ballantine Book
Published by The Ballantine Publishing Group,
a division of Random House, Inc. New York

Prologue

Deux hommes gravissaient rapidement le grand escalier de l'hôtel Grillon. Le plus élancé des deux retint d'une main son compagnon.

— C'est impossible que ce soit la fille que nous recherchons, dit-il.

— Je suis sûr qu'il s'agit de Meriel, rétorqua lord Amworth. Voyons, combien d'enfants blondes peut-il y avoir en Inde du Nord ?

En l'écoutant, le visage buriné de lord Grahame se creusa davantage.

— J'ai vu les décombres fumants à Alwari. Personne n'aurait pu survivre au massacre ni à l'incendie, encore moins une enfant de cinq ans.

— Nous le saurons bientôt, insista Amworth.

Arrivés à l'étage, ils frappèrent à la porte de l'appartement. Une femme rondelette d'un certain âge leur ouvrit.

— Je suis Mme Madison, messieurs. Merci d'être venus aussi vite.

— Nous vous sommes très reconnaissants d'avoir ramené l'enfant des Indes, madame, déclara Grahame. Où est-elle ?

— Dans la chambre, milord, répondit-elle en indiquant une porte ouverte.

Les deux hommes traversèrent le salon.

Assise sur le lit, une petite fille frêle disposait devant elle des fleurs en arc de cercle. Ses longs cheveux blonds étaient si clairs qu'ils paraissaient presque blancs. Quand elle leva la tête, ils virent ses traits délicats et ses grands yeux. Une lueur éphémère aviva son regard vert pâle, avant qu'elle ne se concentre à nouveau sur les fleurs.

— Elle a vécu un drame, la pauvre petite, déplora Mme Madison, mais elle a été très sage pendant le voyage. C'est bien votre nièce ?

— C'est elle ! s'exclama Amworth. Elle ressemble comme deux gouttes d'eau à ma sœur au même âge.

Il s'agenouilla au chevet du lit et murmura :

— Meriel, tu te souviens de moi ? Je suis ton oncle Oliver…

Comme elle l'ignorait, il se tourna vers Mme Madison.

— Est-ce qu'elle est sourde ?

— Non, mais depuis sa captivité, elle a perdu la tête. Les médecins qui l'ont auscultée aux Indes pensent qu'elle restera toujours une enfant.

— Peut-être qu'elle me reconnaîtra, dit Grahame en s'approchant à son tour. Elle n'était qu'un bébé lorsque ses parents ont quitté l'Angleterre, mais elle m'a connu à l'âge de cinq ans. (Il prit l'une des petites mains dans la sienne.) Meriel, je suis ton oncle Francis, le frère de ton père. Tu te souviens des promenades à poney dans le jardin de Cambay ?

La fillette retira sa main pour placer un lis à côté d'une rose jaune. Visiblement, elle triait les fleurs par taille et par couleur.

— Est-ce qu'elle est toujours comme ça ? grommela Grahame.

— Elle prête attention à Kamal, mais à personne d'autre. Elle vit dans son propre monde, expliqua Mme Madison.

Du menton, elle indiqua un coin de la chambre où un jeune Indien barbu et enturbanné les dévisageait en silence. Quand les lords anglais se tournèrent vers lui, il joignit les paumes et s'inclina, sans dire un mot.

— C'est un eunuque, vous savez, un gardien de harem, souffla Mme Madison. Le maharaja l'avait choisi pour escorter lady Meriel jusqu'à Cambay, et comme elle ne voulait pas le quitter, on a décidé de l'emmener en Angleterre. Il a été très utile, je dois dire.

Choqué, lord Amworth regagna le salon.

— Seigneur, quelle tragédie ! se lamenta-t-il. Elle était une enfant si vive et si charmante. Ses parents l'adoraient... Peut-être retrouvera-t-elle un jour ses esprits ?

— Ses parents sont morts il y a deux ans, et voilà presque un an qu'elle est à nouveau entre des mains anglaises. Il aurait dû y avoir des signes de guérison, soupira Grahame, dont le visage était presque aussi blême que celui d'Amworth. Un asile serait...

— Jamais ! s'écria Amworth. Nous ne pouvons pas l'enfermer dans une maison de fous. Il faut l'installer à Warfield et trouver une gentille parente pour veiller sur elle. Au sein d'une maisonnée chaleureuse, elle aura la possibilité de se rétablir.

Grahame semblait dubitatif. L'officier militaire savait que la folie se manifestait sous différentes formes, y compris un retrait définitif du monde réel. Il ne pensait pas que lady Meriel Grahame, fille unique du cinquième lord Grahame, retrouverait un jour la raison. Cependant, Amworth avait raison : on devait lui offrir une vie confortable. C'était la moindre des choses – et probablement la seule – que ses oncles pouvaient faire pour elle.

Quand la bonne société apprit le retour de la jeune héritière, on cria au miracle. Mais cet enthousiasme laissa la place à la pitié devant son histoire tragique.

1

Des roulements de tambour martelaient le crâne de Dominic Renbourne qui émergeait péniblement de son sommeil. Il n'aurait pas dû boire autant, lors du combat de boxe de la veille. Il avait passé une bonne soirée, mais il le paierait cher toute la journée.

Il s'aperçut qu'on tambourinait à sa porte. Où diable était passé Clément ? Crénom, son valet se trouvait à la campagne, au chevet de sa mère malade. Quelle barbe !

Comme la personne insistait, Dominic posa lentement les pieds par terre. D'après les rayons de soleil, on était au début de l'après-midi. Il portait encore sa chemise et ses pantalons froissés, mais il avait réussi à retirer son manteau et ses bottes avant de s'écrouler sur le lit.

En bâillant, il entra dans le salon. Pourvu que la mère de Clément soit bientôt sur pied ! Son appartement était dans un triste état. Si cette situation persistait, il serait obligé de trouver une bonne pour ranger.

Il ouvrit la porte... et se retrouva nez à nez avec lui-même – ou plus précisément avec un double à l'élégance raffinée et au regard impitoyable. L'apparition de son frère jumeau lui fit l'effet d'une douche froide.

Avant que Dominic eût trouvé une réflexion acide pour le saluer, son frère le poussa de côté et pénétra dans le salon.

— Tu as besoin d'un barbier, déclara Kyle en écartant du pied une vieille redingote et une botte noire. Et d'un bon feu pour purifier cette tanière.

— Je ne crois pas t'avoir demandé ton avis.

Quoique Dominic fût un garçon plutôt aimable, son père et son frère le mettaient toujours hors de lui. Il n'avait pas vu Kyle depuis deux ans, et à l'époque ils ne s'étaient même pas adressé la parole, se contentant de se saluer de loin. Heureusement, ils ne fréquentaient pas les mêmes cercles.

— Qu'est-ce que tu veux ? Wrexham est mort ?

— Lord Wrexham jouit toujours d'une excellente santé, ironisa Kyle en arpentant la pièce d'un pas nerveux.

Dominic referma la porte et s'y adossa, les bras croisés. Il prenait un malin plaisir à voir le malaise de son frère. De tout temps, Kyle avait dissimulé un tempérament agité derrière ses airs rigides, et aujourd'hui le masque se fissurait. Il semblait à bout de nerfs.

— Puisque notre cher père est encore parmi nous, pourquoi t'abaisses-tu à me rendre visite dans mon modeste logis ?

Kyle fronça les sourcils. D'ici quelques années, sa mauvaise humeur creuserait des lignes autour de sa bouche, mais pour l'instant, son visage ressemblait encore trait pour trait à celui que Dominic examinait chaque matin dans le miroir. Kyle était peut-être légèrement plus fort, ses yeux un peu moins bleus, mais ils se ressemblaient comme deux gouttes d'eau. D'une taille supérieure à la moyenne, ils étaient minces avec de larges épaules et des cheveux sombres, ondulés. Enfant, Dominic avait été heureux de cette ressemblance. Aujourd'hui, elle lui déplaisait : c'était injuste d'être aussi différents et pourtant semblables.

— Peut-être suis-je venu par simple affection fraternelle ?

— Me prenez-vous pour un crétin, lord Maxwell ?

— Oui, répliqua son frère avec un regard méprisant pour la petite pièce encombrée. Tu gâches ton existence.

Dominic se raidit. Il ne discuterait pas de son mode de vie avec son frère.

— Je présume que tu veux quelque chose de moi ? Je ne vois pas en quoi un fils cadet inutile pourrait aider l'héritier de Wrexham.

Aussitôt, son frère adopta un ton plus conciliant.

— Tu as raison, j'ai besoin de ton aide, admit-il comme à regret. Je veux que tu prennes ma place pendant quelques semaines.

Dominic resta un instant abasourdi, avant d'éclater de rire.

— Tu es fou ! Je pourrais à la rigueur tromper des inconnus, mais personne qui te connaisse bien. Et pour quelle raison ? Ce genre de tromperie n'est plus de notre âge.

Dominic avait toujours mieux imité son frère que l'inverse, et ils n'avaient pas joué à ce petit jeu depuis leur inscription dans deux écoles différentes. Parfois, Dominic se demandait si sa vie aurait été changée, s'ils étaient tous deux allés à Eton.

— C'est une situation un peu particulière. Tu seras entouré d'inconnus... Je ferai en sorte que tu y trouves ton compte, ajouta Kyle.

Dominic, qui se dirigeait vers l'office, se retourna brusquement.

— Sors d'ici ! ordonna-t-il. Tout de suite.

Par le passé, il avait été malmené et trahi par son frère, mais jamais il ne s'abaisserait à être acheté.

Kyle sortit des papiers de sa poche et les lui lança.

— Voilà ta récompense, si tu joues correctement ton rôle.

Dominic attrapa la liasse et la parcourut.

— C'est le titre de propriété du manoir de Bradshaw ! s'exclama-t-il, étonné.

— Parfaitement, acquiesça Kyle en reprenant lcs papiers des mains de son frère, pour les ranger dans une poche de son veston.

En tant que fils cadet, Dominic touchait une modeste rente annuelle, à peine de quoi vivre décemment comme gentleman, tandis que Kyle hériterait un jour de toute la fortune Wrexham. Un beau cadeau pour avoir émergé du corps de leur mère dix minutes plus tôt ! Non seulement Kyle serait l'un des lords les plus influents d'Angleterre, mais il avait déjà reçu le manoir de Bradshaw à son vingt et unième anniversaire. Il s'agissait d'un splendide domaine situé dans le Cambridgeshire, avec des terres et une élégante maison. Dominic aurait vendu son âme pour l'obtenir.

— Salaud !

Kyle sourit, car il savait qu'il avait appâté son frère.

Agacé, Dominic fouilla l'office à la recherche d'un rafraîchissement. Dans une armoire, il trouva un pichet de bière et une chope presque propre. Il n'offrit rien à son frère.

Après une longue gorgée, il retourna au salon et choisit le fauteuil le plus confortable.

— Explique-moi pourquoi tu veux que je joue le rôle de lord Maxwell.

Son frère marchait de long en large dans la pièce.

— Quand nous étions encore enfants, Wrexham et le cinquième lord Grahame ont songé à un mariage entre moi et la fille de Grahame.

Dominic hocha la tête. À l'époque, il avait été soulagé, pour une fois, de n'être qu'un fils cadet. Mais le projet avait été abandonné. Il réfléchit un instant.

— Cette fille n'est-elle pas folle ?

— Pas du tout, rétorqua Kyle. Elle est seulement… différente.

On aurait dit que son frère l'avait rencontrée et qu'elle lui avait plu.

— Tu veux dire qu'elle est excentrique ? Dans ce cas, elle ferait une parfaite Renbourne.

Debout à la fenêtre, Kyle contemplait les cheminées noires de suie.

— Lord Grahame se trouvait aux Indes pour une mission politique, quand lui et son épouse ont été tués par des bandits. Lady Meriel a été faite prisonnière. Elle n'avait que cinq ans. Une année plus tard, elle a été rendue aux autorités britanniques. Elle était devenue une enfant muette, perdue dans un monde à elle. Cependant, elle n'a rien d'une folle délirante.

— Ce n'est pas parce qu'elle ne délire pas qu'elle est sensée, répliqua Dominic. Serais-tu disposé à épouser une détraquée pour sa fortune ? Mon Dieu, Kyle, c'est révoltant !

— Tu te trompes ! s'exclama Kyle, furieux. Même si Wrexham soutient ce projet de mariage parce qu'elle est effectivement une héritière.

— J'ai toujours su qu'il était cupide, mais je m'étonne qu'il soit prêt à souiller la noble descendance des Renbourne avec le sang d'une aliénée.

— Il en a discuté avec ses médecins. Comme elle est née en parfaite santé, il n'y a aucune raison pour que ses enfants soient anormaux.

Dominic ne cachait pas son dégoût.

— Décidément, vous êtes prêts à tout pour de l'argent... Le mariage a-t-il si peu de valeur à tes yeux, Kyle ?

Son frère s'empourpra.

— Ce n'est pas une histoire d'argent. Lady Meriel me convient tout à fait.

— Quel rôle dois-je jouer dans cette histoire idyllique ? ironisa Dominic en sirotant sa bière. As-tu besoin d'aide pour la séduire ? C'est vrai que je suis doué. Je parie que tu ne t'es jamais abaissé à un acte aussi indigne.

— Crénom, Dominic ! gronda Kyle, les poings serrés. Il te faudrait une bonne leçon de manières.

— Peut-être, mais pas venant de toi. Alors, qu'est-ce que tu veux exactement ?

Son frère inspira profondément, essayant de se ressaisir.

— Les fiançailles n'ont pas encore été annoncées car son tuteur, lord Amworth, veut que je réside quelques semaines chez elle pour apprendre à la connaître. Si elle montrait quelque réticence envers moi, le mariage serait annulé et je suppose qu'il chercherait un autre fiancé.

— Et comme tu te sais dépourvu de charme, s'amusa Dominic, tu veux que je prenne ta place pour obtenir la coopération de cette malheureuse.

— Bon sang, je savais que c'était une erreur de venir ! lança Kyle avant de se diriger vers la porte.

Dominic leva une main pour le retenir.

— Excuse-moi… Tu es mal tombé, j'ai une terrible migraine. Je sais que tu n'as pas besoin d'aide dans ce domaine : la gent féminine t'apprécie.

Les héritiers d'un titre de lord avaient toujours beaucoup de succès, mais Dominic s'abstint de le souligner. S'il continuait à insulter son frère, il n'apprendrait jamais pourquoi le manoir de Bradshaw était en jeu.

— Pourquoi as-tu besoin de mon aide ?

Kyle hésita un instant.

— J'ai une autre obligation à remplir. Comme je ne peux pas être dans deux endroits à la fois, j'aimerais que tu ailles à Warfield à ma place.

— Qu'y a-t-il de plus important que de connaître la femme que l'on va épouser ? s'étonna Dominic. Et comment pourrai-je décider si cette étrange union te conviendra ?

— Mon autre obligation ne te regarde pas. Je sais que tu n'es pas vraiment un gentleman, mais quelqu'un qui a sauvé autant d'oiseaux blessés que toi ne devrait pas s'en prendre à une innocente... à moins que tu n'aies radicalement changé.

Dominic préféra ne pas répondre.

— Tu ferais mieux de traiter une affaire après l'autre, dit-il avec une pensée attristée pour le domaine qui risquait de lui passer sous le nez.

— Malheureusement, aucune des deux ne peut être repoussée, se renfrogna Kyle, ses sourcils froncés lui donnant un air menaçant.

Ils ne s'étaient pas vus depuis longtemps, et Dominic fut contrarié de retrouver ses propres attitudes chez son frère. Il pensait qu'avec le temps, ils auraient changé.

— Lady Meriel a deux tuteurs, le frère de son père et celui de sa mère, poursuivit Kyle. Son oncle maternel, lord Amworth, soutient le mariage. Il pense qu'un mari attentionné et des enfants pourraient la guérir.

— Après tant d'années ? Cela semble improbable.

— Je soupçonne Amworth de désirer secrètement que Meriel ait une descendance. Il était très proche de sa sœur. C'est sa manière de vouloir la retrouver et de perpétrer sa lignée.

— C'est un désir un peu malsain, mais compréhensible, dit Dominic avec un frisson de dégoût. Pourquoi cette hâte ? Si tu es l'étalon choisi, quelques semaines de plus ne devraient pas faire la différence.

— Il y a une complication. Son oncle paternel, lord Grahame, est opposé à l'idée d'un mariage. Il considère que c'est un péché contre nature.

En son for intérieur, Dominic lui donnait raison.

— Je suppose qu'Amworth veut conclure l'affaire avant que Grahame soit au courant ? Tu risques d'être mêlé à un terrible scandale.

— Lady Meriel a vingt-trois ans. Aucune cour de justice ne l'a déclarée inapte. Elle n'a donc pas besoin de la permission de ses oncles pour se marier.

Kyle cherchait à se justifier, mal à l'aise.

— Amworth m'assure que Grahame s'inclinera devant le fait accompli si leur nièce semble heureuse, continua-t-il. Comme Grahame est en voyage en Europe, il veut que sa nièce soit mariée et le mariage consommé avant son retour.

— Et toi, pourquoi souhaites-tu cette union, Kyle ? Il y a d'autres héritières. Tu n'as pas pu tomber amoureux d'une dingue muette !

— J'ai choisi lady Meriel. Je crois que ce mariage nous conviendra à tous les deux.

Dominic trouvait cette mascarade absurde, mais son frère et lui avaient toujours eu des points de vue divergents. Leurs parents avaient vécu des existences séparées, et visiblement Kyle voulait les imiter.

— Je ne comprends pas comment une substitution pourrait marcher. Puisque personne ne te connaît là-bas, je peux jouer ton rôle quelques semaines, mais dès que tu prendras ma place, ils s'en apercevront.

— Lady Meriel vit avec deux vieilles cousines et une maisonnée de domestiques. Personne d'importance. Il suffira que tu évites de te lier avec eux, et que tu restes auprès d'elle pour qu'elle te trouve à son gré.

— Elle s'apercevra de la ruse, insista Dominic. Même nos chiens et nos chevaux savaient nous différencier.

— Elle ne prête aucune attention aux autres. J'ai déjà été à Warfield. Pendant le dîner, elle m'a regardé une seule fois, avant de se concentrer sur son potage. Je doute qu'elle voie une différence entre toi et moi.

Dominic essaya d'imaginer une nuit de noces pendant laquelle la mariée se comporterait comme une poupée de cire.

— Ce n'est pas un mariage... c'est un viol.

— Bon sang, Dominic, je ne suis pas venu écouter tes remontrances ! s'agaça Kyle. Veux-tu m'aider, oui ou non ?

Dominic comprit que son frère souffrait. Derrière son masque arrogant, quelque chose n'allait pas. Aurait-il vécu une histoire d'amour si désastreuse qu'il se moquait de savoir désormais qui il épouserait ?

En dépit de leurs différends, Dominic n'aimait pas voir son jumeau aussi malheureux. Pour cette raison, et parce qu'il rêvait depuis toujours de devenir propriétaire terrien, il déclara :

— Très bien, j'accepte.

Kyle sembla soulagé.

— Parfait. Nous n'avons pas de temps à perdre. Je suis attendu à Warfield lundi.

— Déjà ?

— Aurais-tu des affaires pressantes qui t'empêcheraient de quitter Londres tout de suite ?

Non, Dominic n'avait rien de tel. Il décommanderait quelques dîners et il manquerait un peu à ses amis, mais sa présence n'était indispensable à personne.

Fils cadet, il était entré dans l'armée à temps pour combattre à Waterloo. Bien qu'il se fût comporté dignement, il avait compris qu'il n'était pas fait pour être soldat. Pire encore, l'armée en temps de paix l'ennuyait à périr.

Depuis sa démission, il vivait l'existence insouciante d'un jeune gentleman, se partageant entre les délices grisants de Londres pendant la Saison et les longues visites à la campagne dans les demeures de ses amis. Il était assez désinvolte pour être considéré comme un dandy, et suffisamment prudent pour éviter les ennuis sérieux. Mais il avait vingt-huit ans, et il était lassé de n'avoir d'autre but dans la vie que la recherche du plaisir.

S'il devenait propriétaire du manoir de Bradshaw, sa vie prendrait un sens. Il revoyait les vastes champs fertiles, les écuries spacieuses et la gracieuse demeure… Cette idée l'enthousiasmait au plus haut point.

— Je serai prêt à temps. Qu'est-ce que je dois faire ?

— Une coupe de cheveux, pour commencer, déclara son frère. Puis tu devras choisir quelques-uns de mes vêtements. Ton tailleur laisse à désirer.

Piqué au vif, Dominic se promit de déchirer « accidentellement » l'une des redingotes luxueuses de son frère avant la fin de cette aventure.

— Autre chose ?

— Morrison t'accompagnera. Il sera le seul au courant de la substitution.

Dominic fit la grimace. Morrison était un valet aussi guindé que son maître.

— Saura-t-il où te joindre, si nécessaire ?

Kyle marqua un temps d'hésitation.

— Il saura où je suis, mais ce sera impossible de me joindre. Je serai absent entre trois et cinq semaines. Pendant mon absence, tu me remplaceras au mieux dans toutes les circonstances. Dès que tu auras établi une relation adéquate avec lady Meriel, tu t'en iras. Si tu restes peu de temps, la substitution aura plus de chances de passer inaperçue.

— Vêtements, cheveux, valet… Il faudra aussi me parler de tes entretiens avec Amworth et de ta visite à Warfield.

— Tu as raison. Je vais rédiger quelques notes… Tu ne peux pas venir à Wrexham, ajouta Kyle. Les domestiques seraient étonnés de nous voir ensemble. Je reviendrai ce soir avec les habits et les informations dont tu auras besoin. Morrison m'accompagnera. Il te coupera les cheveux.

Dominic étouffa un soupir. Il fallait peu de chose pour réveiller l'arrogance de son frère.

— Une dernière précision. Je veux une lettre signée de ta main, disant que le manoir de Bradshaw m'appartiendra si j'atteins le but que nous nous sommes fixé.

Kyle, sur le point de sortir, tourna les talons. Il semblait furieux.

— Mettrais-tu ma parole en doute, Dominic ?

— Non, mais si tu te tues lors de ta mystérieuse mission, j'aimerais tout de même être payé.

— Si cela devait arriver, mon cher frère, répliqua Kyle d'un ton moqueur, tu serais le futur lord Wrexham. Et je te souhaite bien du plaisir avec l'héritage !

Sur ces mots, il quitta la pièce en claquant la porte.

2

Elle revint du jardin avec un seau rempli de fleurs sauvages. Après l'avoir posé sur la table en pin, elle leva les yeux vers l'étagère où s'alignaient des récipients de toute sorte. Le vase cylindrique ? Non, la cafetière en argent qu'elle avait prise dans la salle à manger.

Il fallait commencer avec les branches parfumées de chèvrefeuille.

La porte du jardin d'hiver s'ouvrit derrière elle, pour laisser passer une petite dame rondouillarde, auréolée de cheveux blancs.

— J'ai des nouvelles, ma chère, annonça Mme Rector d'une voix douce. Vous souvenez-vous de ce charmant jeune homme qui a passé une nuit chez nous, il y a une quinzaine de jours ? Des cheveux sombres et un air distingué ? Lord Maxwell.

Que pouvait-on ajouter au chèvrefeuille ? Pourquoi pas des véroniques, avec leurs petites fleurs bleu vif ? Elle en prit quelques-unes dans son seau et se mit à les tailler avec le sécateur.

— Autrefois, votre père et celui de lord Maxwell avaient prévu votre mariage, et votre oncle Amworth trouve que ce serait une bonne idée. Votre oncle vous en a parlé après le départ de Maxwell, vous vous souvenez ? (Mme Rector poussa un soupir.) Hélas, vous ne vous rappelez rien, bien sûr…

Comme le bleu et le jaune se conjuguaient à merveille, la jeune fille choisit des pissenlits qui offraient un contraste saisissant avec les véroniques, rehaussant la beauté de chaque fleur.

— Lord Maxwell va venir habiter avec nous quelques semaines, afin de mieux vous connaître, poursuivit Mme Rector. Ô mon Dieu, la cafetière allemande ! Mais elle vous appartient, bien entendu, alors je suppose que vous pouvez l'utiliser pour y mettre des mauvaises herbes, si cela vous chante…

Il manquait une sorte de dentelle pour faire la transition entre les branches de chèvrefeuille et les fleurs. Dommage que ce ne fût pas la saison du fenouil. Tant pis. Elle arrangea les tiges fragiles dans la cafetière.

— Comme je le disais, lord Maxwell arrivera lundi. Votre oncle m'a promis que le mariage n'aurait lieu que si vous vous entendez bien avec lui.

La jeune fille tourna la cafetière, prenant garde à ne pas laisser de traces de doigt sur l'argent brillant. Elle déplaça légèrement une branche de chèvrefeuille et rajouta quelques véroniques.

— Je ne vois pas l'intérêt ! s'exclama Mme Rector. Une innocente comme vous, épouser un homme du monde… Des glaçons sont plus avenants que le regard de ce lord Maxwell.

Meriel observa son bouquet une dernière fois, puis se tourna pour donner la cafetière à Mme Rector. La vieille dame sourit.

— Merci, ma chère. C'est bien gentil à vous. Le bouquet est ravissant. Je vais le mettre dans la salle à manger. (Elle déposa un baiser sur son front.) Je vous promets que je ne laisserai pas cet homme vous faire du mal, Meriel. S'il le faut, j'enverrai un télégramme à lord Grahame.

Meriel se leva de son tabouret et saisit le pot en terre. La surface était rugueuse, avec ses couleurs bronze et marron. Idéal pour des pissenlits et des achillées.

— À moins que lord Amworth n'ait raison, reprit Mme Rector, incertaine. Vous avez peut-être besoin d'un mari. Et d'un bébé, ajouta-t-elle avec envie.

La jeune fille manquait de pissenlits. Sans un regard pour sa compagne, elle sortit en cueillir dans le jardin.

Kyle utilisa sa clé pour ouvrir la porte de la petite maison élégante. Le médecin, le regard fatigué et les cheveux grisonnants, était sur le point de partir.

— Milord, le salua-t-il en inclinant la tête.

— Comment se porte-t-elle, docteur ?

— Elle se repose. Le laudanum soulage la douleur.

En d'autres termes, rien n'avait changé. Mais Kyle n'espérait pas de miracle.

— Combien de temps lui reste-t-il ?

— C'est difficile à dire... Environ deux semaines.

Avec l'aide de Dieu, ce délai suffirait. Kyle le souhaitait de toutes ses forces.

— Puis-je la voir ?

— Elle est éveillée, mais très faible. Essayez de ne pas la fatiguer. Bien que cela n'ait plus vraiment grande importance, ajouta le médecin, désolé. Au revoir, milord.

Kyle monta au premier, ses pas étouffés par le tapis. Combien de fois avait-il gravi cet escalier ? Quand il avait trouvé cette délicieuse petite maison, il avait su qu'elle serait idéale. Son amie s'était déclarée enchantée, disant qu'elle ne s'en séparerait jamais. Et cela avait été le cas jusqu'à ces derniers mois douloureux.

Il frappa à la porte avant d'entrer. Inondée de soleil, Constancia était adossée à des oreillers sur le sofa. La lumière révélait avec cruauté son visage ravagé et les mèches blanches dans sa chevelure de jais. Pourtant, son sourire recelait toute la douceur du monde.

— Je suis heureuse de te voir, dit-elle avec son accent séduisant.

Il l'embrassa sur le front et lui prit la main – une main fragile, qui n'avait plus que la peau sur les os.

— J'ai une surprise pour toi, Constancia. J'ai loué un bateau très rapide. Lundi, nous partirons pour l'Espagne. La cabine du capitaine sera à ta disposition.

— Comment est-ce possible ? s'exclama-t-elle. Tu es tellement occupé. Ce voyage dans le Shropshire ne peut pas être repoussé…

— Mon frère s'en occupera.

— Ton frère ? s'étonna-t-elle. J'ignorais que tu en avais un.

Toutes ces années, Kyle avait délibérément omis de parler de son frère.

— Dominic. Mon jumeau.

— Un frère jumeau ? répéta-t-elle, intriguée, comme l'étaient la plupart des gens. Est-ce que vous vous ressemblez ?

— On nous considère identiques.

Elle rit.

— Deux hommes aussi séduisants ! C'est à peine pensable.

Voilà peut-être la raison pour laquelle il n'avait jamais évoqué Dominic – le jumeau qui avait bon caractère, celui que toutes les femmes appréciaient…

— Seuls nos visages se ressemblent. Autrement, nous sommes très différents.

Comme il s'était crispé, elle le scruta avec ce regard sombre qui savait fouiller son âme.

— Tu m'as parlé de ton père, de ta petite sœur, du souvenir ému de ta mère, mais jamais de ce jumeau. Pourquoi ?

— Il ne fait pas partie de ma vie. Nous ne nous voyons plus, expliqua-t-il, mal à l'aise. Dominic a toujours été un rebelle irresponsable.

— Mais aujourd'hui, il t'aide.

— Je saurai l'en récompenser, rétorqua Kyle, l'air pincé.

Elle retint son souffle.

— Est-ce qu'il va se faire passer pour toi ? J'espère que non, *querido*.

Il étouffa un juron. Il n'avait pas pensé lui dévoiler son plan, mais elle était trop intuitive et intelligente.

— Je vais dire à Teresa de préparer tes affaires, lança-t-il pour couper court à la conversation. Il nous reste peu de temps.

Un court instant, elle ferma les yeux. Un spasme de douleur passa sur son visage.

— En effet, murmura-t-elle.

Il eut de la peine à contenir l'émotion dans sa voix :

— Il nous reste assez de temps pour te ramener à la maison, comme je te l'avais promis.

— Je ne pensais pas que tu étais sérieux. Qu'un jeune lord s'abaisse à raccompagner sa vieille maîtresse... c'est impensable ! (D'une main, elle essuya ses larmes.) *¡ Diablo !* Je pleure trop facilement, ces jours-ci. Comment puis-je accepter autant de toi, *mi corazón* ?

Elle n'avait jamais compris tout ce qu'il lui devait.

Jeune fille, Constancia de las Torres avait été violée, puis chassée de chez elle. Seule et abandonnée, elle avait survécu de la seule manière possible pour une belle jeune femme. Plus tard, pendant la guerre en Espagne, elle avait été la maîtresse d'un officier britannique et l'avait accompagné en Angleterre. Quand ils s'étaient séparés, elle était devenue une courtisane londonienne, surnommée la Paloma. La colombe.

Lorsque Kyle était venu la trouver, puceau de dix-huit ans, elle avait plus du double de son âge. Il l'avait vue pour la première fois dans une loge à l'opéra et avait été fasciné, pas seulement par sa beauté exotique. Après lui avoir été présenté par un ami commun, il l'avait invitée à souper.

Il avait essayé de jouer à l'homme du monde avisé, mais elle avait vite fait de deviner son inexpérience. Constancia l'avait pourtant pris au sérieux, l'accueillant entre ses bras avec une générosité qui lui avait donné le sentiment d'être un homme.

D'emblée, il avait compris que ce qu'il avait découvert avec la Paloma allait bien au-delà des plaisirs enivrants de la passion. Malgré sa profession qui transformait les femmes en créatures amères et froides, elle avait conservé une rare douceur. Avec elle, il avait trouvé la paix et comblé la solitude qui le hantait depuis sa brouille avec Dominic. Plus tard, il avait réalisé qu'il lui apportait aussi beaucoup. Mais elle avait refusé de devenir sa maîtresse attitrée, prétendant qu'elle était trop âgée, qu'un homme séduisant comme lui méritait une belle jeune femme.

Dans un métier où seules comptaient la jeunesse et la beauté, un triste avenir l'attendait. Alors il avait voulu lui offrir une certaine sécurité, tout en la gardant près de lui, car il ne pouvait envisager la vie sans elle.

— J'ai toujours eu envie de connaître l'Espagne. Tu m'as donné une raison de faire ce voyage, lança-t-il d'un air faussement désinvolte. Nous nous allongerons sous un oranger et nous respirerons le parfum des fleurs.

— Oui.

Malgré la fatigue dans son regard noir, elle lui offrit son sourire de madone.

— Dieu me permettra sûrement de goûter une dernière fois à ce bonheur.

Il lui rendit son sourire, le cœur serré, se demandant ce qu'il deviendrait sans elle.

Le petit garçon, bouleversé, quitta le bureau de son père. Une pensée l'obsédait : rester impassible. Les épaules rigides, il traversa le vestibule, ses pas résonnant entre les murs. Le valet de pied lui ouvrit la porte et il descendit l'escalier aux marches de pierre.

Kyle vint vers lui en courant.

— Ça a marché ? demanda-t-il, surexcité.

Dominic passa la langue sur ses lèvres desséchées.

— Oui. Il a cru que j'étais toi.

Son frère lui décocha un sourire malicieux :

— Je t'avais bien dit que Wrexham n'arrivait pas à nous différencier, même s'il est notre père.

Dominic ne se rappelait même plus pourquoi ils avaient trouvé amusant de tromper lord Wrexham.

— Évidemment, il ne nous voit presque jamais, et il est myope comme une taupe.

Percevant son malaise, Kyle fronça les sourcils.

— Qu'est-ce qui ne va pas ? Est-ce qu'il voulait me punir ? As-tu été puni à ma place ? Je te jure, Dom, je n'aurais jamais suggéré qu'on le dupe si j'avais su...

— Il ne m'a pas battu. Il a fait pire.

Le cœur serré, Dominic regarda la façade austère du château de Dornleigh.

— On fait la course jusqu'au belvédère. Je t'expliquerai tout là-bas.

Il partit en courant, et son jumeau se lança à ses trousses. Lorsqu'ils arrivèrent au temple grec qui se dressait dans les jardins, ils étaient à bout de souffle. Kyle se jeta en avant dans les derniers mètres.

— J'ai gagné !

— Pas vrai ! répliqua son frère, bien qu'il n'eût aucune envie de se chamailler.

Dominic s'assit sur la première marche, le regard perdu dans le vague.

— Il veut nous envoyer dans deux écoles différentes.

— Quoi ! s'exclama Kyle en s'asseyant à côté de lui. Mais... c'est impossible !

— Il nous a déjà inscrits, fit Dominic, refoulant ses larmes. À la rentrée, tu iras à Eton et moi à Rugby.

Il ressentit la douleur de son frère, qui répondait en écho à sa propre détresse. Il pouvait plus facilement imaginer de se couper un bras que de se séparer de Kyle.

— Peut-être que maman parviendra à le faire changer d'avis...

— Il ne l'écoute jamais, répliqua Kyle. Il n'écoute jamais personne.

— Je vais me faire renvoyer de Rugby. Peut-être me laissera-t-il aller à Eton.

— Il te fouettera, mais il ne te laissera pas intégrer Eton. Dans un sens, c'est logique. Après tout, c'est moi qui deviendrai lord Wrexham, et tous les Wrexham ont étudié à Eton.

Kyle scruta les collines du vaste domaine familial qui s'étendait autour d'eux à perte de vue.

— Toi, tu n'es qu'un fils cadet, ajouta-t-il.

— Seulement parce que tu as dix minutes de plus que moi !

La détresse de Dominic se transforma en colère, et il se jeta sur son frère pour le battre.

— Je suis l'héritier, tu n'es que le second ! le défia Kyle. C'est moi qu'il a appelé pour discuter de notre éducation. Tu n'étais présent que parce que nous lui avons joué un tour !

Ils roulèrent sur l'herbe, distribuant des coups de pied et de poing dans l'une de ces bagarres violentes qui éclataient parfois entre eux. La bagarre s'arrêta quand la tête de Kyle heurta une pierre. Il resta immobile.

Paniqué, Dominic s'agenouilla à son côté. Le sang coulait d'une coupure, au-dessus de l'oreille de son frère. Il trouva un mouchoir et l'appliqua sur la blessure.

— Kyle, est-ce que ça va ?

Son jumeau ouvrit péniblement les yeux.

— J'ai tout de même dix minutes de plus que toi, Dom, souffla-t-il.

Soulagé, Dominic se redressa.

— Ce n'est pas parce que tu es plus vieux que tu vaux plus que moi.

— Je suis plus vieux de dix minutes, mais je me fais battre plus souvent. (Kyle esquissa un sourire.) On devrait peut-être s'enfuir...

Ce fut au tour de Dominic de se montrer raisonnable.

— Il peut nous envoyer dans des écoles différentes, mais il ne peut pas vraiment nous séparer. Nous sommes les deux moitiés d'une même entité.

Kyle entoura ses épaules d'un bras.

— Et nous serons toujours les meilleurs amis du monde.

À dix ans, ils ne pouvaient imaginer la fin de leur complicité...

Dominic ouvrit les yeux, le cœur battant. Il n'avait pas rêvé de ce jour fatidique depuis des années. La réapparition inattendue de Kyle avait ravivé les souvenirs. Ils avaient vécu leurs derniers moments de bonheur lors de cet été, avant leur séparation.

Au moins, il avait eu la possibilité de devenir lui-même. Malgré la fortune et l'avenir prometteur de Kyle, Dominic ne l'enviait pas. Vivre sous la coupe de Wrexham devait être odieux. Cela rendait prétentieux et désagréable.

Or, désormais, Dominic serait obligé d'imiter cette raideur. Merveilleux ! Il se leva de son lit. L'aube pointait à l'est. Bientôt, Morrison arriverait avec l'attelage pour l'emmener dans le Shropshire. Une malle remplie d'affaires de Kyle était prête, excepté les bottes. Les pieds de Dominic, comme son visage, étaient légèrement plus étroits que ceux de son frère, et il aimait être chaussé à sa convenance.

Il se rasa – Kyle savait-il se raser, ou l'estimé Morrison s'en chargeait-il pour lui ? – avant de s'habiller.

Il venait de terminer un rapide en-cas de pain, de fromage et de bière, lorsque le valet de son frère frappa.

Mince et agile, d'un âge indéterminé, Morrison lui demanda :

— Êtes-vous prêt pour le départ, milord ?

Il affichait l'air critique d'un maître d'école. Heureusement, le cheval préféré de Kyle serait du voyage, ce qui permettrait à Dominic de le monter quand il en aurait envie.

— Tout à fait prêt, Morrison, répliqua-t-il avec l'intonation coupante de son jumeau.

Le valet tressaillit, un peu surpris, tandis que Dominic prenait la cape sombre de son frère et sortait dans le couloir de l'immeuble, où habitaient différents gentlemen célibataires. En fermant sa porte à clé, il eut l'impression étrange de laisser la personnalité de Dominic Renbourne à l'intérieur. À partir de maintenant, il était lord Maxwell, un aristocrate arrogant, assuré de sa place dans le monde.

Cette pensée le mit mal à l'aise. Il eut une envie irraisonnée de dire : « J'ai changé d'avis. Kyle devra courtiser lui-même sa fiancée… » Il lancerait alors la cape à la tête de Morrison et retournerait dans son appartement. Les pièces étaient peut-être en désordre, mais elles étaient à lui.

Mais les fils Renbourne avaient un point commun : ils tenaient parole. Dominic s'immobilisa un instant, adoptant l'attitude plus sévère de Kyle. Il ne suffisait pas de parler comme son frère, il devait penser comme lui.

Quand il se fut transformé en lord Maxwell, il descendit l'escalier.

3

La fin du mois de mai était la période de l'année la plus fertile et prometteuse. Alors que la nature était en pleine floraison, les oiseaux construisaient leurs nids. Meriel avait délaissé ses chaussures afin de sentir la terre sous ses pieds nus. Depuis l'aube, elle travaillait dans le jardin d'herbes aromatiques, taillant les plantes pour leur donner de la vigueur.

Les herbes les plus anciennes avaient été choisies par des ancêtres désormais oubliés. La marjolaine avait sûrement été semée par une femme comme elle, soucieuse de cultiver des plantes destinées à la cuisine et aux soins. Quand Meriel était petite, Kamal avait découvert un vieil herbier dans la bibliothèque, et il lui avait expliqué les plantes et leur utilité. Affichant un air détaché, comme s'il se parlait à lui-même, il avait été un merveilleux professeur. Sa voix profonde rendait tous les sujets intéressants. Était-il conscient qu'elle avait beaucoup appris grâce à lui ?

Vers le milieu de l'après-midi, elle termina son travail dans le jardin. De délicieuses senteurs parfumaient la journée ensoleillée. Meriel claqua des doigts pour appeler sa chienne, Roxana, qui sommeillait près du romarin. Ensemble, elles traversèrent le parc en direction de l'entrée principale. Elle aimait les tourelles de garde, bâties dans la même pierre grise que le mur d'enceinte, tout comme l'arche qui les réunissait au-dessus de l'allée. Elle se sentait en sécurité dans cet univers clos.

Lorsqu'elle arriva en vue de l'entrée, elle se réfugia dans l'une de ses cachettes préférées, entre deux buissons de rhododendrons sur le point d'éclore. Elle s'assit en tailleur, Roxana à son côté, et étudia le dessin des grilles en fer forgé, dont les pointes étaient décorées à la feuille d'or. Parfois, elle s'interrogeait sur l'univers des Autres, qui s'étendait au-delà de l'enceinte, mais elle n'avait pas envie de le découvrir. C'était un monde de douleur, de lumières aveuglantes et de flammes dans la nuit.

Elle laissa vagabonder ses pensées. La brise jouait avec le lierre qui grimpait le long des tourelles, et des grives chantaient dans les arbres.

Quel effet cela ferait d'être un buisson de rhododendrons, avec des racines plongeant dans la riche terre noire, tirant sa vitalité du soleil et de la pluie ? Ou une grive, voletant de branche en branche ? Elle pénétra dans ce monde lumineux au centre de son être, où la nature était une et indivisible…

Alors que les ombres s'allongeaient, elle fut surprise par un cavalier qui approchait au galop. Il arrêta son cheval devant la grille et agita la cloche. Curieuse, elle se demanda ce qui allait se passer.

Impatients, le cavalier et sa monture tournaient en rond. Enfin apparut le gardien, le vieux Walter. Apercevant le visiteur, il inclina poliment la tête et ouvrit la grille.

Meriel frémit en distinguant les traits de l'étranger. Il était déjà venu, récemment. Il avait eu un regard tranchant comme du verre, mais n'était pas resté longtemps. Un homme sans importance.

Or, voilà qu'il était revenu. Cependant, quelque chose avait changé chez lui. Il n'était plus quelqu'un qu'on pouvait aisément ignorer…

Roxana gémit. Meriel apaisa la chienne d'une main et plissa les yeux pour étudier l'inconnu. Il avait les cheveux en bataille, le front en sueur et le menton creusé d'un léger sillon vertical. Un visage séduisant. Son cheval bai était magnifique, d'un marron foncé presque noir. Une couleur qui rappelait celle des cheveux du cavalier. Tous deux étaient des bêtes splendides.

Il échangea quelques mots avec le gardien, puis scruta les environs. Instinctivement, elle se recroquevilla quand son regard effleura sa cachette. Même à cette distance, elle voyait ses yeux très bleus, tels des bleuets. Elle retint son souffle, jusqu'à ce qu'il eût emprunté l'allée vers la maison. L'homme et le cheval bougeaient en parfaite harmonie, les muscles de l'animal jouant sous la peau luisante, le cavalier maîtrisant aisément sa monture.

Soucieuse, elle ramena ses genoux vers elle, les entoura de ses bras et commença à se balancer d'avant en arrière. La plupart des hommes qui travaillaient à Warfield étaient des personnes âgées, mais celui-ci était jeune et viril. Un homme qui semblait habitué à obtenir ce qu'il voulait. Un homme qui chevauchait son étalon tel un guerrier...

Il était sans doute venu pour le dîner. Elle décida d'éviter le repas. À la belle saison, elle n'avait pas souvent besoin d'entrer dans la maison. Elle dormirait dans la cabane de l'arbre et se débrouillerait pour sa nourriture.

C'était décidé. Elle resterait éloignée jusqu'à ce que l'homme fût reparti. Sa maison ne serait pas la même, tant qu'il serait présent.

Le long voyage de Londres avait été fastidieux, mais Pégase, le cheval de Kyle, était une splendeur. À l'approche de Warfield, Dominic avait sellé l'étalon et prit les devants, arrivant à destination bien avant l'austère Morrison et le carrosse. Le gardien l'avait reconnu – ou plutôt, il avait reconnu Kyle – et l'avait accueilli non sans curiosité. Les domestiques devaient être au courant des fiançailles de lady Meriel.

Il avança au petit trot sur l'allée ombragée de tilleuls. Le parc et les jardins qui entouraient la maison offraient un charmant paysage vallonné. Des arbres et des arbustes parsemaient le gazon verdoyant. Quelques vaches et des petites biches effarouchées broutaient dans les pâturages.

D'après Kyle, excepté pour une partie de terrain bordée par la rivière, le parc était clos de murs. C'était pratique pour retenir une jeune fille folle.

Dominic arriva en vue de la maison. Vieille d'environ un siècle et demi, construite dans la même pierre grise que le mur d'enceinte, c'était une grande bâtisse élégante avec des pignons et un toit en ardoise.

Le château principal des Grahame se trouvait dans le Lincolnshire, à l'autre bout de l'Angleterre. L'oncle de Meriel y résidait, mais les parents de la jeune fille avaient toujours préféré Warfield, qui appartenait depuis des siècles à la famille. Kyle laisserait probablement sa femme demeurer dans cette maison qui lui était familière, passant le plus clair de son temps à Dornleigh ou à Londres, ne lui rendant visite que pour faire un enfant ou deux.

Les lèvres pincées, Dominic se dirigea vers les écuries. Il n'y avait personne en vue. Il mit pied à terre. Bien que le bâtiment fût important, on n'y trouvait que quelques chevaux d'attelage vieillissants.

Il se demanda s'il devait panser son cheval. Cela ne lui déplairait pas. Il préférait s'occuper lui-même de ses montures. Puis un palefrenier, aussi âgé que le gardien à l'entrée du domaine, s'approcha lentement.

— Bonjour, lord Maxwell, fit-il en le saluant respectueusement de la tête. Je peux prendre votre cheval ?

Dominic lui donna les rênes. Il faillit émettre un commentaire laconique sur le temps, mais se corrigea. Kyle n'aurait jamais discuté avec un domestique inconnu. Il réalisa aussi, un peu tardivement, que son frère n'aurait pas laissé son couvre-chef dans la voiture.

Après avoir expliqué que son carrosse ne tarderait pas à arriver, il retourna vers la maison, songeant à ce qu'il avait appris de la maisonnée. Lady Meriel était confiée à deux vieilles veuves, Mme Rector et Mme Marks, des cousines éloignées. Kyle avait affirmé qu'elles seraient faciles à duper.

Dominic n'en était pas persuadé. Les vieilles dames étaient souvent perspicaces, d'autant que la visite de Kyle avait dû être un moment de grande excitation dans leur vie plutôt paisible.

Lorsqu'il atteignit le pied de l'escalier, la porte s'ouvrit et deux femmes souriantes vinrent à sa rencontre. La plus petite était ronde et douce, un peu timide, avec des cheveux très blancs. L'autre était plus grande, avec un visage pointu et des cheveux poivre et sel. Il s'aperçut, affolé, qu'il ignorait qui était qui.

— Lord Maxwell, le salua la femme plus élancée, c'est une joie de vous revoir. J'espère que votre voyage s'est bien passé.

Derrière les lunettes, les yeux noisette pétillaient d'intelligence. Flûte, quelle cousine était-ce ?

Il s'inclina profondément.

— Comme vous le voyez, je n'ai pu m'empêcher de précéder mon valet. Il ne va pas tarder avec l'attelage.

— Vous devez être fatigué, ajouta l'autre femme. Que diriez-vous d'une tasse de thé ?

— Avec joie.

Il leur offrit à chacune un bras, ce qui sembla les amuser, et ils gravirent les quelques marches jusqu'au perron.

— Lady Meriel se joindra-t-elle à nous ?

— Oh non ! s'exclama la plus grande, comme si c'était une évidence.

Bien qu'il eût été préparé par son frère, Dominic se sentait mal à l'aise. Il ignorait tellement de choses. Et il aurait dû porter ce fichu couvre-chef.

L'arrivée de Morrison et des bagages lui permit de se couler dans le personnage de Kyle. Il s'habilla de manière formelle, tel un prétendant sur le point de rencontrer sa fiancée, puis il s'étudia dans le miroir. Il suffisait de quelques vêtements coupés sur mesure et d'une expression légèrement modifiée pour se transformer, songea-t-il. Seul un intime de Kyle aurait pu deviner le subterfuge.

Soudain retentit une cloche à réveiller les morts, et il s'empressa de descendre au petit salon où l'attendaient les deux dames. Il pensait y trouver la fiancée de son frère, mais elle était absente. Après un verre de sherry, il escorta les cousines à la salle à manger où l'on avait dressé quatre couverts. Toujours pas de lady Meriel. La femme anguleuse – il avait oublié de demander à Morrison de les identifier – fronça les sourcils, puis ordonna qu'on servît le repas.

Un étrange bouquet de mauvaises herbes ornait la table en acajou, mais la qualité du dîner et du service fut impeccable. Dominic se rappela que l'unique rencontre entre Kyle et sa fiancée s'était déroulée lors d'un repas.

— Lady Meriel est-elle souffrante ? s'enquit-il, alors que la quatrième chaise restait obstinément vide.

Les deux femmes échangèrent un regard.

— Vous savez comment elle est, lord Maxwell, soupira la plus petite d'un air gêné. La plupart du temps, elle dîne avec nous, mais pas toujours.

Il prit une gorgée de vin et décida de faire preuve de franchise, même si cela ressemblait peu à son frère.

— Justement, j'ignore comment elle est vraiment. Je l'ai vue une seule fois. Si j'ai parlé d'elle avec lord

Amworth, cela ne suffit pas pour connaître quelqu'un. Racontez-moi. Après tout, vous êtes très proches.

— Je suppose que vous avez raison, bien que personne ne la connaisse réellement, excepté Kamal. (La femme rondouillarde le contempla d'un air grave.) Meriel ne ressemble à personne. C'est une charmante enfant.

— Elle n'est plus une enfant, la corrigea sa compagne. C'est pourquoi Amworth souhaiterait qu'elle se marie. Il craint qu'un jour sa naïveté ne lui joue des tours, et qu'elle ne soit dévoyée.

— Insinuez-vous qu'elle ne possède pas de sens moral ?

— Comment le pourrait-elle ? s'agaça la femme au visage pointu. Elle a l'esprit d'une enfant. Et encore... un enfant réagit au contact humain. Meriel nous remarque à peine. Elle ressemble à un gentil fantôme qui vivrait dans un monde intérieur, coupé des autres.

— Excepté lorsqu'elle pique une colère, précisa l'autre. Je vais être honnête avec vous, milord. Ce projet me déplaît. Je ne crois pas que Meriel puisse comprendre le concept du mariage, et je ne vois pas en quoi cette union pourrait vous satisfaire.

Il étudia son doux visage et ses yeux bleu délavé, de plus en plus convaincu qu'il ne fallait jamais négliger l'intelligence des vieilles dames.

— J'apprécie votre franchise, mais n'oubliez pas que cette union n'a pas encore eu lieu. Mon séjour parmi vous doit permettre de décider si ce mariage est possible. Je vous assure que je ne veux aucun mal à la jeune fille.

Satisfaite, la vieille dame hocha la tête.

Dominic était troublé. Kyle semblait déterminé à conclure ce mariage. Malgré lui, Dominic se sentait responsable de son frère. Il allait devoir s'insinuer dans les bonnes grâces de la fille, tout en laissant une porte ouverte afin que Kyle pût retirer son offre de façon honorable, au cas où il changerait d'avis.

— Quelles sont les capacités de lady Meriel ?

La femme anguleuse sourit tristement.

— Elle a un don avec les plantes et les animaux. Probablement parce qu'elle se sent plus proche des bêtes que des humains... Elle n'a aucune notion de la normalité. Regardez ces fleurs, fit-elle en montrant le bouquet de pissenlits et de mauvaises herbes qui ornait le centre de la table. Meriel l'a composé. C'est une description plus éloquente de sa personnalité que tous les discours qu'Ada ou moi pourrions vous faire.

Il se promit de demander à Morrison laquelle des cousines se prénommait Ada. La remarque était judicieuse : les dames du monde se targuaient de composer de ravissants arrangements de fleurs pour leur intérieur. Même une modeste fille de village savait illuminer son cottage avec des fleurs du jardin. Ce bouquet était pathétique. Non seulement il était composé de mauvaises herbes, mais Meriel avait choisi des fleurs sauvages qui se fanaient en un rien de temps. Le lendemain, le bouquet serait mort.

Il éprouva un brusque élan de tristesse pour cette enfant traumatisée. Si sa famille n'avait pas été assassinée, lady Meriel serait probablement déjà mariée et mère de famille.

Il n'avait guère envie de passer du temps avec cette parodie de personne humaine. Pourtant, il avait promis de mentir pour son frère.

— Je me réjouis d'apprendre à mieux connaître lady Meriel. Peut-être une influence nouvelle dans sa vie l'aidera-t-elle à progresser ?

D'après les visages dubitatifs de ces dames, elles n'y croyaient pas plus que lui.

4

Le lendemain matin, debout à la fenêtre, Dominic admirait la vue de sa chambre spacieuse. Située à l'arrière de la maison, celle-ci donnait sur les vastes jardins de Warfield qui s'étendaient sur plusieurs hectares. Au pied de la maison se trouvait un jardin à la française, avec des haies taillées et des massifs de fleurs traversés de chemins pavés. Au centre de cette croix de Malte se dressait une splendide fontaine à plusieurs niveaux.

Morrison apparut soudain derrière lui. Décidément, le valet se déplaçait avec le silence furtif d'un rongeur !

Dominic se retourna.

— Des deux dames, qui est qui ? La plus petite se prénomme Ada, mais est-elle Mme Marks ou Mme Rector ?

— Il s'agit de Mme Rector, milord. La plus grande est Mme Edith Marks.

Morrison se racla la gorge, ce qui signifiait qu'il avait quelque chose à dire :

— En prenant mon petit déjeuner avec les domestiques, j'ai appris que lady Meriel n'a pas dormi dans sa chambre.

— Étaient-ils inquiets ?

— Pas le moins du monde. J'ai cru comprendre qu'elle dormait souvent dehors, à la belle saison.

— Ainsi, elle ne s'est même pas habituée à vivre dans une maison, fit Dominic d'un air pensif. Que pensez-vous de ce mariage, Morrison ?

— Ce n'est pas à moi de m'interroger sur les choix de mon maître, rétorqua le valet, les lèvres pincées.

— Je suis certain que vous avez une opinion. Cette affaire vous concerne de près. J'aimerais une réponse sincère.

Le domestique poussa un soupir.

— J'avoue avoir des doutes, milord. Le mariage est un engagement pour la vie. On ne peut s'y résoudre à la légère…

Il avait plus de bon sens que Kyle, songea Dominic.

— Votre maître changera peut-être d'avis dans les semaines à venir.

— Si la jeune femme ne vous appréciait pas, milord, le mariage serait annulé…

Le valet lui suggérait-il de se débrouiller pour être rejeté par lady Meriel ?

— Je ne peux prendre une décision aussi importante à la place de mon frère, déclara Dominic.

Morrison cilla. Il était déçu.

C'est alors que retentit l'appel du petit déjeuner. À Warfield, on semblait aimer les sonneries ! En descendant l'escalier, Dominic se demanda si c'était une manière d'avertir lady Meriel de l'heure des repas. Il avait remarqué que la sonnerie retentissait également à l'extérieur.

Lorsqu'il pénétra dans la salle à manger, les deux veuves se trouvaient déjà à table. Dominic les salua avant de se servir dans les différents plats posés sur la desserte.

Empilant de fines tranches de jambon sur son assiette, il déclara :

— On dirait que lady Meriel ne m'apprécie pas. Est-elle souvent absente aussi longtemps ?

— Elle semble vous éviter, en effet, s'excusa Mme Rector. Les étrangers l'intimident.

— Restera-t-elle cachée jusqu'à mon départ ?

— C'est possible, admit Mme Marks, dépitée.

— Peut-être devrais-je organiser une battue pour la déloger ? lança-t-il en s'asseyant.

— Certainement pas ! s'écria Mme Rector. Ah, c'était une plaisanterie…

Certes, mais s'il devait attendre des jours pour que cette folle se manifeste, ce serait peut-être une bonne idée d'aller la chercher.

— Comment puis-je la trouver ?

— Elle passe la plupart de son temps dans les jardins, dit Mme Marks. Mais ils sont si vastes qu'elle pourrait vous éviter pendant des jours. Warfield est célèbre pour ses jardins. Chaque génération a ajouté ses parterres… Vous pourriez surveiller la cabane de l'arbre. Je crois qu'elle y dort, quand elle n'est pas dans la maison.

— Demandez à Kamal, suggéra Mme Rector. Il devrait se trouver dans les remises.

Kyle avait mentionné un serviteur indien.

— Kamal est jardinier ?

— Oui, acquiesça Mme Rector. Il s'occupe des jardins parce qu'il est la seule personne qui comprenne les désirs de Meriel.

— Elle a des opinions concernant ses plantes ? s'étonna Dominic.

— Absolument. Quand elle était petite, elle piquait des colères si le jardinier en chef faisait des choses qui lui déplaisaient. Nous avons fini par le remplacer par Kamal. Il supervise les jardiniers et il est notre intermédiaire auprès de M. Kerr, l'intendant qui s'occupe des fermiers. Je ne sais pas ce que nous ferions sans lui.

Bien qu'il fût inquiet à l'idée d'une Meriel colérique, Dominic trouva un point positif à cette discussion.

— Si lady Meriel a des préférences concernant son jardin, c'est qu'elle n'est pas totalement demeurée.

— Même un chien se met en colère lorsque sa routine est perturbée, déclara Mme Marks. Ses préférences sont souvent très bizarres. J'ai bien peur qu'elles ne soient, au contraire, la preuve de sa folie.

Elle contempla avec tristesse le bouquet fané qui semblait encore plus grotesque que la veille.

Décidément, chaque nouvelle information était au détriment de lady Meriel, se dit Dominic. Refrénant un soupir, il termina son petit déjeuner, puis demanda où se trouvaient les remises du jardin.

Une porte à l'arrière de la maison ouvrait sur un grand patio en pierre. Des marches menaient au parterre qu'il avait admiré depuis sa chambre. Sur la gauche se dressait un large jardin d'hiver, attenant à la maison.

Songeant qu'il y jetterait un coup d'œil plus tard, il se promena dans le parterre. Un couple de paons se désaltérait à la fontaine. Le mâle toisa Dominic d'un œil glacé, avant de déployer les plumes de sa queue comme pour lui dire : « Essaie de faire mieux ! » La femelle se contenta d'un cri strident.

Dominic sourit. Il avait toujours aimé les paons. Petit garçon, il avait acheté un couple à un voisin et l'avait offert à son père pour sa propriété. Hélas, celui-ci n'avait pas supporté leurs cris. Dominic avait demandé à Kyle de l'aider à les attraper pour les rendre au voisin, avant que leur père ne fît tordre leurs jolis cous…

Obéissant aux indications de Mme Rector, il suivit le sentier vers une partie moins formelle du jardin. Des fleurs s'épanouissaient au pied des magnifiques ifs taillés, d'un vert profond. En les examinant, il devina que les plantations, choisies avec soin, permettaient une floraison du début du printemps aux premières gelées.

Il traversa une roseraie, où d'innombrables variétés de roses dégageaient un parfum enivrant.

Lorsqu'il atteignit les remises, il entra dans le premier abri qui servait à ranger les outils. Personne. Le second, qui contenait des terreaux destinés à enrichir le sol, était désert lui aussi.

Puis il avisa une longue serre où l'on abritait des plantes durant l'hiver. Des fruits et des légumes y poussaient toute l'année. En y pénétrant, il fut frappé par la chaleur. Au fond de la serre, il aperçut un homme de dos, à demi caché par des plantes vertes qui auraient fait honneur à la jungle brésilienne.

L'inconnu portait un turban et une tunique en coton bleu sur des pantalons larges. La tenue indienne devait être pratique pour jardiner.

— Kamal ? Je suis Maxwell.

L'homme se retourna. Il était fort, puissant, avec une barbe. Le turban lui donnait une taille impressionnante. Sans aucun doute, il était un protecteur redoutable pour sa jeune maîtresse.

Dominic fut surtout étonné par les tatouages complexes qui ornaient ses mains et ses avant-bras. Bon sang, il avait même des zigzags sur la gorge et les joues, qu'on devinait au-dessus des épaisses moustaches noires !

— Lord Maxwell, dit l'Indien en joignant les paumes devant sa poitrine et en inclinant la tête. *Namaste.*

Le geste était poli, mais sans déférence particulière.

— Bonjour, je cherche lady Meriel. Savez-vous où je pourrais la trouver ?

L'Indien le scruta d'un regard noir et perçant. Kyle n'aurait pas supporté d'être jaugé ainsi, et même Dominic s'en irrita.

— Je présume que vous devinez la raison de ma présence…

— Je la connais, milord, répondit Kamal, son

parfait anglais adouci par une légère intonation chantante. Vous voulez épouser la jeune maîtresse.

— Je veux d'abord savoir si un mariage est possible, répliqua sèchement Dominic. Mais je ne peux m'y employer si je ne la trouve pas.

— Tout à l'heure, elle était dans le jardin des plantes, indiqua Kamal avec un geste du menton. C'est par là, en suivant le chemin derrière la serre. Elle est peut-être déjà repartie…

— Le cas échéant, je reviendrai vous trouver pour une autre suggestion.

Dominic quitta la serre, soulagé de retrouver l'air frais.

Le chemin était bordé de haies plus hautes qu'un homme, grossièrement taillées. Il découvrit le charmant jardin des plantes aromatiques. Personne. S'était-elle enfuie à son approche, ou avait-elle déjà terminé son travail ? Il se pencha et écrasa entre ses doigts une feuille duveteuse d'un curieux buisson gris-bleu. Elle dégageait une odeur âcre.

C'est une sorte de menthe, songea-t-il.

— Miaou… !

Un énorme chat roux se faufila sous un buisson. Ses yeux dorés luisaient. L'animal s'approcha, se dressa sur ses pattes arrière et lécha les doigts qui avaient écrasé la feuille.

— Ah, c'est de l'herbe aux chats, s'amusa Dominic en caressant le poil soyeux. Heureusement que tu as choisi de me lécher plutôt que de mordre. Un animal de ta taille peut être dangereux. Aimerais-tu un peu d'herbe ?

— Miaou… !

Le chat lui donna un coup de tête.

Dominic s'agenouilla et cueillit une demi-douzaine de feuilles qu'il écrasa en une boule aromatique. Avec un miaulement de chasseur, l'animal se jeta sur la boule et se mit à déchirer les feuilles avec ses griffes.

Puis il s'attaqua au buisson lui-même, ce qui expliquait sa forme irrégulière.

Dominic était sur le point de se relever, quand il vit une jeune femme entrer dans le jardin. Lady Meriel était revenue... Peut-être avait-elle été attirée par les miaulements.

Il eut le souffle coupé. Seigneur Dieu, pourquoi ne l'avait-on pas prévenu ? Fine et gracieuse, avec les traits délicats d'une poupée de porcelaine, Meriel était une véritable beauté. Elle semblait sortir tout droit d'un tableau de la Renaissance ou d'un conte de fées. Ses cheveux très pâles, presque ivoire, étaient ramenés en natte épaisse, et son regard semblait fixé sur des images invisibles.

Lorsqu'elle l'aperçut, ses yeux s'écarquillèrent d'effroi. Sans attendre, elle tourna les talons et s'enfuit telle une biche apeurée, ses pieds nus touchant à peine le sol.

— Attendez !

Il se mit à courir pour la rattraper. Quand il atteignit la haie, elle avait disparu dans un jardin sauvage. Devant lui, le chemin pavé se séparait en trois sentiers d'écorces broyées. Ce serait une mauvaise idée de la poursuivre, puisqu'il espérait gagner sa confiance.

Troublé, il revint vers le jardin des plantes et s'assit sur un banc en pierre. Son cœur battait à tout rompre. Maintenant qu'il l'avait vue, il comprenait pourquoi Kyle était prêt à fermer les yeux sur son état mental. Elle possédait une beauté éthérée, capable d'envoûter n'importe quel homme. Il n'avait vu une chevelure aussi blonde que chez une exquise courtisane norvégienne, dont il n'avait pas eu les moyens de s'offrir les faveurs.

Lady Meriel portait une tunique bleue sur une jupe d'un ton bleu plus soutenu. Une large ceinture, comme celle de Kamal, était enroulée autour de sa taille. Était-ce une tenue indienne ? À moins que ce ne fût une copie de la tenue des paysannes au Moyen Âge. Ce costume improbable contribuait à son mystère, comme si elle n'appartenait à aucune époque ni à aucun lieu déterminé.

Ayant repris ses esprits, Dominic se demanda pourquoi sa beauté faisait une si grande différence. Le triste passé de lady Meriel Grahame et sa vie brisée auraient été tout aussi tragiques si elle avait été laide. Pourtant, il se sentait affecté. Il devait être quelqu'un de bien futile, car il était bouleversé par le souvenir de ce visage lumineux.

Il lui fallait passer outre sa beauté. Mais comment y parviendrait-il si elle s'enfuyait à son approche ?

Épuisé par sa lutte avec l'herbe aux chats, l'animal avait sauté sur le banc et s'était allongé sur les genoux de Dominic. Il caressa le pelage épais. Il avait la réputation de pouvoir dompter les chevaux les plus rétifs, et les chiens comme les chats ne le lâchaient pas d'une semelle.

Puisqu'il avait un don pour s'entendre avec les animaux, pourquoi ne réussirait-il pas à apprivoiser une jeune fille craintive et farouche ?

Une journée et demie s'écoula sans que Dominic l'aperçût. Pour s'occuper, il emprunta à Mme Marks quelques plans du domaine. Après avoir étudié les différents jardins, il dessina une carte assez petite pour la glisser dans sa poche.

Alors qu'il commençait à s'ennuyer ferme, il songea que, pour attraper les animaux, on les appâtait souvent grâce à la nourriture. Le lendemain après-midi, il s'aventura dans les jardins avec un panier chargé de victuailles.

On comptait deux douzaines de jardins de tailles diverses, du petit jardin à papillons jusqu'au vaste espace sauvage où lady Meriel avait disparu. Or, les jardins couvraient moins d'un quart du parc, et le parc n'était qu'une partie d'un domaine qui comportait une grande ferme dépendant de la maison et cinq fermes de métayers. Son cœur se serra à la pensée que cette splendide propriété appartiendrait à Kyle, qui hériterait d'autres immenses domaines, mais qui n'avait pas un vrai amour pour la terre.

Arrivé à un petit jardin dont les terrasses descendaient jusqu'à un plan d'eau couvert de nénuphars, Dominic s'arrêta pour consulter sa carte. Il cherchait la cabane de lady Meriel, qui se trouvait au cœur de l'ensemble des jardins. Il ne lui restait qu'à traverser le jardin aquatique par le chemin de droite, ainsi qu'un verger.

Après quelques minutes de marche, il découvrit une clairière entourant le plus grand chêne qu'il eût vu de sa vie. Large et immense avec un tronc impressionnant, l'arbre devait être vieux de plusieurs siècles. On aurait pu construire un voilier de belle taille avec son bois.

La cabane dans les branches était encore plus saisissante. Elle avait dû être construite par Kamal, car elle ressemblait à un palais oriental. D'environ dix mètres carrés, elle possédait un toit en forme de bulbe et un mince minaret qui pointait vers le ciel. Peinte d'un blanc chaleureux souligné de contours verts et dorés, c'était le refuge parfait pour une jeune fille qui ressemblait à une fée. Il eut envie de rire, tant cette création pleine de fantaisie était réussie.

Il savait qu'on y accédait par une échelle de corde qui tombait d'une ouverture pratiquée dans le plancher. Mme Marks avait ajouté que, lorsque lady Meriel s'y trouvait, elle remontait toujours l'échelle. Or, celle-ci était justement invisible.

Il eut la confirmation de la présence de la jeune fille quand une grosse tête canine contourna le pied de l'arbre. Mme Marks lui avait appris que la chienne Roxana suivait partout sa maîtresse, mais qu'elle ne pouvait monter dans la cabane. En bonne gardienne, la chienne veillait à sa tranquillité.

L'heure était venue de passer à l'offensive. Ignorant le regard soupçonneux de Roxana, Dominic sortit une couverture du panier et l'étendit sur l'herbe au milieu de la clairière. Des effluves délicieux s'échappaient du panier tressé. D'après la cuisinière, lady Meriel n'était pas venue de la journée : elle devait avoir faim. À la demande de Dominic, la cuisinière avait préparé ses mets préférés.

Il s'assit en tailleur sur la couverture et sortit une tourte au fromage encore chaude, assaisonnée de jambon fumé et d'herbes aromatiques provenant du jardin de Meriel.

On lui avait dit que la jeune fille ne comprenait pas quand on lui parlait, mais il était persuadé qu'elle réagirait au ton de sa voix.

— Bonjour, lady Meriel. Viendrez-vous déjeuner avec moi ?

Pas de réponse. La chienne commença à s'agiter, sa truffe noire tremblant d'excitation. Dominic coupa la tourte en tranches et en choisit un petit morceau.

— Aimerais-tu quelque chose, Roxana ?

La chienne se dressa d'un bond et s'approcha à pas feutrés. Elle était imposante. Essayant d'oublier qu'un chien de cette taille pouvait aisément broyer la gorge d'un homme assis, il lui jeta un morceau de tourte. Elle l'attrapa au vol, ses canines étincelant au soleil.

— Bon chien ! dit-il avant de lui lancer un autre morceau.

Satisfaite de la deuxième portion, la chienne s'allongea près de Dominic, son hostilité envolée. Il la gratta derrière les oreilles. Roxana était une bâtarde, mais elle avait les apparences d'un chien-loup. Elle semblait intelligente et avoir bon caractère.

Il piocha dans le panier, sortant des assiettes, des serviettes, des fourchettes et des verres. Puis il posa un pichet sur la couverture.

— J'ai du cidre. En aimeriez-vous ?

Il risqua un coup d'œil vers la cabane. On devinait une petite silhouette à la fenêtre.

— J'ai aussi du pain d'épice. Hmm... il est encore chaud.

Il se versa un verre de cidre, posa une tranche de tourte sur une assiette. N'ayant pas mangé depuis le petit déjeuner, il avait faim. Après avoir goûté, il poussa un soupir heureux. La délicieuse garniture dans sa croûte légère et friable n'aurait pas démérité à la table royale.

Brusquement, une échelle de corde fut lâchée de la cabane. Les barreaux en bois poli facilitaient l'escalade.

La corde se balança. Pour ne pas effrayer sa proie, Dominic se retint de lever les yeux, surveillant l'échelle du coin de l'œil. Il vit apparaître une cheville fine et un pied plutôt sale. Impassible, il découpa une autre tranche de tourte.

Puis il se tourna lentement vers elle. Une nouvelle fois, il fut frappé par sa beauté. Elle semblait trop fragile pour avoir pu supporter la mort tragique de ses parents et une captivité odieuse. Son âme et son esprit avaient sans doute été détruits, ne laissant qu'une ombre.

Il posa l'assiette au bord de la couverture et remplit un second verre de cidre. Lady Meriel avait rejoint la terre ferme. Elle gardait une main sur l'échelle et évitait de croiser son regard. Ses yeux étaient d'un vert translucide et lumineux. Les yeux d'une prophétesse... ou d'une folle.

S'il faisait un faux mouvement, elle remonterait jusqu'à sa cabane avec la vitesse d'un écureuil.

— Je ne vous ferai jamais de mal, lady Meriel, murmura-t-il. Vous avez ma parole.

Roxana se leva et rejoignit sa maîtresse en agitant la queue. Rassurée par l'attitude de sa chienne qui avait accepté l'étranger, Meriel lâcha l'échelle et s'approcha. Elle avait la grâce d'une biche, des pas si aériens que ses pieds effleuraient à peine le sol.

Il retint son souffle alors qu'elle s'agenouillait près de la couverture et prenait l'assiette. Elle semblait prête à fuir, mais elle était aussi curieusement détendue. Tranquille. En dépit de sa robe excentrique et de ses pieds nus, elle paraissait parfaitement à l'aise. Ce jardin était son royaume.

Tenant l'assiette dans une main, elle mangeait avec les manières d'une dame. Fasciné, il regarda les dents blanches mordre dans la tourte au fromage. Il y avait quelque chose d'intime dans ce repas partagé. Rompre du pain ensemble était l'un des rituels les plus anciens de l'humanité...

Il détourna son regard, se rappelant qu'il ne devait surtout pas l'effaroucher. Ouvrant un bocal de petits oignons, il le posa non loin d'elle. Lorsqu'elle s'en empara, il étudia ses mains. Elles n'avaient rien de celles d'une dame. C'étaient des mains fortes, avec des durillons causés par le jardinage. Plus belles que si elle les avait trempées tous les jours dans du lait de vache.

En dépit de ses pieds poussiéreux, elle était très soignée. Son épaisse natte, d'un blond presque blanc, brillait comme de l'ivoire. Ses sourcils et ses cils étaient juste assez foncés pour souligner les traits de son visage. Comme ses cheveux étaient tirés en arrière, il remarqua qu'elle avait les oreilles percées, ornées de deux croissants de lune en argent. Il songea qu'une antique prêtresse aurait pu porter les mêmes bijoux.

Sa tunique et sa jupe vertes étaient tissées dans un coton souple. Des broderies en ornaient les manches et le col. Se rappelant l'instinct protecteur de

Mme Rector, il imagina la vieille dame cousant ces broderies avec tendresse, afin de prouver son affection à une jeune fille qui ne remarquait même pas ses efforts.

Lady Meriel avait fini sa tourte. Il posa le plat près d'elle pour qu'elle pût se resservir. Quand elle se pencha, sa manche glissa, révélant une sorte de bracelet sur son avant-bras. Mais ce n'était pas un bracelet. Il fut choqué de s'apercevoir que la bande rouge était un tatouage. On avait dû le lui infliger durant sa captivité.

Il imagina la petite fille terrifiée se débattant sous la douleur, pendant que des adultes marquaient sa peau de porcelaine avec leurs aiguilles. Était-ce à ce moment-là qu'elle avait perdu la voix, à force de crier en vain ? Y avait-il eu d'autres tortures ?

Épouvanté à cette pensée, il fouilla le panier à la recherche du pain d'épice. La cuisinière avait nommé plusieurs desserts préférés de la jeune fille, mais il avait choisi celui-ci car l'odeur était la plus alléchante. Et lui aussi aimait le pain d'épice.

Il se coupa une tranche et y ajouta une cuillerée de crème, avant de poser le dessert devant lady Meriel. Lorsqu'elle en eut terminé avec la tourte, elle prit une part de pain d'épice. Visiblement, elle aimait l'épaisse crème fraîche autant que lui.

On aurait pu croire qu'elle était normale, une jeune fille qui gardait les yeux baissés par timidité, mais aucune jeune fille ne resterait aussi indifférente à un compagnon. Pas une fois, elle ne croisa son regard. S'il passait trop de temps avec elle, il finirait par se croire invisible.

Même s'il doutait qu'elle le comprendrait, il dit d'une voix calme :

— Je vais passer quelques semaines à Warfield, lady Meriel. J'aimerais apprendre à mieux vous connaître...

Sans lui prêter attention, elle coupa un morceau du pain d'épice et le donna à Roxana. La chienne s'en empara avidement et vint en quémander davantage auprès de sa maîtresse. Lady Meriel lui caressa la tête. Un peu agacé, il se dit qu'elle était plus consciente de l'animal que de lui.

Était-elle sourde ? Personne ne l'avait suggéré, mais cela pouvait expliquer ce manque de réaction. Il mit deux doigts dans sa bouche et lâcha un sifflement strident. Elle sursauta. Visiblement, elle n'était pas sourde.

— Les jardins de Warfield sont magnifiques, les plus beaux que j'aie jamais vus. J'aimerais les visiter. Si vous n'y voyez pas d'inconvénient, je pourrais vous accompagner demain pendant votre travail ? Je peux même vous aider. C'est vous qui déciderez de tout, puisque ce sont vos jardins, mais je pourrais vous aider à bêcher ou à transporter vos outils.

Il s'interrompit, réalisant que même s'il utilisait les expressions et les inflexions de voix de son frère, les mots sonnaient faux. Jamais Kyle ne se serait proposé pour faire un travail manuel.

Décidément, il en avait assez de jouer à être son jumeau ! De toute façon, Meriel ne verrait pas la différence, et il lui fallait s'insinuer dans ses bonnes grâces.

Comment devait-il se nommer auprès d'elle ? Une fiancée pouvait appeler son prétendant par son prénom. Cependant, Dominic n'avait guère envie de se faire appeler Kyle. Il préférait utiliser le nom de famille qu'il partageait avec son frère.

— Lors de ma précédente visite, on vous a dit que je m'appelais lord Maxwell, mais vous pouvez m'appeler Renbourne. C'est mon nom de famille, et peut-être un jour sera-t-il le vôtre... Puis-je vous appeler Meriel, puisque nous allons nous voir souvent ?

Il voulut saisir le pichet de cidre, mais elle avait eu la même intention. Leurs doigts se frôlèrent. Il ressentit une onde de choc et elle retira sa main comme si elle s'était brûlée. Il éprouva un sentiment de satisfaction perverse : au moins, pour un court instant, elle avait été obligée d'admettre son existence.

Elle se dressa d'un mouvement fluide et retourna vers l'échelle.

— Attendez, Meriel ! s'écria-t-il en se levant d'un bond. Nous pourrions aller nous promener...

Ce fut comme s'il n'avait rien dit. Sa jupe battant ses chevilles nues, elle grimpa l'échelle avec agilité, avant de la remonter et de refermer l'ouverture dans un claquement définitif.

Furieux, il se retint d'escalader l'arbre et de pénétrer dans la cabane par une fenêtre. Il était venu pour la convaincre, non pour la forcer.

Il retourna ramasser les reliefs du pique-nique. Au moins avait-il fait quelques légers progrès...

5

Cette nuit-là, elle rêva d'un incendie, de flammes qui léchaient le ciel tandis que des hommes et des chevaux poussaient des hurlements. Elle se réveilla en sueur, le corps tremblant. Ces dernières années, le cauchemar s'était espacé, mais la terreur restait vivace.

Frissonnant, elle repoussa sa couverture et tâtonna dans la cabane. Il était tard, et il faisait nuit noire. Elle souleva la planche, lâcha l'échelle. Roxana se réveilla au pied de l'arbre et poussa un gémissement de bienvenue.

Avec précaution, Meriel descendit l'échelle qui ondulait. Il avait plu, la nuit était fraîche et humide. Lorsqu'elle retrouva la terre ferme, elle s'accroupit et entoura la chienne de ses bras. Roxana lui lécha le visage avant de s'allonger à nouveau.

Dans le silence de la nuit, le pouls de la nature alentour lui semblait d'autant plus puissant. Celui du chêne était lent, profond et vigoureux, car cette nuit ne représentait qu'un instant fugace dans une existence qui se mesurait en siècles. Un frottement d'ailes menaçant, une faim aiguisée traduisirent le passage d'un hibou en quête d'une proie. Même l'herbe avait un ton particulier, léger et insouciant, tant ses brins étaient innombrables...

Toute sa vie, Meriel avait perçu avec une rare acuité les forces vitales autour d'elle. Chez les humains, celle-ci était représentée par une ombre colorée qui les enveloppait, qu'on distinguait surtout dans les endroits sombres ou quand on les épiait du coin de l'œil. Des deux dames, celle de Mme Rector était d'un rose doux et chaleureux, et celle de Mme Marks d'un jaune transparent, excepté lorsqu'elle était en colère et que des lueurs orangées venaient la traverser. Kamal diffusait un bleu d'une grande pureté, qui fonçait quand il parlait de spiritualité et des défis à relever dans ce monde imparfait. Sa lumière l'avait guidée autant que ses paroles.

Chez Renbourne, elle décelait son énergie même en plein soleil. L'essence de son être irradiait d'une manière que contredisait son expression sévère. L'or et l'écarlate étincelaient autour de lui, les couleurs les plus limpides qu'elle eût jamais vues. Parfois, elle se demandait quelles étaient ses propres couleurs. Elle ne pouvait les voir, même en se regardant dans un miroir.

Honteuse d'avoir fui Renbourne dans le jardin des plantes aromatiques, elle avait décidé d'accepter le repas qu'il lui avait offert. D'autant qu'elle avait faim, et que Roxana semblait l'avoir accepté. Mais elle ne s'était pas attendue à ressentir aussi vivement sa présence.

Il ne ressemblait à aucun visiteur de Warfield. Elle aurait voulu se persuader que c'était parce qu'il était un jeune homme. Toutefois, cela n'expliquait pas l'agitation qu'elle éprouvait, ni ce sentiment de vide pour lequel elle n'avait pas de nom.

Une brume se levait, et même la chaleur de Roxana ne suffisait pas à la réchauffer. Le sol était trop froid et humide pour s'y reposer. Elle se redressa, claqua des doigts. Obéissante, la chienne lui emboîta le pas. La nuit bruissait des petites créatures qui vaquaient à leurs occupations.

Quoique ce ne fût pas le chemin le plus court, elle traversa le bois afin d'avoir le plaisir d'entendre jouer les blaireaux, puis le jardin dédié à la Lune. Elle gardait un vague souvenir de son père, lui disant en riant qu'elle avait des yeux de chat. Même dans une obscurité opaque, elle trouvait sans peine son chemin.

Elles atteignirent la maison. Roxana sur les talons, elle entra par une porte dérobée et gravit l'étroit escalier qui menait au corridor près de sa chambre. Les ongles de la chienne cliquetaient sur les marches en bois.

Dans sa chambre, la lumière laiteuse qui pénétrait par la fenêtre éclairait une forme sur son lit. C'était Ginger. Le chat leva la tête et l'accueillit par un ronronnement. Épuisée, le corps glacé, elle se glissa sous les couvertures sans se déshabiller et s'enroula autour du chat. Roxana se coucha à ses pieds avec un soupir.

Le sentiment de vide ne l'avait pas quittée. Mais finalement, réchauffée par ses amis, elle s'endormit.

Par chance, le lendemain matin, Dominic regarda par la fenêtre alors qu'il venait de s'habiller. Meriel et Roxana se dirigeaient vers les remises. Selon Mme Marks, la jeune fille y retrouvait régulièrement Kamal en début de matinée, probablement pour lui indiquer sa volonté dans un langage secret. Pressé de la rejoindre, il quitta la maison, regrettant de devoir sacrifier son petit déjeuner.

En traversant le parterre, il songea que tout le monde acceptait les allées et venues de Meriel comme si elle était un animal domestique préféré. La maisonnée s'organisait autour de ce feu follet.

Mais il comprenait désormais pourquoi on ne l'avait jamais placée dans une maison d'aliénés. Aucun humain sain d'esprit n'aurait eu le cœur d'enfermer une aussi belle créature. Ici, elle ne faisait de mal à personne, et elle profitait de la vie à sa manière.

Malgré sa hâte, lorsqu'il atteignit les remises, Kamal était seul. L'Indien était assis en tailleur devant la serre, les yeux fermés et les mains ouvertes vers le ciel. Dominic hésita, ne voulant pas interrompre ce qui ressemblait à une prière.

Kamal ouvrit les yeux.

— Bonjour, milord, dit-il d'un ton placide.

Se rappelant comment l'Indien l'avait salué, Dominic joignit les mains et inclina la tête.

— *Namaste,* Kamal. Est-ce que lady Meriel est venue vous voir ?

L'homme se leva.

— Ce matin, elle travaille dans le jardin aux buis taillés.

— Croyez-vous que je puisse l'aider ?

Kamal le scruta un instant.

— Seulement en exécutant des tâches subalternes, qui ne sont pas dignes d'un gentleman.

— C'est elle qui m'intéresse, pas mon orgueil. Comment puis-je l'aider ?

— Elle taille les ifs, répondit Kamal d'un air satisfait. Il faudra ramasser les chutes. Si vous le désirez, il y a des sacs dans la remise.

Dominic eut un instant d'hésitation. Les tatouages sur le visage de Kamal semblaient moins prononcés que l'autre fois. Comment était-ce possible ?

— Veuillez excuser ma curiosité, mais vos tatouages m'intriguent. Ils sont très… singuliers.

— Mes tatouages ? Ah, vous parlez des *mehndi.*

Kamal montra ses mains, dont les dessins également paraissaient moins prononcés.

— Ils sont peints au henné. C'est une coutume de mon pays natal. Ils disparaissent au bout d'une semaine ou deux.

Dominic se sentit soulagé que ces dessins aient été réalisés sans douleur.

— Vous les avez peints vous-même ?

— Non, c'est la jeune maîtresse.

— Lady Meriel ?

Surpris, Dominic examina les dessins de plus près. Un travail aussi élaboré exigeait un grand savoir-faire.

— C'est vous qui lui avez appris la technique ?

— Oui. Elle avait vu des *mehndi* en Inde lorsqu'elle était enfant. Quand elle a commencé à dessiner sur sa peau avec du jus de raisin, j'ai pensé qu'il valait mieux lui enseigner l'usage du henné.

Avec un sourire, Kamal regarda l'une de ses mains et ajouta :

— Maintenant, elle a dépassé son maître...

— Hier, j'ai remarqué qu'elle avait un tatouage autour de l'avant-bras. S'agit-il d'un *mehndi* ?

— Oui. Elle était d'humeur joyeuse, ce jour-là.

Soulagé de pouvoir chasser de son esprit l'image atroce d'une enfant soumise à des aiguilles de tatoueur, Dominic entra dans la remise. Une petite créature à piquants était roulée en boule sur les sacs de toile.

— Il y a un hérisson blanc qui dort dans la remise, dit-il en revenant vers Kamal.

— C'est Snowball, le hérisson de la jeune maîtresse. Les blancs sont très rares. Il était blessé et elle l'a élevé dans une cage. Maintenant, il vit en liberté. (Une lueur amusée éclaira le regard de Kamal.) Il est trop heureux pour s'en aller.

Dominic imagina la jeune Meriel attrapant des asticots et des vers de terre pour nourrir son hérisson. Mais comment faire pour prendre les sacs sans déranger Snowball ?

Après réflexion, il attrapa les quatre coins du premier sac, le souleva d'une main, et empoigna de l'autre une douzaine de sacs dans la pile. Puis il reposa le sac du dessus à sa place.

Réveillé, le petit animal le regarda de ses yeux roses et arqua ses piquants, avant de se rouler en boule à nouveau et de se rendormir.

Avec un sourire, Dominic balança les sacs sur son épaule et partit en direction des ifs taillés qui se trouvaient de l'autre côté du jardin. D'après sa carte, chaque espace était conçu d'après un thème : il y avait une roseraie, un jardin dédié aux nénuphars, un autre aux herbes aromatiques. Au-delà se trouvaient des étendues plus vastes, destinées à procurer des impressions variées.

En marchant, il songea au bracelet de henné que Meriel s'était dessiné sur l'avant-bras droit. Elle devait être gauchère.

On prenait la fiancée de Kyle pour une folle ou une retardée mentale. Pourtant, il fallait faire preuve d'intelligence et d'habileté pour être un bon jardinier, apprivoiser des animaux sauvages et dessiner ces figures complexes. Son esprit suivait peut-être des cheminements insolites, mais lady Meriel n'avait rien d'une demeurée.

Les gens évoquaient la folie à tort et à travers, sans savoir vraiment ce que c'était. Des colères incontrôlées, un comportement sauvage, de la bave aux lèvres étaient sans doute des signes d'aliénation mentale. Or, Meriel en était dépourvue. Elle vivait dans un monde personnel, sans interaction véritable avec les autres humains. Et si elle n'était que faiblement atteinte ? Si on pouvait la guérir ?

Il lui fallait en savoir davantage. Il se promit d'en discuter plus tard avec ses chaperons et consulter des livres dans la bibliothèque.

Il gravit une petite colline et son regard embrassa le paysage. À sa gauche, une rivière bordait la propriété de Warfield. Au sommet de Castle Hill se dressaient des ruines, selon la carte. À mi-chemin s'étendait une mosaïque de prés et de champs, parsemés de haies. Plus près, le mur d'enceinte séparait le parc des champs. Il n'aperçut qu'un seul être humain, un jardinier qui tondait une pelouse.

Son regard se porta sur la partie la plus proche de lui. Il eut le souffle coupé : le flanc de la colline avait été transformé en damier, formé de carrés d'herbe plus ou moins foncée qui alternaient. Des éléments d'un jeu d'échecs, taillés dans des ifs et des buis aux teintes variables, allant d'un vert profond à un vert plus lumineux, étaient disposés comme si un jeu était en cours.

Grâce aux nuances des arbustes, on distinguait clairement les pièces « blanches » des « noires ». Une demi-douzaine de pièces avaient été prélevées du jeu et placées sur le côté. Les noirs semblaient gagner.

Un éclat bleu apparut au centre du damier. Devinant qu'aucun des jardiniers ne portait cette couleur vive, il allait s'en approcher, quand il remarqua un cheval et son cavalier qui franchissaient une haie.

Émerveillé, il constata que le cavalier et sa monture étaient également taillés dans les ifs. Autour d'eux se déployait toute une chasse à courre, avec trois cavaliers et quelques chiens de meute pourchassant un renard.

Il s'approcha d'un chien qui semblait flotter au-dessus de l'herbe, les pattes étirées. Jamais il n'avait vu quelque chose de semblable. D'ordinaire, les éléments de l'art topiaire étaient des formes géométriques, des cubes ou des pyramides.

Parmi les feuilles denses, il décela une tige de fer, façonnée en forme de chien. Le buisson élagué en respectait les contours. Il avait certainement fallu des décennies pour atteindre une telle perfection.

Le chien venait d'être taillé. Autour de lui se trouvaient quelques branchages. Il les ramassa dans un sac, puis repartit en quête de lady Meriel, s'arrêtant près du renard pour ramasser des feuilles éparses sur le sol.

Les différents éléments du jeu d'échecs étaient d'une taille imposante. Les cavaliers étaient magnifiques, avec de belles têtes chevalines et une esquisse de paupières abaissées. C'était sans aucun doute le plus beau jardin d'Angleterre.

Certains éléments étaient taillés avec la précision d'une sculpture de marbre, d'autres avaient un aspect plus négligé. Il fallait un effort considérable pour maintenir les formes en état, surtout au printemps.

Il était en train d'admirer les créneaux d'une tour, lorsqu'il entendit un son musical. Ce n'était pas un trille d'oiseau, peut-être un instrument de musique qui ressemblait à une voix humaine...

Curieux, il suivit la musique, se déplaçant sans bruit sur le gazon doux comme du velours. Il émergea entre deux pions et s'arrêta net.

Lady Meriel chantait.

Vêtue d'une tunique et d'une jupe bleues, elle lui tournait le dos et taillait la reine blanche avec une cisaille. Et elle chantait !

Personne n'avait jamais dit qu'elle était muette, seulement qu'elle ne parlait pas. Elle possédait une voix douce et légère, qu'elle utilisait visiblement souvent, même si elle se contentait de communiquer avec les plantes. L'air avait des intonations rêveuses qui lui rappelèrent une harpiste qu'il avait entendue en Irlande. Cependant, elle ne prononçait aucune parole, se contentant des notes.

— Bonjour, Meriel. Je suis venu vous aider.

Elle actionna sa cisaille pour trancher les feuilles sans se retourner, mais ses épaules s'étaient raidies. Elle était donc consciente de sa présence. Moins farouche, Roxana vint vers lui pour se faire gratter la tête.

Meriel avait taillé plusieurs éléments de l'échiquier. Il ramassa les feuilles et les branchages, tandis que la mélodie l'enserrait dans ses mailles. Il remarqua que le sommet de la reine avait été négligé, car Meriel était trop petite pour l'atteindre. C'était le moment de se rendre utile.

Quelques outils étaient posés au pied du fou noir. Il prit un sécateur et s'approcha de la reine. Sur la pointe des pieds, il réussit à élaguer quelques feuilles.

La chanson s'interrompit brusquement et la jeune fille contourna l'arbuste, brandissant sa cisaille comme une arme. Elle regarda le haut de la reine.

— Je n'ai rien abîmé, assura-t-il doucement. Même un gentleman bon à rien peut exécuter ce genre de travail, quand les formes sont aussi réussies.

Ses yeux glissèrent sur lui, si bien qu'il ne put toujours pas croiser son regard. Mais elle semblait satisfaite. Retournant à sa place, elle continua à élaguer – sans toutefois chantonner, au grand regret de Dominic.

Comme la journée était chaude et que sa redingote l'empêchait de lever les bras correctement, il la retira. Il travailla avec attention, sachant que lady Meriel serait furieuse s'il abîmait une pièce aussi importante.

Il était si concentré qu'il faillit la renverser en faisant le tour de l'élément. Voulant éviter d'écraser ses pieds nus, il perdit l'équilibre et se rattrapa à son coude pour ne pas tomber. D'un seul coup, tout parut s'arrêter – ses mouvements, les siens, même la brise.

Tout excepté son cœur, qui se mit à battre la chamade.

Il contempla le haut de sa tête où les cheveux pâles étaient tirés pour se rejoindre en une tresse qui lui descendait jusqu'aux hanches. Elle demeurait immobile, la mâchoire serrée. Un voile de sueur luisait sur sa peau nacrée.

Seigneur, comme elle était petite ! Sa tête lui arrivait à peine au menton. Mais elle n'avait rien de fragile. Il sentait une grande force dans le bras qu'il tenait, et une tension parcourait son corps gracieux. Que verrait-il si elle levait les yeux vers lui ? De la crainte ou de la colère ?

— Vous n'avez pas l'habitude que l'on vous touche, n'est-ce pas ? murmura-t-il en la lâchant. Le mariage implique qu'on se touche d'une manière très intime. Je me demande comment vous réagiriez... Avec dégoût ou plaisir ?

Alors qu'il s'attendait à ce qu'elle parte en courant, elle leva une main et effleura son cou. Il frémit au contact de la caresse légère. Il sentit les durillons sur le bout des doigts qui exploraient sa mâchoire, son oreille.

— Vous avez une voix, Meriel, souffla-t-il. Ne pouvez-vous me dire oui ou non ? M'appeler par mon nom ?

Brusquement, elle fit volte-face et se dirigea d'un air furieux vers le fou noir de l'échiquier.

Il devina que c'était sa manière de dire non.

Ses mains tremblaient si fort qu'elle tailla trop profondément, rognant la surface plane du fou. C'était sa faute à lui ! se dit-elle. À son arrivée, il n'avait eu guère plus d'importance qu'un moineau, mais en deux jours seulement, il était devenu aussi réel que Kamal. Même les dames n'avaient pas sa vivacité et sa texture.

Elle se força à s'arrêter, à contrôler sa respiration, avant de recommencer à tailler le fou. Renbourne repartirait bientôt, car il appartenait trop viscéralement au monde extérieur pour rester longtemps dans un endroit aussi paisible. Jusqu'à son départ, il continuerait à la déranger.

Au moins, il était capable de tailler un arbuste sans l'abîmer...

Elle jeta un coup d'œil de l'autre côté de l'échiquier. Il levait les bras pour élaguer le haut de la reine blanche. Sa chemise s'étirait sur ses larges épaules, qui créaient un triangle harmonieux avec sa taille fine. Elle le détailla avec plaisir… jusqu'à ce qu'il se tourne vers elle.

Aussitôt, elle baissa la tête. Pourquoi rougissait-elle à la pensée d'avoir pris plaisir à le contempler ? Tous les jours, elle observait les abeilles et les blaireaux, les oiseaux et les papillons. Chaque vie était remarquable en elle-même.

Renbourne n'était qu'une jolie créature parmi les autres.

6

Heureusement, jusqu'à présent, le temps avait été clément. Constancia était trop faible pour endurer les soubresauts d'une mer démontée. Le matin était calme, le vent gonflait les voiles et les emmenait doucement vers l'Espagne.

Kyle l'avait installée sur le pont arrière, d'où ils pouvaient suivre le vol des mouettes. Elle se reposait sur une chaise longue, les yeux fermés. Un léger sourire jouait sur ses lèvres. Le soleil avait légèrement bruni sa peau, lui donnant l'illusion de la bonne santé. Son teint mat avait été l'un des atouts de sa séduction.

— La lumière est différente par ici, murmura-t-elle. En Angleterre, elle est froide et bleue. Ici, elle est chaude, pleine de rouges et de jaunes…

Elle avait raison. C'était étrange. Lui qui avait toujours rêvé de voyager ne prêtait aucune attention à cette croisière. Il n'était intéressé que par elle.

— Cette fille dans le Shropshire, qui doit devenir ta femme, comment est-elle ?

Comme il n'avait plus pensé à Warfield depuis leur départ, il essaya de se rappeler ses impressions de lady Meriel.

— Elle est menue. Fade. (Il esquissa une moue ironique.) Et très, très fortunée.

Constancia ouvrit les yeux.

— On dirait que tu ne l'apprécies pas.

— Je la connais à peine. Les gens comme moi ne sont pas censés éprouver des sentiments pour celle qu'ils vont épouser. Ma vie appartient à Wrexham.

Il ne parvenait pas à dissimuler son amertume.

— Balivernes ! Personne ne peut te forcer à te marier contre ton gré. Tu devrais au moins éprouver un peu de tendresse pour ta fiancée. De toute façon, elle s'apercevra sûrement de la supercherie, poursuivit Constancia en fronçant les sourcils. Des jumeaux ne sont jamais parfaitement identiques. Tu espères qu'elle se mettra en colère et qu'elle rompra vos fiançailles ?

— Elle ne remarquera rien.

Il détourna les yeux, sachant qu'il ferait mieux de se taire. Mais il avait l'habitude d'être honnête.

— Elle n'est pas... normale.

Choquée, Constancia retint son souffle.

— Kyle, tu ne vas tout de même pas épouser une simple d'esprit ou une folle ? Tu ne ferais pas une chose aussi absurde !

— Lady Meriel n'est ni l'une ni l'autre. Elle est seulement perdue dans un monde à elle. Son oncle espère que le mariage la ramènera à la réalité.

— C'est toi qui es fou, *querido* ! Tu envoies le frère que tu méprises courtiser une fiancée qui n'a pas toute sa tête. *Madre de Dios*, est-ce que tu songes à ton avenir ?

Il s'accouda à la rambarde et contempla la mer. Quand son père avait évoqué le sujet de lady Meriel, Kyle avait envisagé la possibilité du mariage, sachant qu'il aurait toujours Constancia. Puis celle-ci était tombée malade, et à présent c'était la seule chose qui comptait à ses yeux.

— Parle-moi de ton frère, *querido,* reprit-elle d'une voix douce. Tu prétends qu'il est irresponsable et tu n'en parles jamais. Vous partagez le même sang. C'est sûrement quelqu'un d'important pour toi.

— Nous avons probablement eu notre première dispute alors que nous étions encore dans le ventre de notre mère.

— Vous avez toujours été ennemis ?

Il regarda une mouette plonger dans la mer à la poursuite de sa proie. Après un long silence, il répondit :

— Non. Autrefois, nous étions camarades. De bons camarades...

Il repensa aux nuits passées dans le même lit, à rire et à se raconter des histoires. Dominic avait toujours eu un grand sens de l'humour... Son estomac se noua.

— Qu'est-ce qui est arrivé ? demanda-t-elle, sa voix aussi légère que la brise marine.

Il n'avait jamais parlé de Dominic à Constancia. Même avec elle, le sujet avait été trop douloureux à aborder. Mais le temps des secrets était révolu.

— Enfants, nous étions inséparables. Nous faisions les quatre cents coups à Dornleigh. Parfois, on se disputait, mais ce n'était jamais très grave. Les problèmes ont commencé quand on nous a envoyés dans deux écoles différentes.

— Vous avez dû en souffrir.

Ses mains se crispèrent sur la rambarde. Les premières nuits à Eton, il avait pleuré dans son lit, jusqu'à ce qu'un garçon plus âgé se moque de lui devant ses camarades de classe. Dominic n'avait pas connu la même chose à Rugby. Lorsqu'il revenait à la maison pour les vacances, il racontait des histoires amusantes sur sa nouvelle vie. Heurté de ne plus compter aux yeux de son frère, Kyle s'était muré dans un silence hautain, et leur complicité avait subi sa première fissure.

— Au fil des ans, nous avons eu de moins en moins de choses en commun. Il avait d'autres amis, d'autres centres d'intérêt.

— Est-ce que ton frère te jalousait parce que tu étais l'héritier ?

— C'était l'une des raisons.

Mais le ressentiment était une explication trop simpliste à leur brouille. L'intendant de leur père leur avait appris ce qu'un gentleman devait savoir pour diriger un domaine. Kyle avait enduré les leçons car c'était son devoir. Ce maudit Dominic les avait appréciées. Il avait posé d'innombrables questions à l'intendant sur l'assolement et l'élevage. Et il bouillonnait de rage parce que Kyle hériterait de Dornleigh alors qu'il ne s'intéressait pas au domaine.

— Parfois, je me dis que c'est lui qui aurait dû être l'héritier. J'aurais aimé avoir la liberté d'un fils cadet.

C'était la première fois qu'il faisait cet aveu à quelqu'un.

— Je comprends.

Connaissant Constancia, elle le comprenait vraiment. Il y avait eu d'autres malentendus entre son frère et lui, jusqu'à la rupture finale, vers leur dix-huitième anniversaire. Ensuite, ils s'étaient rarement croisés et ne s'étaient plus jamais parlé à cœur ouvert.

Leur séparation était survenue peu de temps avant sa rencontre avec la Paloma. Dominic avait laissé un trou béant dans sa vie. Que lui serait-il arrivé si Constancia n'avait pas comblé le vide ?

La mer dispense une atmosphère étrange, songea Kyle. Des idées curieuses vous traversent l'esprit…

7

Dominic et Meriel travaillèrent paisiblement parmi les pièces de l'échiquier, jusqu'à ce que le soleil fût haut dans le ciel. Puis, sans lui accorder un regard, elle ramassa ses outils de jardinage dans un sac de toile et s'éloigna, Roxana sur les talons.

Abandonnant son sac de chutes aux jardiniers, Dominic attrapa son veston et lui emboîta le pas. Bien qu'elle regardât droit devant elle, il devinait qu'elle était consciente de sa présence. Elle arborait une expression pensive, distante, mais parfaitement normale.

Il voulut lui prendre le sac. Elle résista un instant, puis le lui abandonna. Visiblement, elle n'avait pas besoin d'aide.

— Si vous recommencez à chanter, je pourrais vous accompagner en sifflant. Je siffle plutôt bien.

Aucune réponse.

Il se mit à siffloter une ancienne ballade, qui rappelait un peu la chanson de Meriel. Elle lui jeta un coup d'œil furtif. Au moins, elle avait réagi. Décidément, la musique avait le pouvoir de charmer les bêtes sauvages. Sans être vraiment farouche, la jolie Meriel n'était pas tout à fait civilisée.

Elle emprunta un chemin qu'il ne connaissait pas. Abrité par de grands arbres, le sentier suivait un ruisseau. Des fleurs poussaient sur les rives. Il cessa de siffler pour écouter les sons joyeux de l'eau gargouillant entre les rochers. Par une chaude journée d'été, ce petit vallon ferait un refuge idéal.

— Quel endroit merveilleux ! Presque trop parfait pour être naturel. Je présume que le ruisseau d'origine a été aménagé, n'est-ce pas ? Vous régnez sur les jardins les plus extraordinaires que j'aie jamais vus, lady Meriel. Ce domaine devrait s'appeler les champs Élysées. C'est ainsi qu'on nomme la demeure des morts dans la mythologie grecque. Est-ce que quelqu'un vous a lu les mythes grecs, quand vous étiez enfant ? Les Grecs étaient des gens querelleurs, mais ils nous ont laissé des histoires formidables.

Un souvenir lui traversa l'esprit : Kyle et lui jouant à la guerre de Troie, alors qu'ils avaient sept ou huit ans. Kyle était le valeureux Ajax, tandis qu'il avait choisi d'incarner le rusé Ulysse…

— Voulez-vous que je vous lise une histoire ce soir, Meriel ? J'en serais heureux.

Il aurait aimé lui faire découvrir les grands classiques de la littérature. Les mots provoqueraient peut-être une réaction dans son esprit, qui l'aiderait à revenir dans le monde réel ?

Il observa son profil exquis, et impassible. À moins que le mal qu'elle avait subi enfant ne fût irrémédiable… C'était tellement injuste !

Comme il n'avait plus envie de poursuivre son monologue, il demeura silencieux jusqu'à ce qu'ils aient rejoint les cabanes des jardiniers. Elle pénétra dans la serre. À l'intérieur, Kamal s'occupait des ananas. Désormais, les meilleures maisonnées produisaient ces fruits exotiques pour impressionner leurs invités. Chez son père, à Dornleigh, on leur avait consacré la moitié d'une serre.

Kamal sembla étonné de voir Dominic. Il avait probablement douté qu'un aristocrate gâté pouvait avoir la patience de tailler des arbustes toute une matinée.

Il inclina la tête en signe de respect et s'adressa à Meriel :

— Vous devriez manger quelque chose avant de repartir, milady.

Il choisit un ananas et le découpa avec le poignard qu'il portait à la ceinture. En observant comment l'Indien maniait la lame effilée, Dominic se promit de ne jamais le mettre en colère !

S'inclinant poliment, Kamal leur offrit les tranches de fruit juteuses. Meriel prit un morceau et le mordit de ses petites dents blanches. Dominic accepta aussi une part.

— Ne voulez-vous pas vous joindre à nous, Kamal ?

Tandis que l'Indien hésitait, il ajouta :

— Un remarquable jardinier comme vous, qui cultive des fruits aussi merveilleux, doit en profiter.

— Vous êtes très courtois, milord, dit Kamal en prenant une tranche d'ananas.

Il était poli, mais le ton avait quelque chose d'ironique. Décidément, c'était un homme complexe, songea Dominic.

Il mordit dans sa tranche d'ananas. Il n'en avait jamais goûté d'aussi succulent. Le fruit était à la fois doux et acidulé, et son jus savoureux. S'il avait eu dix ans, il aurait gémi de plaisir.

— Exquis.

Ils continuèrent à déguster le fruit en silence. Ses amis londoniens se seraient moqués de lui, s'ils l'avaient vu dans cette serre avec un serviteur étranger et une ravissante folle ! Pourtant, bien que ce ne fût pas un déjeuner conventionnel, il passa un agréable moment.

Lorsqu'elle eut fini, Meriel s'éloigna vers l'extrémité de la serre.

— Savez-vous quels sont ses projets pour l'après-midi ? demanda Dominic.

— Non, milord. En général, elle aime s'occuper d'une tâche différente de celle du matin.

Ainsi, elle n'élaguerait plus aujourd'hui. Tant mieux. Elle s'était arrêtée près d'une pompe à eau. Voyant qu'elle avait du mal à pomper l'eau tout en se lavant les mains, Dominic s'approcha et posa la main sur la sienne.

Elle accepta son aide, puis se sécha les mains sur une serviette accrochée à un clou.

Elle allait repartir, quand elle marqua un temps d'arrêt et réfléchit. Puis elle saisit la poignée et se mit à l'actionner. Il comprit qu'elle lui rendait la pareille. Touché, il se lava les mains à son tour.

— Merci, Meriel.

Dès qu'il eut fini, elle s'éloigna avec le même manque de cérémonie que d'habitude. Tel un chat, Meriel ne regardait jamais en arrière...

Elle s'arrêta à la cabane où habitait son hérisson. Lorsqu'elle s'agenouilla près des sacs en toile de jute, Snowball se réveilla et roula sur le dos pour qu'elle lui caressât le ventre. Dominic l'observa d'un air amusé. Il ignorait que les hérissons pouvaient se montrer affectueux.

Une mèche de cheveux blonds effleurait le petit animal. Ils étaient presque aussi blancs que les piques du hérisson. Est-ce que Kyle aurait aimé voir Meriel jouer ainsi ? Probablement pas. Son jumeau était trop impatient, trop nerveux pour apprécier ce genre de petits plaisirs.

Après une dernière caresse, Meriel se leva. Elle frôla Dominic comme s'il était invisible et se dirigea vers la maison. Il lui emboîta le pas.

— Vous avez un don avec les animaux. Comme saint François d'Assise, vous connaissez ? C'est un saint catholique, je ne pense pas que l'on vous ait jamais parlé de lui. Ce devait être un homme fascinant. On raconte que les animaux sauvages lui mangeaient dans la main, vous vous rendez compte ! Il les appelait ses frères et sœurs.

Dominic se rappelait une peinture représentant saint François assis dans une clairière, les oiseaux perchés sur ses épaules, des renards, des biches et d'autres animaux rassemblés autour de lui. Il affichait une expression aussi détachée du monde que celle de Meriel… Les saints et les fous auraient-ils une parenté ?

Il continua à bavarder, lui racontant ce qu'il savait sur saint François. Bien qu'elle ne tournât pas la tête, il devina qu'elle écoutait. Mais peut-être n'entendait-elle que le rythme de ses paroles sans les comprendre.

Alors qu'ils approchaient des écuries, il songea que le cheval de Kyle devait prendre l'air.

— Aimeriez-vous voir Pégase, Meriel ?

Quand il lui effleura le coude pour la guider vers les écuries, il perçut sa résistance. Il comprit qu'elle avait peur des chevaux.

— C'est une bête splendide, nommée d'après le cheval ailé d'une légende grecque.

À contrecœur, elle l'accompagna à l'intérieur des écuries.

— Est-ce que vous montez à cheval ? demanda-t-il en examinant les chevaux de Warfield. Je suppose que non. Il manque une monture pour dames… Attention où vous mettez les pieds. On peut se faire mal, pieds nus dans une écurie.

Pégase sortit la tête d'un box et hennit doucement. Tandis que Meriel gardait ses distances, Dominic lui caressa le nez en lui promettant une promenade.

— Il ne vous fera pas mal, vous savez…

Même si l'expression de son visage était difficile à déchiffrer à cause de la pénombre, il devinait qu'elle était sur le point de s'enfuir.

— Vous aimez les animaux et ils vous le rendent bien. Pégase est un bon cheval. Il souhaiterait vous connaître.

Elle s'approcha lentement. Elle ne semblait pas effrayée, seulement réticente. Il recula afin de la laisser faire. Par bonheur, le cheval avait bon caractère.

Pégase souffla, tendant la tête vers la jeune fille. Elle se crispa, puis toucha l'étoile blanche qu'il portait sur le front. Elle avait l'air terriblement fragile, comparée à la puissante stature de l'étalon.

Pégase lui donna un coup sur l'épaule pour l'encourager. Bien qu'il eût failli la renverser, elle parut se détendre. De l'autre main, elle lui caressa l'encolure.

Dominic laissa échapper un soupir de soulagement. Le cheval et la jeune fille deviendraient amis. Pégase semblait aussi heureux de ses caresses que Snowball et Roxana.

— Aimeriez-vous le monter ? Pas toute seule, bien sûr, mais avec moi. Je vous jure que vous ne risquez rien...

Après un long silence, elle ferma les yeux et posa le front contre l'encolure du cheval, ses cheveux blonds se mêlant à la crinière noire.

Prenant son geste comme un acquiescement, Dominic ajouta :

— Parfait, nous allons le seller.

Elle le regarda brider et seller l'animal. Pégase trépigna d'impatience, une fois dehors.

— Restez un peu à l'écart pendant que je monte. Comme il n'est pas sorti de la journée, il est un peu excité.

C'était peu dire. Lorsque Dominic grimpa en selle, Pégase fit un bond de joie. Son cavalier eut à peine le temps de serrer les jambes pour ne pas faire un vol plané. Meriel s'en serait peut-être amusée, mais il avait sa fierté.

Durant quelques minutes, Pégase se défoula en donnant des ruades. Ce n'était pas par méchanceté, mais pour mettre son cavalier à l'épreuve. Tous deux s'amusèrent, jusqu'à ce que Dominic fît comprendre à l'étalon qu'il devait être sage.

En riant, il amena Pégase devant Meriel. Il aurait du mal à rendre le cheval à son frère. Peut-être Kyle accepterait-il de le lui vendre ?

La jeune fille s'était adossée au mur de l'écurie. À son côté, Roxana montait la garde. Elle s'attendait probablement à ce que Dominic s'écrase sur les pavés. Il sc demanda si elle en aurait été heureuse.

— Il est prêt à accepter une cavalière, Meriel, dit-il d'un ton calme. Venez, ajouta-t-il en lui tendant la main.

Elle s'approcha avec précaution, un œil sur les sabots ferrés de Pégase.

Inquiète, elle s'arrêta à un mètre puis, comme si elle craignait de changer d'avis, saisit brusquement la main tendue et posa son pied nu sur l'étrier. Il la souleva et elle s'assit derrière lui, enserrant le cheval avec ses jambes et glissant ses bras minces autour de Dominic.

Il fut troublé de voir les genoux dénudés de Meriel et de sentir son corps pressé contre le sien. Cette position intime était presque sensuelle.

— Warfield vous semblera sûrement différent, vu de cheval.

Il fit avancer Pégase au pas. Meriel se collait à lui, nerveuse. Elle était légèrement vêtue, et elle était sans aucun doute une femme, non une fillette...

Gardant les yeux devant lui, Dominic fit le tour de la maison. Roxana les suivait. Le pas de Pégase était si fluide que la jeune fille se détendit peu à peu.

— Nous allons partir au trot, préparez-vous à une cadence différente.

Avait-elle compris et le tenait-elle plus fermement ? Il n'en était pas certain, mais elle resta accrochée sans difficulté. Comme le trot n'était pas confortable pour quelqu'un sans étriers, il la prévint quelques instants plus tard :

— Nous allons galoper, maintenant.

Pégase s'élança en un galop cadencé, qui était cependant assez rapide. Ils filèrent le long du chemin planté d'herbe. Les arbres se brouillaient autour d'eux et le vent balayait leurs cheveux.

Soudain, Meriel éclata de rire. C'était un son de pur bonheur. Pourtant, il ne l'avait encore jamais vue sourire. Son cœur fit un bond dans sa poitrine. Il eut envie de la prendre dans ses bras, de communier avec elle dans cette exubérance de vitesse et de joie.

Comme ils approchaient des grilles en fer forgé du domaine, il ralentit l'allure.

— Puisque la journée est si belle, je vais vous emmener au village…

Elle poussa un cri terrifié, le lâcha et sauta du cheval qui avançait au petit galop.

Affolé, il arrêta Pégase et lui fit faire volte-face. Meriel roulait dans l'herbe, sa jupe et ses jambes nues battant l'air. Il descendit de cheval, craignant qu'elle ne se fût blessée. Mais avant qu'il pût l'attraper, elle s'était relevée et avait disparu parmi les arbres.

— Meriel, attendez ! cria-t-il en attachant Pégase à une branche.

Brusquement, Roxana se dressa devant lui, montrant les crocs. Il s'arrêta net. Même si la chienne l'aimait bien, elle lui arracherait la gorge pour défendre sa maîtresse.

Il reprit son souffle, se disant que Meriel n'aurait pas pu s'enfuir si elle avait été blessée. Elle avait disparu, ses vêtements tachés par l'herbe se confondant avec les buissons et les arbres.

Était-ce une réaction anormale de paniquer ainsi à l'idée de quitter Warfield ? Probablement pas, puisque le domaine avait été son refuge depuis l'enfance.

Il regrettait amèrement d'avoir été trop loin.

8

Dominic se réveilla à l'aube, le lendemain matin. Il avait rêvé qu'un cheval ailé le transportait dans les airs, tandis qu'une fée aux cheveux d'argent l'enlaçait en riant aux éclats. Hélas, après le dénouement malheureux de leur promenade, il n'avait pas revu Meriel.

Sa proposition de lui lire des légendes grecques n'avait pas eu de succès. Pourtant, l'idée était plaisante. Il les imaginait assis côte à côte, la jeune fille l'écoutant raconter ses contes préférés. Peut-être aimerait-elle aussi entendre de la poésie ?

Bah, autant lire à son chat ! Au moins, Ginger fuyait la pluie et aimait sommeiller près d'un bon feu. Dieu seul savait où Meriel avait passé la nuit. Il espérait qu'elle ne s'était pas réfugiée dans sa cachette humide.

Il se leva de son lit et s'aspergea le visage d'eau fraîche pour se réveiller tout à fait. En se séchant, il regarda par la fenêtre. Un brouillard épais recouvrait le paysage, et il discernait à peine le parterre sous sa fenêtre.

Il plissa les yeux en apercevant une silhouette qui s'éloignait. Meriel... Heureusement, elle semblait avoir passé la nuit dans la maison. Où allait-elle, à une heure si matinale ? Il se dépêcha de s'habiller, puis se rua dans l'escalier et se retrouva dehors.

Elle avait disparu, mais il se dirigea dans la même direction. Quelques minutes plus tard, il distingua sa mince silhouette. Il ralentit le pas, se demandant pourquoi il la poursuivait. Voulait-il s'excuser de lui avoir fait peur, la veille ? Peut-être avait-elle déjà oublié l'incident...

À moins qu'elle ne fût devenue si méfiante qu'elle ne se laisserait plus jamais approcher, ce qui sonnerait le glas du contrat qu'il avait passé avec Kyle. Il essaya en vain de s'imaginer en maître du manoir de Bradshaw. Il avait probablement raté sa mission.

Il désirait vivement devenir le propriétaire de Bradshaw, mais son rôle lui était de plus en plus pénible. Meriel méritait mieux que cette supercherie. Elle méritait un homme attentionné – et non un goujat qui s'intéressait si peu à leur mariage qu'il ne courtisait même pas sa propre fiancée. Kyle ne ferait jamais de mal à une innocente, mais il ne prendrait pas le temps de découvrir ce que Meriel avait de rare et de précieux.

La jeune fille avait aimé monter à cheval. Pourrait-elle se débrouiller seule avec une monture ? Si elle n'était pas comme tout le monde, elle était intelligente. Elle pourrait probablement apprendre l'équitation.

Il commençait à se dire qu'elle était capable de faire bien des choses que ses tuteurs ignoraient. En voulant la protéger, ils ne lui avaient pas permis de se construire et de relever des défis.

Il pressa le pas. Meriel avançait rapidement, il allait la perdre avec ce brouillard.

Le temps maussade lui rappelait ses vacances d'enfant en Écosse, sur la propriété de chasse de son père. Les deux frères avaient appris à chasser le cerf dans les landes avec le garde-chasse, un vieil Écossais. Dominic avait été un bon pisteur, doué pour anticiper les mouvements des animaux. Ses talents avaient même impressionné le vieux Donald. Mais il avait toujours refusé de tuer ces bêtes magnifiques.

Kyle non plus n'avait pas aimé la chasse. Pourtant, contrairement à son frère, il s'était révélé excellent tireur et avait abattu ses proies sans sourciller. Lord Wrexham avait été fier de son héritier.

Aujourd'hui, Dominic se rappelait les leçons du vieux Donald. Meriel était encore plus farouche qu'un cerf écossais. Avec ses cheveux pâles et ses vêtements flottants, elle ressemblait à un fantôme.

Ils avaient quitté les jardins. La brume s'épaississait à l'approche de la rivière. Le chemin commença à grimper. La pente devint raide. Il devait faire attention où il mettait les pieds, mais il levait les yeux de temps à autre pour vérifier où se trouvait Meriel.

Le souffle court, il se demanda comment une jeune fille pouvait gravir cette colline aussi rapidement. Puis il s'arrêta net. Comme dans un roman d'épouvante, les murs crénelés d'un château médiéval se dressaient devant lui. Un frisson le parcourut de la tête aux pieds. La carte du domaine indiquait « ruines normandes » à cet endroit, mais rien ne précisait qu'il y avait encore un château. Le lieu était sinistre.

Meriel pénétra par une ouverture dans le mur extérieur. Autrefois, il devait y avoir d'immenses portes en bois. Désormais les filaments de brouillard s'enroulaient autour des vieilles pierres. Il hésita. Pouvait-il s'aventurer dans un endroit clos où elle le remarquerait aisément ?

Il n'était pas venu aussi loin pour abandonner. Silencieux, il se faufila dans le vieux château...

Meriel avait deviné d'emblée qui la suivait. L'énergie de cet homme ressemblait à une flamme dans la brume. Agacée, elle songea qu'elle aurait dû emmener Roxana. La chienne aurait été trop contente de lui barrer le chemin, mais Roxana était âgée et elle souffrait de l'humidité. Meriel l'avait laissée dormir au coin du feu.

Elle adorait la magie du brouillard, qui transformait un paysage familier en quelque chose de singulier. Sans cet homme obstiné qui la suivait à la trace, elle aurait pu s'imaginer seule au monde. Elle n'aurait eu aucun mal à le semer. Elle se rappela comme il avait été effrayé, quand elle avait sauté de cheval. Puisqu'il ne cessait de l'embêter, elle allait lui donner une bonne raison de s'inquiéter !

En gravissant le chemin jusqu'au château, elle s'était plu à imaginer les douves remplies d'eau, des oriflammes et des chevaux caparaçonnés, des dames vêtues de velours et des seigneurs arborant fièrement les cicatrices de batailles féroces. Les images étaient parfois si réalistes qu'elle se demandait si elle avait autrefois habité ce château. Hiral, sa nurse hindoue, lui avait parlé de la réincarnation : les êtres grandissaient par l'esprit à travers les âges. Meriel y croyait, car les liens qu'elle éprouvait pour Warfield ne pouvaient avoir été forgés en une seule existence.

En silence, elle dit une prière pour Hiral, qui avait été tuée lors du massacre à Alwari. Sa gentille nurse méritait de renaître à une vie de douceur et de confort.

D'habitude, Meriel visitait toujours en premier le donjon, dont il ne restait qu'une coquille vide, mais ce jour-là, elle traversa la cour en direction de l'escalier qui menait au chemin de ronde. En montant les marches, elle se mit à psalmodier un chant funéraire sans paroles qu'elle avait entendu aux Indes. Sa plainte mystérieuse résonna sur les pierres, telle la complainte d'une âme perdue.

Elle atteignit le chemin de ronde et contempla la rivière. Par une belle journée, on voyait les collines du pays de Galles. Ce matin-là, elle discernait à peine les eaux bondissantes au pied des falaises. Son ancêtre, Adrian de Warfield, avait bien choisi l'emplacement de sa forteresse. En dépit de plusieurs attaques, le château n'avait jamais été conquis.

Tout en chantant, elle continua sa promenade, évitant les pierres écroulées, jusqu'à ce qu'elle eût atteint son but. Elle grimpa dans une embrasure de fenêtre. Une brise soulevait les mèches de ses cheveux. Le soleil dissiperait sans tarder le brouillard.

Elle baissa les yeux, son corps se balançant au rythme du chant, ses vêtements gonflés par le vent. Sous ses pieds nus, la pierre était froide.

Puis, quand une voix derrière elle poussa un cri horrifié, elle fit un pas en avant.

— Meriel !... Meriel !

Le cœur battant la chamade, Dominic gravit les marches trois par trois, hurlant pour l'empêcher de se suicider.

Il courut vers l'endroit d'où elle avait sauté et se pencha par-dessus les remparts. La rivière lui parut très lointaine. Personne ne pouvait survivre à une chute pareille, mais il ne voyait pas son corps.

Il eut un haut-le-cœur. Devait-il plonger pour la chercher ? Il ne pourrait la sauver. Et il se sentait coupable d'avoir poussé une innocente à se tuer. La jeune fille avait vécu sereine de nombreuses années, puis il était venu détruire le contrôle fragile qu'elle exerçait sur son esprit. Il l'avait crue excentrique, sans comprendre les secrets de son âme torturée. Et voilà qu'à cause de lui, les courants glacés de la rivière avaient emporté son corps brisé...

Un mouvement furtif sur la droite attira son attention. Un vêtement vert ? Il se pencha pour mieux voir.

Il avait pensé que le mur du château se dressait à pic au-dessus de la rivière, mais il y avait un rebord, large de quelques mètres, entre le mur et la falaise. Des siècles d'éboulements avaient constitué une petite plate-forme. Quelqu'un pouvait y sauter à pieds joints, puis rejoindre sans risque l'intérieur du château.

Il remarqua deux légères traces de pieds sur le sol humide. Elle était saine et sauve ! Soulagé, il s'appuya contre les remparts.

Son soulagement céda vite la place à la colère. La petite coquine lui avait délibérément infligé la peur de sa vie ! Cherchait-elle à le punir d'avoir voulu lui faire quitter Warfield ?

Furieux, il sauta sur le rebord. Il tomba lourdement et la terre s'effrita sous ses pieds. Il commença à glisser et se crut perdu.

D'une main, il agrippa un buisson solidement arrimé dans le sol. Il s'accrocha aux branches tordues. Meriel avait dû atterrir plus légèrement, et elle connaissait ce château par cœur. Cependant, elle avait pris un risque. Ignorait-elle la notion de danger ?

Il ne savait pas du tout comment fonctionnait son esprit.

Remis de sa frayeur, il s'adossa au mur et se mit à suivre le chemin qu'elle avait dû emprunter.

Si elle croyait se débarrasser aussi facilement de lui, elle se trompait !

9

Cachée parmi les arbustes, près des anciennes douves asséchées, Meriel attendait patiemment le retour de Renbourne. Comme elle se concentrait sur l'entrée principale, elle fut surprise de le voir contourner le mur du château. L'imbécile ! Il aurait pu se tuer en prenant le même chemin qu'elle.

Mais il avait été assez intelligent pour comprendre par où elle était passée. Autrefois, elle avait joué le même tour à un odieux médecin qui la croyait folle. Le crétin était parti en courant vers la maison, hurlant qu'il fallait fouiller les abords de la rivière. Après cet incident, les dames l'avaient renvoyé. Bien fait pour lui !

Renbourne redescendait la colline d'un air furieux. Avec un sourire, elle s'éclipsa, prenant garde à rester cachée.

Au pied de la colline, elle pénétra dans un bois touffu, car le brouillard n'était plus assez épais pour la dissimuler. Elle avait l'intention d'aller manger quelque chose, mais pour l'instant, elle suivait l'une de ses promenades préférées, écoutant les trilles des oiseaux.

Alors qu'elle se trouvait dans la partie la plus touffue du bois, elle entendit un gémissement douloureux. Elle fronça les sourcils. Le son recommença, une sorte de grognement et de plainte.

C'était un animal qui souffrait.

Guidée par les bruits, elle émergea dans une petite clairière. Il y avait deux renards. Le mâle tournait d'un air inquiet autour d'une femelle, dont la patte était coincée dans un piège en métal.

Meriel ressentit une colère noire. Des braconniers !

Au début du printemps, elle avait vu ces deux renards se courtiser, et sa gorge s'était nouée d'émotion. Désormais, ils élevaient leurs petits non loin de là. La femelle avait été happée par un piège destiné à un lièvre. Allongée sur le côté, la langue pendante, elle avait les pupilles dilatées par la souffrance et la terreur. Sa patte droite était ensanglantée.

Meriel avança. Le renard glapit et recula, sans trop s'éloigner. Avec précaution, elle s'approcha de la renarde, fredonnant pour calmer l'animal dont la queue fouettait le sol. Lorsqu'elle étendit la main, la femelle essaya de la mordre.

La jeune fille retira vivement la main. La plupart des animaux sauvages de Warfield la toléraient, mais la renarde souffrait tellement qu'elle pouvait être dangereuse.

Une branche craqua derrière elle. Renbourne ? Non, il s'agissait d'un pas plus léger… Devinant que le braconnier venait relever son piège, Meriel se réfugia de l'autre côté de la clairière.

Quelques instants plus tard, un garçon dépenaillé, un sac vide sur l'épaule, émergea des buissons. Il osait braconner sur sa propriété, blessant et tuant les animaux dont elle avait la charge !

Meriel retint son souffle quand il sortit un couteau et s'apprêta à trancher la gorge de la renarde.

Avec un hurlement de rage, elle bondit de sa cachette et se rua sur l'intrus.

Si Dominic n'avait pas été un bon pisteur, il n'aurait jamais retrouvé la trace de Meriel. Elle se déplaçait avec l'évanescence d'une brume printanière. Pourtant, çà et là, elle abandonnait une empreinte de pas ou un feuillage aplati. Il ne tarderait pas à la rattraper.

Que ferait-il alors ? Il avait envie de lui donner une fessée, car elle avait un sens de l'humour déplorable.

Un hurlement retentit dans les bois, et son cœur se serra. Meriel ! Cette fois, il s'était passé quelque chose ! Il se mit à courir, se demandant ce qui la menaçait. Il n'y avait sûrement pas d'animaux dangereux dans le parc.

Il aurait dû se souvenir que l'animal le plus redoutable était l'homme. Lorsqu'il déboucha dans la clairière, il vit la jeune fille couchée sur l'herbe, un inconnu au-dessus d'elle. Il fut saisi d'une rage inouïe.

— Espèce de brute ! gronda-t-il.

Il empoigna l'inconnu et l'arracha à Meriel. Puis il lui décocha un coup de poing qui le fit tomber par terre. Les poings serrés, Dominic se planta au-dessus du violeur, se retenant de continuer à le battre.

— Quel genre de monstre s'en prend à une fille sans défense ?

— Sans défense ? protesta l'étranger, la joue lacérée par les ongles de Meriel. C'est elle qui s'est jetée sur moi ! J'essayais de l'empêcher de m'arracher les yeux !

Meriel s'était relevée. Elle n'avait pas l'air d'une jeune fille délicate qui venait d'être agressée par un violeur. Les yeux plissés, elle scrutait l'inconnu avec une expression féroce.

D'un coup d'œil, Dominic avisa la renarde capturée, le couteau, le sac taché de sang…

— Un braconnier, conclut-il.

L'homme se releva. Meriel fit un bond en avant, brandissant un bâton. Dominic réussit à la saisir au vol et l'attira à lui. Son petit corps était tendu comme un arc. Si c'était là l'une des colères dont lui avait parlé Mme Rector, ce n'était guère étonnant qu'on la prît pour une folle : elle était vraiment dangereuse.

Heureusement, sa violence n'était pas aveugle et Meriel ne la retourna pas contre lui, Il aurait eu du mal à la dominer. Elle se contenta de fusiller le braconnier du regard.

— Ne bougez pas, sinon je la relâche, menaça Dominic en voyant que le bandit allait s'enfuir. Et croyez-moi, elle est extrêmement rapide.

Le garçon, maigre comme un clou, ne devait pas avoir plus de dix-sept ans.

— Je lui aurais pas fait de mal. On sait qu'elle a pas toute sa tête. (Il frotta sa joue ensanglantée.) Elle s'est jetée sur moi comme... comme...

— Comme un ange exterminateur ?

Espérant que la jeune fille se tiendrait tranquille, Dominic la relâcha, car la sensation de son corps contre le sien le troublait.

— Ne l'attaquez pas, lady Meriel. La loi va s'en charger. Un braconnier est condamné à sept ans d'exil. Je suppose qu'on le déportera en Nouvelle-Zélande.

Le garçon blêmit.

— Je vous en prie, m'sieur, je ne voulais rien faire de mal, j'vous jure ! Pour un seigneur comme vous, un lièvre de plus ou de moins, ça n'est rien. Vous n'en avez pas besoin. Elle non plus. Sa fortune est immense. (Il se mordit la lèvre.) Mais si je suis condamné, maman et les petits vont mourir de faim. C'est dur, depuis que papa est mort. Y a pas de travail.

La colère de Dominic s'émoussait. Il n'approuvait pas la sévérité de la loi. Les juges condamnaient des personnes démunies qui devaient parfois tuer des animaux pour se nourrir.

— La réaction de lady Meriel s'explique par le fait que vous avez blessé cette renarde. Or, ce ne sont pas des animaux comestibles.

— Quand on a faim, un renard, ça se laisse manger, déclara le garçon d'un ton amer. Même si un lièvre aurait été mieux, c'est vrai.

Dominic étudia son visage acéré et ses vêtements usés. Lui-même était un fils cadet, dépourvu d'une grande fortune, mais il avait toujours mangé à sa faim.

Il fouilla dans sa poche, espérant avoir quelques pièces. Il en trouva une et la jeta au garçon.

— Va acheter de la nourriture pour ta famille. Et si tu tiens à rester libre, ne remets plus jamais les pieds à Warfield.

Le garçon fut abasourdi par la pièce en or. Meriel adressa un regard noir à Dominic.

— On ne peut pas condamner un homme qui essaye de nourrir les siens, lui expliqua-t-il sèchement.

Elle se dandinait d'un pied sur l'autre. Cependant, elle ne fit aucun mouvement agressif en direction du braconnier.

— Merci, m'sieur, bredouilla le garçon.

Dominic était soucieux. L'adolescent pourrait nourrir sa famille pendant quelques semaines, mais ce n'était pas une solution suffisante.

— Comment t'appelles-tu ? Je ne suis qu'un invité à Warfield, alors je ne peux rien te promettre, mais si tu penses qu'un travail t'éviterait de braconner, je vais demander à l'intendant s'il a une place pour toi.

— Oh, m'sieur ! Je ferais n'importe quoi d'honnête !

Même si un ouvrier agricole gagnait mal sa vie, le garçon ne risquerait pas d'être exilé, abandonnant sa mère et des enfants affamés.

Dominic se pencha pour ramasser le sac et le couteau.

— Tu peux les emporter, mais le piège reste ici.

Le garçon hocha la tête d'un air résigné. De toute façon, il ne pourrait jamais utiliser le piège d'acier légalement. Il suffirait qu'on le trouve sur lui pour l'accuser de braconnage et le condamner.

— Merci, m'sieur. Je m'appelle Jem Brown.

— Après-demain, présente-toi à l'intendant. Je lui parlerai d'ici là. Maintenant, va-t'en, et n'oublie pas que le parc t'est interdit désormais.

Jem s'enfuit avant que Dominic ne change d'avis. Meriel émit un bruit étrange, qui ressemblait à un sifflement de chat en colère.

— Nous devons nous occuper de cette malheureuse bête, dit Dominic.

Il alla tremper son mouchoir dans le ruisseau et revint vers l'animal blessé. Meriel s'était agenouillée près de la femelle.

La renarde grogna quand il s'approcha. Sachant que ce serait plus difficile de la soigner qu'un chien ou un cheval, il la regarda dans les yeux.

— Allons, ma petite, murmura-t-il. Nous allons te délivrer et examiner ta patte. Ne t'inquiète pas... Autrefois, je voulais être vétérinaire, tu sais. Je suivais le maréchal-ferrant, les fermiers et les bergers de Dornleigh à la trace. Mon père aurait eu une attaque si j'avais pratiqué un métier aussi modeste...

Il cherchait à calmer la renarde en lui parlant doucement. Il se rappela, juste à temps, qu'il ne devait rien dire qui pût trahir sa véritable identité auprès de Meriel. Si un fils cadet ne pouvait espérer devenir vétérinaire, c'eût été impensable pour l'héritier de Wrexham.

Dominic se mit à décrire la renarde, admirant sa queue qui se terminait par des poils blancs, déclarant que ses petits devaient être magnifiques. Lorsqu'il estima qu'elle était apaisée, il posa une main sur sa fourrure, à hauteur de l'épaule. L'animal frémit, mais accepta la caresse.

Il se concentra sur le piège. Les dents en métal retenaient la patte de la renarde. Quand il eut compris comment fonctionnait le piège, il se leva et appuya un pied sur le ressort. La mâchoire en fer s'ouvrit, et Meriel retira doucement la patte blessée.

— Encore un peu de temps et tu pourras retrouver tes petits, murmura-t-il en refermant le piège.

Il espérait que la blessure ne serait pas trop grave, et qu'il ne faudrait pas abattre la renarde.

Avec son mouchoir humide, il lava la plaie. Il devinait que Meriel n'en revenait pas que l'animal se laisse faire.

— Tu as de la chance, ma vieille. Rien de cassé.

Le sang s'écoulait lentement. S'il s'était agi d'un cheval ou d'un chien, il aurait appliqué un onguent et un pansement, mais ce ne serait pas une bonne idée de poser un bandage sur un animal sauvage. Elle risquerait de le mordiller et d'aggraver sa blessure.

— Suis tes instincts, madame la renarde...

Elle baissa la tête et se mit à lécher la plaie. Quelques minutes plus tard, le sang s'arrêta de couler.

— Tu es prête à rentrer chez toi ?

En tremblant, la renarde se redressa. Un glapissement retentit dans les fourrés. Ses oreilles se dressèrent et elle fit un bond pour rejoindre son compagnon. Elle boitillait. Toutefois, elle parvenait à marcher. Le renard frétilla de joie et la suivit dans les bois.

— Je crois qu'elle s'en remettra, dit-il en souriant, un peu ému. Si vous savez où est sa tanière, il vaudrait mieux lui apporter un peu de nourriture pendant quelques jours, le temps qu'elle aille mieux.

Meriel, accroupie non loin de lui, observait le départ des animaux, le visage illuminé de bonheur.

Puis, pour la première fois depuis qu'ils s'étaient rencontrés, elle se tourna vers lui et le regarda dans les yeux. Il retint son souffle, abasourdi par la profondeur et la complexité de son regard vert lumineux.

Lui qui pensait qu'elle n'était qu'une malheureuse créature...

Il s'était trompé. Si Meriel ne ressemblait pas aux autres femmes, elle n'était pas simple d'esprit. Elle était peut-être même plus complexe que lui. Elle connaissait ce pays et ses créatures par cœur, et elle avait été prête à les défendre au péril de sa vie. Parce qu'il avait aidé la renarde, elle lui permettait enfin de deviner son âme.

Elle lui effleura la main en signe de remerciement.

— J'ai été heureux de pouvoir aider, Meriel...

Entre eux, quelque chose avait changé. À l'avenir, leur relation serait sur un pied d'égalité.

10

Meriel venait de s'apercevoir que cet homme était une âme sœur. Il avait soigné la renarde blessée avec des paroles douces, une compassion sincère et une attention incroyable, alors qu'elle n'avait pu le faire.

Il détenait un indéniable pouvoir. Son travail de guérisseur avait fait rayonner l'énergie dorée de son aura.

Lentement, elle se redressa. Il fit de même, sans la quitter des yeux. Il avait un regard bleu, intelligent et plein d'humour. Il ne se contentait pas de la regarder physiquement : son regard la transperçait.

Un frisson la parcourut. Elle redoutait que quelqu'un pût l'approcher de si près. Mais, comme la renarde, sa peur fut tempérée par une confiance instinctive.

Elle avait toujours pensé qu'il n'y avait personne comme elle au monde…

Et si elle s'était trompée ?

Après la mésaventure avec la renarde, Dominic et Meriel retournèrent à la maison. Elle ne cherchait plus à le fuir, et leur silence était amical.

Dans la cuisine, ils prirent un petit déjeuner impromptu. Si les domestiques étaient habitués à la présence de Meriel, lord Maxwell perturba la cuisinière et ses aides. Un lord pouvait demander de préparer un panier à pique-nique, mais de là à s'asseoir à la table en bois pour déguster des œufs, des toasts et du thé ! Il fit de son mieux pour les mettre à l'aise, tout en imitant l'attitude distante de Kyle. Ce ne fut pas une tâche aisée.

Après avoir mangé, ils ressortirent. Chaque plantation de fleurs était entourée d'une petite haie de buis. De sa fenêtre, Dominic avait remarqué que les haies dessinaient des motifs compliqués. Les différentes sections étaient séparées par des chemins de pierre. Vu d'en haut, c'était une merveille de géométrie.

Ce jour-là, plusieurs plates-bandes avaient été préparées pour de nouvelles plantations. Des charrettes remplies de plantes étaient placées sur les chemins. Un jardin aussi magnifique demandait un entretien quotidien.

Meriel s'approcha d'une charrette et saisit le vieux chapeau de paille que quelqu'un avait laissé pour elle. Puis elle commença à retirer les fleurs de leur lit de paille – Dominic crut reconnaître des œillets – pour les planter dans la terre. Les plantes étaient situées à une distance équivalente l'une de l'autre.

Prenant une truelle, elle s'agenouilla et commença à creuser un trou. Elle y déposa l'œillet et l'entoura de terre. Enfin, elle tendit la truelle à Dominic avec un geste qui signifiait : « Montrez-moi si vous pouvez en faire autant. »

En saisissant l'instrument, il songea qu'elle ne parlait pas parce que c'était inutile. Quand elle voulait se faire comprendre, elle y parvenait sans peine.

Il creusa avec application, s'assurant que le trou était suffisamment grand pour accueillir le bulbe. Puis il le planta et tassa la terre.

Il regarda Meriel, comme pour s'assurer qu'elle était satisfaite. Son visage dissimulé par le large bord du chapeau, elle hocha la tête. Elle se dirigea vers un parterre voisin et commença à préparer les fleurs d'une autre charrette.

Avec un sourire, Dominic se mit au travail. Lord Wrexham serait-il content de savoir que son fils cadet pouvait être engagé comme aide-jardinier ? En sifflotant, il planta un œillet.

Tandis que le soleil atteignait son zénith, il s'aperçut qu'il adorait jardiner. Il avait étudié l'agriculture à la ferme de Dornleigh. Avide de tout savoir, il avait semé les grains, fauché le foin et récolté le blé. Le jardin, en revanche, avait été sous la responsabilité de sa mère, et il s'y connaissait peu en fleurs, même s'il les appréciait.

Désormais, il découvrait que travailler la terre, les mains nues, provoquait une émotion sensuelle. Il appréciait l'idée que ses efforts permettraient à de petites fleurs fragiles de s'épanouir.

Il songea que si Kyle ne lui avait pas demandé de participer à cette mascarade, il se trouverait toujours dans la frénésie londonienne, un monde superficiel qui avait été le sien depuis des années. La vie dans le Shropshire était très différente. Il ne s'étonnait plus que les jardiniers soient souvent des gens heureux. La sérénité de la nature émanait de Kamal, et lorsqu'elle jardinait, Meriel semblait tout aussi paisible. Parfois, il l'étudiait du coin de l'œil, amusé de voir ses pieds nus pleins de terre.

D'ailleurs, il n'était pas plus présentable. Il avait même tenu sa promesse : l'une des précieuses redingotes de Kyle était ruinée. Quand il avait commencé à faire chaud, il l'avait retirée. Avec ses manches de chemise retroussées, il ressemblait à un vagabond.

Ayant terminé de planter un parterre, il étira ses muscles endoloris. Puis il s'approcha de Meriel, afin qu'elle lui indique où il devait poursuivre son travail. Elle ne jardinait plus. Pour la première fois depuis des heures, elle était simplement assise sur les talons, les mains posées sur les cuisses.

En suivant son regard, il vit qu'elle observait un papillon jaune. Plutôt que de l'interrompre, il s'assit à son côté. Il n'arrivait pas à discerner les traits de son visage sous le chapeau, mais il était content qu'elle fût protégée du soleil. La chaleur impitoyable des Indes avait dû être difficile à supporter pour une peau aussi pâle.

Les minutes s'égrenèrent. Qu'y avait-il de si intéressant chez un malheureux papillon ? La campagne en regorgeait.

Sans aucun doute, les papillons comptaient parmi les insectes les plus beaux. Pour la première fois, il remarqua la splendeur des ailes mordorées translucides, parcourues de veines minuscules. Le bout des antennes était en forme de trèfle.

Après avoir cueilli le nectar d'une fleur, le papillon s'envola vers une autre plante. Dominic s'imagina se déplaçant avec cette même aisance, mais l'image correspondait mieux à Meriel, qui était une créature toute de grâce et de légèreté.

Le temps sembla s'allonger alors qu'il contemplait le papillon batifolant parmi les fleurs. Lorsque celui-ci finit par s'envoler, il cligna des yeux, presque surpris. Il n'avait jamais étudié un insecte avec autant d'attention. L'une des qualités de Meriel était de pouvoir s'absorber complètement dans ce qu'elle faisait, telle une enfant.

Mais elle avait retrouvé son énergie, et elle le guida vers un autre parterre.

— Vous êtes un maître exigeant, plaisanta-t-il en ramassant sa truelle.

Il fut certain de voir une lueur espiègle dans son regard avant qu'elle ne se détourne. En souriant, il recommença à creuser.

Vers le milieu de l'après-midi, une voix basse dit d'un ton chaleureux :

— Bonjour, Meriel, comment allez-vous ?

Dominic sursauta, car il n'avait entendu personne approcher. Il leva les yeux et aperçut un gentleman blond, d'un certain âge, qui rejoignait la jeune fille. Elle se leva.

L'homme l'embrassa sur la joue.

— Ma chère enfant, c'est une joie de vous revoir...

Elle toléra le baiser d'un air indifférent. Un bref instant, l'homme sembla attristé par ce manque de réaction, puis il examina les mains fines abîmées par le travail et poussa un soupir.

— J'aimerais tant que vous portiez les gants que je vous ai offerts.

Dominic se leva à son tour. Il supposait que cet homme était l'oncle de Meriel, lord Amworth. Mais s'il se trompait, il aurait du mal à expliquer son erreur. Pire encore, Amworth connaissait mieux Kyle que tous les autres résidents à Warfield. Il était la personne la plus indiquée pour s'apercevoir de la tromperie.

Quand il vit Dominic, il parut étonné.

— Lord Maxwell ?

Dominic imita le ton de voix supérieur de son frère.

— Vous aurais-je surpris ?

— En effet, je vous ai à peine reconnu...

— Il m'a semblé nécessaire de partager les activités de lady Meriel. Elle est disposée à me faire travailler, ajouta-t-il avec un léger sourire.

— Est-ce qu'elle vous a accepté ?

Dominic décida de ne pas l'appeler par son nom, avant d'être certain de son identité.

— Je progresse lentement pour ne pas l'effaroucher.

— C'est sage de votre part. Toutefois, comme vous le savez, le temps nous est compté.

L'homme se tourna à nouveau vers Meriel :

— Je retournais chez moi, mais je souhaitais prendre de vos nouvelles.

— Allez-vous rester la nuit ? demanda Dominic, espérant le contraire.

— Oui, j'aime beaucoup Warfield, surtout en cette saison. Voulez-vous faire quelques pas avec moi, Maxwell ? J'ai à vous parler.

Cherchant désespérément un moyen d'éviter une conversation, Dominic hésita.

— Je n'ose abandonner ma tâche, de crainte de contrarier mon maître.

— Très bien. Nous nous verrons plus tard.

Dominic le regarda gagner la maison. Il aurait à se tenir sur ses gardes pendant toute la soirée. Pourvu que ces dames soient bavardes ! À chaque phrase, il risquait de commettre un impair.

Ce soir-là, Dominic soigna sa tenue. Il permit même à Morrison de le raser. Il fut content d'avoir fait un effort en voyant qu'Amworth s'était habillé avec une élégance toute londonienne. Mme Rector et Mme Marks étaient aussi sur leur trente et un.

Après avoir bu un sherry, ils accompagnèrent ces dames à la salle à manger. Une place était préparée pour Meriel, bien qu'elle n'eût pas pris de repas avec eux depuis l'arrivée de Dominic à Warfield.

Puis la jeune fille apparut dans l'embrasure de la porte. Dominic resta interloqué. Il ne l'avait jamais vue ainsi. Ses cheveux soyeux relevés en chignon dévoilaient la finesse de son cou orné de perles. Sa robe blanche brodée de fils d'argent scintillait, et lorsqu'elle avança dans la pièce, il remarqua qu'elle portait des souliers assortis.

Elle était si magnifique qu'il lui fallut un moment pour réaliser que la robe était démodée depuis trente ans. Il faillit trébucher en se levant précipitamment pour l'escorter à sa place. Il respira son parfum, mélange entêtant d'épices et de fleurs.

— Je suis heureuse que vous vous joigniez à nous, Meriel, dit Mme Rector. Elle porte une robe de sa mère, ajouta-t-elle en s'adressant à Dominic. Emily était tout aussi menue.

— Emily collectionnait les tenues exotiques, lord Maxwell, déclara Mme Marks. Meriel les porte toutes, de la robe de paysanne norvégienne aux tenues brodées des Chinoises. Elle a sûrement choisi une robe plus conventionnelle en votre honneur, lord Amworth.

Celui-ci se leva, sans quitter sa nièce des yeux. Il semblait attristé.

— Je me souviens de cette robe. Emily la portait le jour de sa présentation à la cour. Meriel lui ressemble beaucoup…

Dominic lui tint sa chaise, et elle s'assit dans un bruissement de soie. Elle gardait les yeux sagement baissés. Il repensa à la jeune sauvageonne qui lui avait fait une peur bleue, le matin même. Elle s'était métamorphosée.

Tandis que le repas se déroulait, il se demanda ce qu'elle comprenait de la conversation. Elle avait reconnu son oncle et pris la peine de s'habiller en son honneur. Dominic aimait l'idée qu'elle portât les vêtements de sa mère. Petite fille, sa sœur avait fait la même chose.

Jusqu'à maintenant, il l'avait vue manger avec les doigts. Pourtant, elle utilisait parfaitement bien les couverts. Elle avait dû apprendre les manières de table avant le drame. Mais la plupart du temps, elle ne se donnait pas la peine de montrer sa bonne éducation.

Il se rappela la férocité avec laquelle elle avait agressé le braconnier. Sa personnalité était-elle composée de morceaux disparates ? La sauvagerie cohabitait-elle chez elle avec la douceur ? Le danger sommeillait-il derrière cette façade rêveuse ? Il n'avait pas les réponses à ces questions. Lord Amworth lui fournirait peut-être quelques clés…

À la fin du repas, les dames laissèrent les hommes seuls. En les regardant partir, Dominic remarqua que Meriel quittait ses deux chaperons.

— Elle ne les accompagne pas au salon ? demanda-t-il en se rasseyant.

— Pas d'habitude, déclara Amworth en prenant la carafe de porto qu'on avait apportée pour ces messieurs. Parfois, elle vient nous rejoindre plus tard. J'espère qu'elle le fera ce soir. Je ne la vois pas aussi souvent que je l'aimerais… (Il leur versa deux verres.) Alors, que pensez-vous de ma nièce ? Pensez-vous qu'elle fera une bonne épouse pour vous ?

Dominic hésita, maudissant cette situation. Chaque heure qui passait rendait l'idée d'un mariage entre Kyle et Meriel plus détestable. S'il le voulait, il pourrait rompre les fiançailles tout de suite. Mais il perdrait le manoir de Bradshaw, et Amworth pourrait s'adresser à un autre fiancé potentiel. Au moins, Kyle ne maltraiterait pas la jeune fille.

— C'est trop tôt. Meriel est pétrie de contradictions. D'une certaine façon, elle est encore une enfant, même si elle possède une sagesse qui lui est propre. Je n'arrive pas à me faire une opinion.

— Je partage ce sentiment. Cela dit, c'est une base solide pour votre mariage que vous sachiez l'apprécier.

— De mon point de vue, en effet. Mais qu'en est-il des désirs de Meriel ? Ne serait-elle pas plus heureuse si on la laissait tranquille ? Elle semble satisfaite de sa vie.

— Si seulement les choses étaient aussi simples, soupira Amworth. Elle a besoin d'un protecteur. La vie est une chose incertaine. S'il m'arrivait quelque chose, je crains pour son bien-être.

Il y eut un long silence.

— Que craignez-vous ?

— Nous en avons déjà discuté, Maxwell, rétorqua sèchement Amworth.

— À l'époque, je vous ai écouté sans la connaître, insista Dominic. J'aimerais l'entendre à nouveau.

— Son autre oncle, lord Grahame, estime depuis toujours qu'elle serait mieux dans un asile. Il a plusieurs fois envoyé des médecins spécialisés pour l'examiner, et ils lui ont tous donné raison.

— Ils pensent pouvoir la guérir ?

— Aucun ne l'a suggéré. Les médecins sont parfois des gens bizarres. Je crois qu'ils aimeraient faire des expériences sur elle... (Il baissa les yeux sur son verre de porto.) Peut-être suis-je égoïste en la privant d'une guérison possible, mais je ne supporte pas l'idée de la savoir enfermée dans ce genre d'endroit. Je n'ai pas parlé à Grahame de ses crises, afin qu'il n'ait pas les preuves nécessaires pour la retirer de Warfield.

Dominic frémit en imaginant Meriel soumise à des expériences.

— Dans ce cas, je suis égoïste, moi aussi. Je ne peux pas l'imaginer ailleurs qu'ici.

— L'une des raisons pour lesquelles j'encourage ce mariage, c'est que vous avez la réputation d'être un homme de parole. Si vous l'épousez, promettez-moi de ne jamais la faire enfermer.

Dominic détourna le regard, gêné. Si Amworth apprenait que l'honorable Kyle avait envoyé son frère à sa place... !

— Vous devez promettre de la laisser vivre ici et de la traiter avec bonté et dignité, insista Amworth.

— Quoi qu'il arrive, que je l'épouse ou non, je vous promets de toujours la protéger de mon mieux, assura Dominic, choisissant ses mots avec soin.

Et si Kyle ne donnait pas également sa parole, il dirait toute la vérité à Amworth.

Avec un soupir soulagé, celui-ci se leva.

— Avant de rejoindre ces dames, voulez-vous visiter la galerie au premier ?

— Volontiers, répondit Dominic, sachant que la proposition n'était pas anodine.

Il l'accompagna à la galerie, qui était une longue pièce située dans la partie nord du château. Elle avait des fenêtres à petits carreaux, et des portraits de famille étaient accrochés au mur. Amworth s'arrêta devant une peinture et leva sa lampe pour l'éclairer.

C'était le portrait d'une jeune femme souriante, aux cheveux blonds, assise sur un banc de pierre. Sur ses genoux, elle tenait une ravissante petite fille avec des yeux verts, brillants. Derrière elles se dressait un homme au visage taillé à la serpe et au regard intelligent. Dominic reconnut la roseraie de Warfield.

— Votre sœur, son mari et Meriel, je présume ?

— Le portrait a été réalisé peu de temps avant leur départ pour les Indes. Ils étaient mariés depuis des années et désespéraient d'avoir un enfant. Quand Meriel est arrivée, ils ont été fous de joie.

— Pourquoi lord Grahame a-t-il emmené sa famille dans un pays aussi dangereux que les Indes ?

— Emily ne voulait pas le laisser partir seul, et elle refusait de quitter Meriel. La mission de Grahame ne devait pas durer plus de deux ans, et ils pensaient qu'ils ne risquaient rien. Meriel était une enfant en pleine santé... (Un instant, il ferma les yeux.) D'ailleurs, ce n'est pas une maladie qui a tué ma sœur et son mari.

— Étiez-vous proche de votre sœur ?

— Emily avait un an de moins que moi. Enfants, nous étions inséparables.

Ils avancèrent dans la galerie. La plupart des portraits montraient des hommes séduisants et des femmes blondes et menues. Elles possédaient souvent l'aura mystérieuse de Meriel.

— Il y a une ressemblance familiale marquée, constata Dominic.

— C'est dommage que nous n'ayons pas un portrait de la première Meriel. D'après les archives de la famille, elle ressemblait à ma nièce, sauf qu'elle avait les cheveux noirs. Son mari, un comte normand, était très blond. Ces traits caractéristiques sont transmis dans la famille depuis des générations. Les noms et les titres de noblesse ont varié, mais le sang a perduré, souvent à travers l'héritage féminin. Par tradition, Warfield a toujours été donné à une fille en l'absence d'un héritier mâle. Ma nièce descend directement de la première Meriel. (Il poussa un soupir.) Je regrette que tout cela s'arrête, désormais.

— Il doit y avoir d'autres branches de la famille, non ?

— Bien sûr. Cependant, mes propres fils ressemblent davantage à leur mère. Elinor a été une épouse et une mère admirable, mais elle n'a jamais pu accepter Meriel. Le déséquilibre mental la trouble. Quand les garçons étaient petits, elle avait peur pour eux.

Il n'en dit pas davantage. Dominic comprit qu'Amworth avait été déchiré entre les besoins de sa famille et ceux de sa nièce. Si sa femme ne s'y était pas opposée, il aurait probablement accueilli la jeune fille dans sa propre maisonnée. Il avait fait de son mieux pour qu'elle fût choyée et aimée.

Sa nièce et lui méritaient mieux que la tricherie des frères Renbourne.

11

Le thé venait d'être servi au salon. Mme Marks en offrait à lord Amworth, quand Meriel fit son apparition. Elle s'était changée et portait désormais une longue robe indienne, censée dissimuler les courbes féminines aux regards des hommes. Pourtant, les plis du tissu sombre ne servaient qu'à enflammer l'imagination.

Du moins celle de Dominic.

Tenant un plateau avec trois bols et quelques baguettes, la jeune fille traversa d'un pas souple le tapis persan. Elle avait défait son chignon et tressé ses cheveux en natte.

— Comme c'est gentil, dit Mme Rector en souriant. Ce soir, Meriel va dessiner des *mehndi* en votre honneur, lord Amworth.

Les yeux baissés, Meriel s'agenouilla devant son oncle. Dominic comprit qu'elle s'amusait à jouer à la servante soumise. Voilà un nouveau rôle pour sa personnalité multiple... La Servante soumise. Le Jardinier attentif. La Fée. L'Enfant sauvage...

Le visage fatigué d'Amworth s'éclaira.

— J'aimerais un bracelet, s'il vous plaît, Meriel.

Il releva sa manche et lui offrit son poignet.

Elle nettoya la peau avec un coton imbibé d'eau, puis trempa l'une des baguettes fines dans un bol rempli de henné. Avec des gestes appliqués, elle se mit à exécuter un dessin complexe. Elle était très concentrée. Comme l'avait deviné Dominic en voyant le *mehndi* sur Kamal, il fallait beaucoup de talent pour improviser un dessin.

Il remarqua qu'elle avait maquillé ses sourcils et ses cils, comme les Orientales. Le contraste avec sa peau claire et ses cheveux blonds était fascinant.

Quand elle eut fini le *mehndi* d'Amworth, elle s'approcha de Mme Rector.

— J'aimerais un dessin sur ma cheville, Meriel. Est-ce que vous me pardonnerez si je vous tourne le dos pour respecter les convenances, messieurs ?

Elle se leva, se dirigea vers un large fauteuil à l'autre bout de la pièce, puis retira discrètement un bas pour que Meriel pût travailler. Dominic sirotait son thé, amusé qu'une dame de l'âge de Mme Rector prît plaisir à se parer comme une jeune femme.

Son dessin exigea un certain temps. Lorsqu'il fut terminé, Mme Marks présenta son bras droit à Meriel, qui dessina un motif de vigne à partir du majeur. Le *mehndi* partait du doigt, s'enroulait autour de la main et du poignet, jusqu'au coude.

— Il faut laisser sécher le henné pendant une heure ou deux, lord Maxwell, expliqua Mme Marks. Ensuite, on peut le retirer et le dessin demeure. Je suppose que vous trouvez cette coutume très étrange ?

— Inattendue, mais charmante, précisa-t-il.

Il se réjouissait que Meriel s'occupât de lui, mais quand elle eut tamponné un liquide sur ses trois modèles, elle s'inclina et se retira. Déçu, il se demanda si elle n'avait plus de henné ou s'il était indigne de ses efforts.

Mme Rector se leva.

— Il est tard. Je vous verrai demain matin.

Maintenant que Meriel était partie, Dominic décida d'aller se coucher. Il était fatigué. Tant de choses s'étaient passées durant la journée...

Morrison l'aida à quitter l'étroite redingote de Kyle. Le valet de chambre ne lui pardonnerait pas de sitôt d'en avoir abîmé une ! Dominic le renvoya rapidement. Il se débrouillerait pour ses autres vêtements.

En dénouant sa cravate, il s'approcha de la fenêtre. La lune éclairait les dessins géométriques des parterres. Depuis qu'il y avait travaillé, la vue lui paraissait encore plus belle.

La porte s'ouvrit et il se retourna, pensant que Morrison avait oublié quelque chose.

Meriel se tenait dans l'embrasure, le plateau à la main, vêtue de sa robe orientale. Elle referma la porte et vint s'agenouiller devant lui dans un mouvement fluide. Elle leva le plateau comme une offrande.

Une jeune fille ne devait jamais entrer dans la chambre d'un homme. Cependant, il évita de la sermonner, car Meriel n'obéissait pas aux règles de la société.

Il lui sourit.

— Ainsi, c'est mon tour. Me feriez-vous un bracelet, comme votre oncle ?

Lui prenant la main, elle étudia son bras en fronçant les sourcils.

— Quelque chose ne va pas ?

Il allait lui proposer de dessiner autre chose, quand elle se leva et commença à lui déboutonner sa chemise. Il lui saisit la main, surpris.

— Meriel !

Elle le considéra d'un air si innocent qu'il eut honte de ses pensées. Puisque Kamal avait un *mehndi* sur la gorge, elle avait probablement l'habitude de ce genre de pratique...

Il finit de déboutonner sa chemise et la retira. La jeune fille ne semblait pas troublée qu'il fût à moitié nu devant elle. Elle s'assit sur le bras du fauteuil et traça une ligne sur son omoplate.

Il sentit son sang bouillonner dans ses veines. Ce contact était plus excitant que les caresses d'une femme expérimentée. Kamal avait l'avantage d'être un eunuque et son protecteur attitré. Les doigts de sa maîtresse ne pouvaient l'émouvoir. Dominic, lui, n'était pas aussi imperturbable.

Meriel nettoya sa peau avec un liquide dont l'odeur lui rappela celle des pins. Puis elle trempa son pinceau dans le henné, et commença à dessiner sur le triangle de peau au-dessus de son omoplate gauche. Tandis qu'il respirait l'odeur de terre riche, il admira ses cheveux blonds et ses cils sombres.

Quelle séductrice…

Il ferma les yeux et essaya de se changer les idées en récitant mentalement des déclinaisons latines. En vain. Enivré par le parfum de Meriel, il sentait la chaleur de sa petite main. Les frôlements du pinceau fouettaient ses sens. Pourquoi faisait-il soudain si chaud ?

Il ouvrit les yeux et se concentra sur le papier peint chinois. Il devait oublier qu'elle était une exquise jeune fille…

Puis son ongle lui effleura un mamelon. Il sursauta :

— Seigneur Dieu, Meriel ! Ce n'est pas du tout approprié. Vous devriez regagner votre chambre.

Elle l'ignora et nettoya la peau autour de son mamelon pour y dessiner le motif d'une vigne. Faisait-elle de même avec Kamal ? Pouvait-il tolérer une pareille intimité ?

Que diable devait-il faire ? Il ne voulait pas l'effaroucher, mais elle le rendait fou ! Elle était tellement désirable. Il pouvait presque goûter la peau délicate de…

Il fit un effort pour se maîtriser, tandis qu'elle dessinait autour de son autre mamelon, avant de décorer l'omoplate. Enfin, quelques lignes sur son cou permirent de rejoindre les deux dessins.

Il fut soulagé lorsqu'elle eut fini. Maintenant, elle allait retourner dans sa chambre et il lirait tranquillement en attendant que sèche le henné.

Mais au lieu de s'en aller, elle posa la main sur son torse et la fit glisser sur son corps. Son désir s'enflamma. Il faillit l'attirer à lui pour l'embrasser.

Il la repoussa et se leva pour se réfugier à l'autre bout de la pièce. Lui tournant le dos, il serra les poings et essaya de se dominer.

Elle était à moitié folle. Elle n'était pas responsable de ses actes. *Elle allait devenir l'épouse de son frère.*

Remarquerait-elle la différence entre Kyle et lui, le soir de leurs noces ? Probablement pas. L'amertume chassa son désir.

Il se retourna. Elle se tenait près de lui, l'air interrogateur. Elle leva une main, mais il s'en empara avant qu'elle ne le touche.

— Meriel, cette familiarité n'est possible qu'entre un mari et sa femme. Jusqu'à ce que vous soyez prête à devenir une épouse, nous devons garder nos distances.

Il espérait qu'elle avait au moins saisi le ton de sa voix, mais elle l'observait de ses yeux verts, et son regard intense n'était pas celui d'une enfant.

Elle le scruta, comme si elle cherchait à se remémorer chaque cheveu, chaque pore de sa peau, chaque muscle tendu. Il se sentait complètement dénudé sous son regard perçant.

— Allez-vous-en, Meriel. Maintenant !

Quand elle baissa les yeux vers sa taille, il sentit son sexe durcir comme si elle l'avait touché. Il était persuadé qu'elle accepterait volontiers qu'il l'embrasse. Elle était curieuse, d'un naturel sensuel. Et probablement nue sous cette robe exotique…

L'épouse de son frère. Déterminé, il la guida jusqu'à la porte.

— Adieu, petite sorcière. Plus de *mehndi* jusqu'à votre nuit de noces.

Il faudrait que Kyle fût malade pour ne pas devenir un mari ardent en découvrant le mélange subtil d'innocence et de sensualité de la jeune fille. Qu'il soit maudit, ce frère à qui Dominic restait loyal, même s'il ne le méritait pas !

Il referma la porte et tourna la clé. Puis il s'appuya contre le mur et se mit à trembler.

Dans le couloir, Meriel faillit trébucher sur Roxana, qui agita la queue en la voyant. Elle se sentait comme un oiseau dont les plumes auraient été ébouriffées par un coup de vent. Elle essaya de comprendre ce qui venait de se passer.

Il était très beau. Elle avait aimé caresser sa peau douce qui était plus foncée que la sienne, sentir la texture des poils qui parsemaient son torse. Alors qu'elle dessinait le *mehndi,* l'énergie de Renbourne s'était parée des couleurs pourpres du désir. Elle avait eu envie de l'enlacer, de goûter sa peau et de le laisser lui rendre la pareille…

Troublée, elle fit volte-face et se dirigea vers l'escalier dérobé. Pour une fois, elle laissa Roxana dans la maison, car elle avait besoin d'être seule. Alors qu'elle avançait d'un bon pas, toutes les sensations lui semblèrent plus intenses. Les parfums du jardin embaumaient, l'herbe humide de rosée était fraîche sous ses pieds. Elle se sentait nerveuse et pleine d'énergie.

Sans un bruit, elle gagna l'endroit le plus sauvage du jardin. L'illusion d'une forêt luxuriante correspondait à son état d'esprit. Une chouette hulula, volant si bas qu'elle entendit le battement de ses ailes.

Un cri retentit dans les bois. Un blaireau, pensa-t-elle. Curieuse, elle obliqua dans cette direction.

Elle arriva au bord d'une petite clairière où jouait un couple de blaireaux. C'était la saison des amours. La femelle se dressa sur ses pattes arrière, le mâle l'imita, cherchant à la charmer. Ils roulèrent ensemble comme une boule de poils.

Taquinant le mâle, la femelle lui mordilla l'épaule. Il se dressa, puis la poussa à terre, lui mordant la nuque avant de lécher sa fourrure avec une tendresse possessive. La femelle émit un grognement en tremblant d'excitation.

C'était le jeu fascinant de la survie d'une espèce, si intense qu'ils ne l'avaient même pas remarquée. Meriel se détourna, subjuguée. Elle s'imagina roulant dans un pré avec Renbourne. Elle lui mordillerait la peau. Avec ses mains et sa bouche, il la rendrait folle. Dominée par sa force physique de mâle, elle lui abandonnerait volontiers son corps...

Elle se retrouva dans le jardin de la Lune. Les fleurs blanches prenaient des allures fantomatiques, leur senteur entêtante parfumait l'air. Au milieu du jardin, des fleurs débordaient d'une ancienne urne romaine. Tremblante, elle s'assit sur une marche de pierre.

Dans la nature, toutes les créatures s'accouplaient. Elle avait observé la passion des oiseaux et des animaux de Warfield. Quand la femelle était en chaleur, le mâle devenait fou de désir. Pourtant, leur comportement lui semblait étrange. Elle avait appris que les corps s'unissaient, sans en comprendre la nécessité. Elle avait même été reconnaissante d'être épargnée par ces désirs sauvages.

Or, pour la première fois, elle ressentait ce besoin féroce de s'unir à un autre. Un pouls battait dans les endroits secrets de son corps, bien qu'elle sût instinctivement qu'elle avait à peine goûté à la coupe de la passion.

Mais l'être humain, dans sa bêtise, compliquait tout. Renbourne la désirait. Elle l'avait lu dans son regard, elle avait respiré le parfum de son corps, perçu la flamme de son aura quand elle l'avait effleuré.

Il s'était retenu pour une raison barbare et artificielle. Quel ennui ! Mais son sang battait fort dans ses veines. Son heure viendrait. Elle en était persuadée.

Renbourne était son double. Bientôt, il serait à elle.

12

Il n'eut aucun mal à rester éveillé le temps de laisser sécher le *mehndi,* mais il eut de la peine à s'endormir. Lorsqu'il sombra enfin dans un sommeil agité, Dominic rêva qu'il faisait l'amour à Meriel. Il se réveilla seul dans son lit. Son corps avait réagi à son rêve érotique.

Il se lava le visage à l'eau froide et s'examina dans le miroir. Le *mehndi* ressemblait à un collier composé de fines lignes orange, qui ornait sa peau d'une parure exotique.

Il repensa aux petites mains de Meriel l'effleurant. Désormais, il ne pouvait nier qu'il était très attiré par elle. Quel homme ne le serait pas ? Il devait absolument maîtriser son désir…

Quand il descendit prendre son petit déjeuner, Dominic fut irrité d'apprendre que lord Amworth était déjà parti. Il aurait voulu le saluer avant son départ. Il se versa une tasse de café.

Mme Rector pénétra dans la salle à manger.

— Lord Amworth était heureux que vous vous entendiez si bien avec Meriel…

— Je l'apprécie, certes, mais je ne sais pas si le mariage est une bonne idée. Qu'en pensent les médecins ?

— Bah, ils sont tous d'accord pour dire qu'elle n'est pas normale – comme si l'on avait besoin d'avoir étudié à Édimbourg pour le deviner ! Mais autrement, leurs opinions diffèrent. La plupart estiment qu'un traitement dans un asile devrait l'aider, mais chacun a un avis différent sur le traitement nécessaire.

— Est-ce que l'un de ces médecins habite dans les environs ?

— Le Dr Craythorne est l'une des sommités anglaises sur la folie. Il possède un asile à Bladenham, à une dizaine de miles d'ici. (Sa voix prit un ton ironique.) Il paraît que ses traitements sont en avance sur leur temps.

— Et vous, croyez-vous que cela pourrait aider Meriel ?

— Si je l'avais pensé, je l'aurais emmenée à Bladenham. Je suis une cousine de sa mère, vous le savez, et les femmes déraisonnables sont légion dans la famille. Moi-même, je suis un peu excentrique, conclut-elle avec un sourire.

— Vous pensez donc que Meriel n'est pas exactement folle ?

— Comment un médecin peut-il guérir ce qui est dans le sang ? rétorqua la vieille dame.

Elle avait peut-être raison. Cependant, Dominic souhaitait entendre l'avis d'un spécialiste de la question. À la réflexion, ce serait l'occasion idéale pour s'éloigner de Meriel le temps d'une journée.

— Lord Maxwell, quel honneur !

Le Dr Craythorne était un homme grand, solide, qui inspirait confiance. Il traversa le vestibule où attendait Dominic.

Bladenham était impressionnant. C'était une maison spacieuse, bien aménagée, en bordure d'un village. Un jardin clos de murs s'étendait à l'arrière.

— En quoi puis-je vous être utile ? poursuivit le médecin.

Dominic commençait à comprendre pourquoi Kyle trouvait des avantages à être l'héritier. Un titre de noblesse entraînait beaucoup d'égards de la part des gens.

— J'ai appris que vous avez examiné lady Meriel Grahame. J'aimerais connaître vos conclusions.

— Ce genre de discussions est réservé à la famille.

— Un jour, j'en ferai peut-être partie... Me comprenez-vous ?

Craythorne hocha la tête.

— C'est un cas désolant. Son oncle paternel, lord Grahame, admet les bienfaits des traitements modernes, alors que son autre tuteur est obstiné. Il refuse de voir la réalité en face. On dirait qu'il ne souhaite pas qu'elle... Pardonnez-moi. Lord Amworth désire sûrement ce qu'il y a de mieux pour sa nièce, mais il refuse les progrès de la science.

— Je connais les points de vue divergents des deux oncles, mais comme un mariage est envisagé, j'aimerais en savoir plus sur son état.

Craythorne reprit espoir : en tant qu'époux, son interlocuteur aurait le droit de décider du traitement de sa femme.

— Je l'ai examinée plusieurs fois, ces dernières années, et je puis affirmer que la pire des solutions est de lui laisser une entière liberté. Il lui faut des habitudes régulières pour qu'elle se maîtrise. D'ailleurs, par manque de discipline, son comportement a empiré. Elle est de plus en plus irrationnelle. Lors de ma dernière visite, elle m'a entraîné vers les ruines d'un château où elle a feint de se suicider. J'allais envoyer des gens repêcher son corps dans la rivière, quand elle a réapparu comme si de rien n'était.

Dominic faillit éclater de rire. Ainsi, il n'était pas le seul à être tombé dans le panneau ! Mais comment le médecin pouvait-il la trouver irrationnelle, après avoir vu les jardins ?

— Quel genre de traitement préconisez-vous ? demanda-t-il.

— Il faut avant tout la retirer des mauvaises influences de Warfield. Il faut établir une routine structurée, adaptée à son cas, puis étudier différentes thérapies. Permettez-moi de vous faire visiter la maison. C'est la meilleure façon de répondre à vos questions.

Ils empruntèrent un corridor qui les mena vers l'aile droite de la demeure. Ils s'arrêtèrent devant une grande porte en fer, que Craythorne ouvrit avec une clé de son trousseau.

De l'autre côté de la porte, les jolis meubles avaient disparu. Le corridor était peint en blanc, dépourvu de tout ornement.

— Nous évitons au maximum de stimuler les patients, expliqua le médecin. La plupart d'entre eux possèdent déjà des cerveaux trop actifs.

En dépit de la propreté impeccable, on respirait des relents de puanteur.

Craythorne lui indiqua une petite ouverture.

— Les patients doivent apprendre à se dominer. Voici l'une des deux cellules de maintien.

Dominic se pencha pour regarder par le judas. La pièce était totalement blanche. Une chaise en bois était arrimée au sol et un homme corpulent, prisonnier d'une camisole de force, y était attaché. Sa tête pendait en avant, dans une attitude de désarroi qui glaça le sang de Dominic.

— Est-ce que vous entravez souvent les patients ?

— M. Enoch est l'un de nos cas les plus difficiles. Je crois qu'il commence à comprendre qu'un mauvais comportement entraîne une punition, tandis que l'on récompense les bons élèves. La peur est une aide salutaire pour encourager la discipline.

En imaginant Meriel attachée à l'une de ces chaises, Dominic eut un haut-le-cœur.

— Ce genre de traitement est-il adapté pour une femme fragile ?

— Nous utilisons le plus souvent des drogues pour calmer les femmes agitées. Parfois, nous avons recours aux entraves. Mais contrairement à d'autres asiles, je ne permets jamais qu'on enchaîne les patients.

Si Bladenham était un endroit en avance sur son temps, Dieu seul savait à quoi ressemblaient les autres ! songea Dominic, effrayé.

Craythorne continua la visite.

— Plus loin, nous avons le bain froid. La glace nous est livrée d'Écosse tous les hivers. Le prix est élevé, mais nous ne lésinons sur rien lorsqu'il s'agit du traitement de nos patients.

Un bruit résonna dans le silence, suivi d'un chapelet de jurons. Agacé, Craythorne hâta le pas.

— M. Jones a une crise. Quand vous le verrez, vous comprendrez la nécessité des entraves.

Trois hommes imposants, vêtus de gris, accouraient. L'un d'eux ouvrit la porte de M. Jones. Resté en retrait, Dominic vit une chambre si austère qu'elle ressemblait à une prison. Il n'y avait qu'un lit, arrimé au sol. M. Jones n'était pas bien grand, mais il avait arraché une partie du lit qu'il brandissait comme une arme au-dessus de sa tête. Il hurlait des insultes. Deux des infirmiers arrivèrent à esquiver, mais le troisième se retrouva coincé contre le mur. Il reçut un coup à l'estomac et poussa un cri de douleur.

Avant qu'il pût attaquer à nouveau, les deux infirmiers se jetèrent sur M. Jones. Malgré leur corpulence, ils eurent du mal à le maîtriser.

Pendant la lutte, Craythorne s'était éclipsé, pour revenir avec une camisole de force. En quelques gestes, les infirmiers enfilèrent la chemise de toile sur le patient et la nouèrent dans son dos. Puis l'un d'eux lui fourra un mouchoir dans la bouche et le bâillonna pour l'empêcher de crier des obscénités.

Tandis qu'on l'emmenait, Craythorne expliqua que les bains glacés n'avaient pas suffi à le calmer.

L'infirmier blessé gémit doucement.

— Je crois qu'il m'a brisé une côte, docteur.

— Allez à l'infirmerie, s'inquiéta Craythorne. Je viendrai vous examiner quand j'aurai fini de faire visiter lord Maxwell.

Choqué d'avoir assisté à cette scène, Dominic emboîta le pas au médecin. En déverrouillant une autre porte, Craythorne déclara :

— Les hommes sont gardés dans l'aile ouest de la maison, les femmes de l'autre côté. Ils sont rigoureusement séparés. Des infirmiers du même sexe veillent sur eux. Bladenham n'a jamais connu ces affreux scandales dont on parle au sujet d'autres asiles.

Dominic se rappela avec horreur que des patientes avaient été violées. Pire que tout, les agresseurs avaient parfois été des infirmiers.

Des sons emplis d'une terrible détresse provenaient d'une chambre. Il regarda par l'œilleton. Une femme échevelée était accroupie dans un coin, enlaçant ses genoux. Elle se balançait d'avant en arrière.

— Il s'agit de Mme Wicker, annonça le médecin d'un air compatissant. Elle a eu une dizaine de fausses couches. Elle n'a réussi à mettre qu'un enfant au monde, qui est mort en bas âge. L'année dernière, elle a perdu la raison.

Dominic n'en croyait pas ses oreilles. Quel genre d'époux pouvait infliger autant de grossesses à sa femme ?

— Nous lui appliquons des sangsues sur les tempes pour retirer les mauvaises humeurs, poursuivit le docteur. Nous la forçons à vomir, et nous pratiquons une saignée toutes les semaines. Voilà des jours qu'elle n'a plus de crises de violence.

Des bains glacés. Des sangsues et des purges... Dominic comprenait pourquoi Amworth refusait d'envoyer Meriel dans cet établissement. Même s'il y avait un espoir de guérison, les traitements étaient inhumains.

— Est-ce que certains patients retrouvent ensuite une vie normale ?

— Quelques-uns. Mes meilleurs résultats ont été obtenus auprès de femmes qui souffraient de mélancolie. Avec le temps, la médecine sera capable de guérir toutes les maladies mentales, mais je ne pense pas voir cela de mon vivant.

Craythorne était honnête. Cependant, Dominic ne voulait pas qu'il soigne Meriel. La jeune fille ne souffrait pas de mélancolie : elle était le soleil personnifié.

— Les patients vivent-ils confinés dans leurs chambres ?

— Si leur comportement est satisfaisant, ils obtiennent le droit de se promener dans le jardin.

Il lui fit visiter le jardin qui était décevant, avec ses sentiers de gravillons, ses tristes morceaux de pelouse et quelques rares buissons. De simples fleurs auraient-elles été trop « stimulantes » ?

Les murs étaient hauts et dotés de piques acérées. Dominic songea qu'il préférerait mourir plutôt que d'être interné dans un endroit comme celui-ci.

— Aucun patient n'a jamais réussi à s'échapper. Les villageois sont très satisfaits de nous avoir comme voisins.

À l'autre bout du jardin, deux infirmières imposantes suivaient deux patientes. Alors qu'elles revenaient vers la maison, l'une des malades croisa son regard et il vit une lueur filtrer dans ses yeux. Elle était jeune et élancée, avec un visage intéressant et des cheveux noirs. En d'autres circonstances, on l'aurait trouvée belle.

— Mme Gill, la dame plus âgée, va bientôt rentrer chez elle, murmura le médecin. Elle avait des tendances suicidaires, mais les drogues ont apaisé sa nervosité.

Dominic se dit que les médicaments l'avaient plutôt quasiment anéantie.

— Nous appelons l'autre patiente Mme Brown. Son époux craint que leurs voisins ne soient mis au courant de son état. Il leur a raconté qu'elle était partie en Italie à cause d'une faiblesse pulmonaire. C'est dommage qu'il se sente obligé de mentir.

Ce mari n'était pas le seul. Dominic connaissait d'autres familles qui niaient la folie de leurs proches.

— Est-ce qu'elle va mieux ?

— Elle a de longs moments de lucidité, puis des attaques de folie, notamment lors des visites de son mari. J'ai dû lui demander d'espacer ses visites. J'aimerais pouvoir le rassurer, mais cette patiente est imprévisible... Veuillez m'excuser un moment, ajouta-t-il en s'approchant des infirmières.

Dominic continua sa promenade. Comparé à celui de Meriel, ce jardin était triste à pleurer... Puis il y eut un cri strident. Il se retourna et vit Mme Brown courir vers lui, les infirmières à ses trousses. Il n'avait jamais eu peur d'une femme, pourtant il s'inquiéta en voyant la malade approcher.

Mme Brown lui saisit le bras :

— Je ne suis pas folle, monsieur ! On me retient ici contre mon gré. Si vous allez trouver mon père, le général Ames de Holliwell Grange, il me fera libérer. Je vous en conjure...

Les infirmières la rattrapèrent. Mme Brown tomba à genoux et enserra les jambes de Dominic.

— Ames, à Holliwell Grange ! Au nom du Ciel, envoyez-lui un mot pour qu'il vienne me sauver !

Les infirmières l'arrachèrent à Dominic.

— Votre père sait que vous êtes ici, madame, dit Craythorne, mais il est trop troublé pour venir vous voir. Votre mari vous l'a souvent expliqué...

— Mon mari est un menteur ! Il m'a fait enfermer ici parce que je ne lui obéissais pas. Parce que je n'étais pas d'accord avec lui !

Une infirmière la bâillonna tandis que l'autre lui attachait les bras sans ménagement. Elles l'entraînèrent, laissant Dominic stupéfait.

— J'essaye toujours de dire la vérité aux patients, mais Mme Brown souffre de délires, commenta tristement Craythorne. Heureusement, son mari a les moyens de la garder ici. Si Dieu le veut, peut-être ira-t-elle mieux un jour…

Sachant qu'il n'oublierait jamais le regard désespéré de Mme Brown, Dominic prit congé.

Il ne doutait pas de la sincérité de Craythorne, mais il se jura qu'il ne laisserait jamais Meriel être enfermée dans un asile d'aliénés.

13

Dominic reprit le chemin de Warfield. Hélas, ce serait Kyle qui aurait à prendre les décisions concernant la jeune fille. Son frère était un homme prétentieux. Cependant, il n'avait jamais été cruel envers une femme. Même si Meriel devenait complètement folle, il lui permettrait sans doute de rester en sécurité à Warfield, où elle pourrait profiter de l'air frais, des fleurs et de la bonté de ses proches. Si Kyle choisissait toutefois une autre solution, pourrait-il l'en empêcher ?

À une intersection de plusieurs routes, il avisa un panneau qui indiquait : *Holliwell.*

Un frisson lui parcourut l'échine. Ce n'était peut-être qu'une coïncidence. Mme Brown avait évoqué un général Ames, de Holliwell Grange... mais elle était folle, n'est-ce pas ?

Il décida d'en avoir le cœur net et bifurqua dans cette direction. Dans le village, on lui dirait qu'il n'existait pas de Holliwell Grange ni de général Ames. Ensuite, il retournerait à Warfield la conscience tranquille. Il pouvait bien se permettre de perdre une heure.

Quelques minutes plus tard, il arrêta Pégase devant deux montants de pierre. Sur l'un était gravé *Holliwell,* et sur l'autre *Grange.* Il fronça les sourcils, se demandant si le général Ames existait vraiment et s'il était « trop troublé » pour rendre visite à sa malheureuse fille. Sa visite ne ferait peut-être que déranger le vieux monsieur.

Il emprunta néanmoins l'allée qui menait à la maison. Bien que la demeure manquât d'élégance, elle était spacieuse et accueillante, entourée de champs et de pâturages.

Dominic mit pied à terre dans la cour des écuries. Un gentleman en tenue de campagne sortait une petite jument grise d'un box.

— Quelle beauté ! s'exclama Dominic malgré lui.

L'homme aux cheveux gris leva la tête. Il se tenait très droit et ressemblait à un militaire.

— Moonbeam est aussi agréable à monter qu'à regarder, répondit-il avec un regard admiratif pour Pégase. On dirait que vous êtes connaisseur, monsieur.

Dominic cherchait à calmer Pégase, qui était impatient de faire la connaissance de la jument. L'homme lâcha Moonbeam dans un pré et se tourna vers son visiteur :

— Je suis Ames, si c'est moi que vous cherchez.

Un instant, Dominic hésita à donner son véritable nom. Puis il y renonça.

— Maxwell. J'habite Warfield.

— Alors vous devez connaître la petite lady Meriel. Comment se porte l'enfant ?

— Elle n'est plus une enfant, répliqua Dominic en attachant Pégase, avant de rejoindre Ames près de la clôture. Lady Meriel a vingt-trois ans, maintenant. Vous la connaissez ?

— Comme le temps passe ! s'exclama Ames. Je ne l'ai pas revue depuis qu'elle était une enfant aux Indes, mais nos familles sont voisines dans le Shropshire depuis des siècles. J'ai failli lui rendre visite à mon retour d'Orient, il y a quelques années. Lorsque j'ai appris son état, j'ai préféré renoncer. Je ne voulais pas lui rappeler de mauvais souvenirs… Quelle tragédie ! Je me suis toujours demandé si j'aurais pu éviter la mort de ses parents.

— Étiez-vous en poste aux Indes quand lord et lady Grahame ont été tués ?

— Oui. Grahame était en mission parlementaire. Je commandais l'armée stationnée à Cambay, dans le Nord. C'est le dernier avant-poste britannique que les Grahame ont visité, avant d'être assassinés. Ils ont quitté Cambay pour se rendre à Alwari, la résidence d'un souverain local. C'est là que les pilleurs les ont agressés. Le palais a brûlé tout entier, il y a eu une centaine de morts. (Il poussa un soupir douloureux.) Cela a été un coup très dur pour le frère de Grahame – le lord actuel.

— Était-il du voyage ?

— Non, il était officier sous mes ordres. Un excellent officier, qui parlait l'ourdou comme un autochtone. Feu lord Grahame était venu à Cambay pour lui rendre visite. Les deux frères ne s'étaient pas vus depuis des années. Après le massacre, le major Grahame a été bouleversé. Il répétait que c'était à cause de lui que son frère avait fait ce voyage dans cette région.

— Au moins, lady Meriel a survécu.

— C'était une enfant tellement intrépide. Elle galopait sur son poney gris avec la fougue d'un bandit indien ! La plupart des mères se seraient évanouies, mais lady Grahame l'encourageait en riant.

— Lady Meriel savait monter à cheval ? s'étonna Dominic.

— D'après ses parents, elle montait depuis l'âge de trois ans.

Ainsi, quand elle avait enfourché Pégase, elle avait dû retrouver les souvenirs heureux de son enfance…

— Est-ce que Moonbeam est à vendre ? demanda soudain Dominic en admirant la jument qui broutait dans le pré. Elle me semble parfaite pour une jeune fille, et j'aimerais l'offrir à lady Meriel.

— Je n'avais pas l'intention de la vendre, mais puisqu'il s'agit de lady Meriel... (Le regard d'Ames se perdit dans le vide.) Lorsque je pense à elle, je pense aussi à ma fille. Jena était un peu plus âgée que Meriel. Au campement, elle l'avait prise sous son aile. Les hommes les adoraient, toutes les deux...

— Vous avez une fille ?

— Elle est morte il y a un an, précisa tristement Ames.

Le militaire disait peut-être la vérité. À moins qu'il ne préférât prétendre que sa fille était morte, plutôt qu'enfermée dans une maison de fous.

— Je viens de visiter l'asile de Bladenham, déclara Dominic sans le quitter des yeux. Une patiente m'a supplié d'apporter un message à son père, le général Ames de Holliwell Grange. Elle m'a dit qu'elle n'était pas folle, que son mari l'avait fait enfermer contre son gré...

Le vieil homme devint blême.

— C'est impossible ! Ma fille est décédée.

— Alors cette personne doit être une femme du voisinage, qui se prend pour votre fille dans ses délires. Je suis sincèrement désolé de vous avoir perturbé.

— À quoi ressemble-t-elle ?

— Elle est grande. Elle a des cheveux noirs et des yeux marron. Elle doit avoir environ mon âge. On la surnomme Mme Brown, mais ce n'est pas son vrai nom. Elle a une cicatrice presque invisible sur le menton.

— Seigneur Dieu... Jena s'est fait une cicatrice en tombant d'un arbre quand elle avait six ans. C'est elle, j'en suis sûr !

Brusquement, le vieil homme donna un coup de poing dans la barrière.

— Ce monstre m'a dit qu'elle était morte de la variole pendant mon absence. Il m'a montré sa tombe dans le cimetière familial !

— Son mari a prétendu qu'elle était morte ? s'indigna Dominic, stupéfait.

— Que ce George Morton périsse en enfer ! Comment un homme peut-il ainsi trahir sa femme ?

— Elle m'a dit qu'il l'avait fait enfermer parce qu'elle ne lui obéissait pas. Certains hommes ne supportent pas d'être contredits. Morton doit être l'un d'eux.

— De là à la faire passer pour folle ! Jena est aussi sensée que moi. (Le visage d'Ames se durcit.) Je lui avais dit que Morton était un coureur de dot, elle ne m'a pas écouté... C'est un monstre. Un diable !

Le général eut un sourire cruel et ajouta :

— Je vous jure qu'il va payer. Mais je dois d'abord aller chercher Jena.

Alors qu'il se dirigeait vers les écuries, Dominic le suivit.

— Morton mérite la mort, cependant votre fille a besoin de vous vivant. Vous voir pendu à un gibet l'anéantirait.

Ames se mit à seller un hongre alezan avec des gestes rapides.

— Je ne vais pas le tuer. Je vais utiliser la loi pour le réduire à néant. Il habite sur la propriété qui était la dot de Jena. Je vais la lui reprendre, ainsi que son soi-disant honneur et tout ce qui lui importe. Lorsque j'en aurai fini avec lui, il regrettera que je ne l'aie pas abattu d'un coup de pistolet.

— Soyez gentil de m'envoyer un message à Warfield, pour me tenir au courant de la suite de cette affaire.

— Bien sûr ! s'exclama le général en lui serrant la main. J'oubliais de vous remercier. Jamais je ne pourrai m'acquitter de cette dette envers vous, Maxwell. Prenez Moonbeam pour lady Meriel. C'est un cadeau.

— Mais cette jument vaut beaucoup d'argent !

— Vous venez de me rendre ma fille. Si vous voulez le sang qui coule dans mes veines, il vous suffit de demander.

Ames enfourcha son cheval et partit au galop. Un peu surpris, Dominic regarda la jolie Moonbeam. Elle ferait une monture idéale pour Meriel.

— Nous allons ramener cette gentille petite dame à Warfield, dit-il en s'adressant à Pégase. Et tu vas te comporter en gentleman, tu m'entends ?

En prenant un licol, Dominic se demanda si le Dr Craythorne avait été au courant du mensonge de Morton. Probablement pas. C'était un homme sincère, qui ne voulait que le bien de ses patients. Morton n'avait pas eu besoin de sa complicité. Il lui avait suffi de déclarer que sa femme était folle, et la colère de Jena Morton l'avait fait passer pour une aliénée. Le salopard avait été très rusé. Comment prouver qu'on est sensé ? Une conduite exemplaire pouvait être interprétée comme une simple accalmie entre deux crises. Une fois enfermée, Jena n'avait eu plus aucune chance de s'échapper.

Il s'approcha doucement de la jument.

— Tu vas venir avec moi, Moonbeam… Tu vas découvrir une nouvelle maison où t'attend une ravissante petite fée.

14

Le vieux palefrenier de Warfield fut ravi d'accueillir Moonbeam dans les écuries. Alors qu'il brossait sa crinière, il raconta à Dominic les anecdotes heureuses au sujet des magnifiques chevaux qui avaient habité le domaine, du vivant de lord et lady Grahame. Il était satisfait de voir que Dominic préférait panser Pégase lui-même, car c'était le geste d'un véritable cavalier.

Puis Dominic pénétra dans la maison, où il fut intercepté par Mme Rector.

— Qu'avez-vous pensé de Bladenham ?

— C'est un établissement intéressant dans son genre, mais ce n'est pas un endroit pour Meriel.

— Comme je suis heureuse que vous soyez d'accord avec lord Amworth ! s'exclama la vieille dame. D'autant que la malheureuse a eu une mauvaise journée.

— Que voulez-vous dire ?

— Ce matin, elle s'est acharnée avec son sécateur sur une haie de genévrier. Elle élague avec une brutalité inouïe, à l'aveuglette. Il faudra des années pour que la plante redevienne normale. Elle a dû être troublée par la visite de son oncle, mais j'ignore si c'est à cause de sa venue ou de son départ.

À moins qu'elle n'eût été troublée par ce qui s'était passé entre eux, songea Dominic. La nuit dernière, elle avait semblé mécontente d'être mise à la porte.

— Au moins, elle n'a agressé personne avec son sécateur. Voilà qui aurait été ennuyeux.

Mme Rector esquissa un triste sourire.

— J'ai toujours peur quand elle agit de façon étrange ou destructrice. Je crains qu'on ne s'en serve comme preuve de sa folie.

Dominic pensa à Jena Morton qui avait été internée dans un asile sur ordre de son mari. Les femmes étaient particulièrement vulnérables, si les hommes censés les protéger devenaient méchants ou cupides. Ces dernières années, seule la détermination de lord Amworth avait permis à Meriel d'échapper à l'internement.

— Je vais aller lui parler. Où se trouve cette haie ?

Mme Rector l'accompagna dans le jardin. Avant même de voir la jeune fille, il entendit le bruit du sécateur.

Il fit une grimace en découvrant la malheureuse haie. Mme Rector n'avait pas exagéré. Meriel était en train de la « finir ». C'était dommage que Kamal n'ait pas pu l'en empêcher.

La haie avait environ deux mètres de hauteur. Elle séparait deux parterres de fleurs. Agenouillée, Meriel élaguait des rameaux isolés. La plupart des branches reposaient sur le sol, dévoilant des racines tordues. On respirait le parfum piquant des feuilles.

En les entendant approcher, elle se releva et fusilla Dominic du regard. Puis elle détourna les yeux et sectionna quelques branchages épais. Désolée, Mme Rector poussa un soupir.

Meriel portait son chapeau de paille et de longs gants pour protéger ses bras. Elle n'avait donc pas complètement perdu la tête.

— Je vous ai apporté un cadeau, dit Dominic. Aimeriez-vous le voir ?

Elle referma les lames du sécateur autour d'une branche, puis fronça les sourcils. Après quelques secondes de réflexion, elle retira le sécateur et attaqua une autre branche.

— Pourquoi choisir une branche plutôt qu'une autre ? demanda-t-il, intrigué.

Comme elle ne répondait pas, il songea qu'il aurait pu tout aussi bien interroger son chat. Puis, en examinant la haie, il crut comprendre quelque chose. Lentement, il la contourna, ne regardant plus ce qui avait été élagué, mais ce qui restait du buisson.

— Madame Rector, Meriel ne travaille pas à l'aveuglette, dit-il d'un air émerveillé. Elle est en train de transformer cette haie. Elle retire les branches superflues pour révéler la structure du genévrier. Voyez comme les formes sont puissantes et audacieuses...

Il montra deux branches qui s'entrelaçaient en luttant pour la lumière et l'espace. Une autre branche redoublait sur elle-même, avant de s'élancer vers le ciel. Le buisson évoquait ces arbres battus par le vent que l'on voyait sur les côtes maritimes.

Le genévrier lui rappela aussi les images d'un livre qui appartenait à Kyle. Son frère aimait l'Orient et il avait acheté un livre de dessins chinois. Ces derniers ressemblaient à la haie de Meriel.

— Pour l'instant, la haie a une forme étrange, concéda-t-il, mais à l'automne, quand les feuilles auront poussé, les racines et la verdure trouveront leur équilibre.

— Je vois... fit Mme Rector, concentrée. Le résultat, en effet, sera intéressant. Beau... et fou.

— Est-ce fou de voir le monde avec d'autres yeux, comme les artistes ? On les considère parfois fous, eux aussi. Mais sans ce genre de folie, le monde serait bien triste. Meriel est une artiste des jardins. Elle a créé une beauté nouvelle pour ceux qui veulent bien la voir.

Il remarqua que la jeune fille le scrutait d'un air attentif. Il sursauta en croisant son regard ardent. Il devinait qu'elle lui disait : « Vous avez compris. »

L'impact fut plus puissant que s'ils s'étaient touchés. Un instant, il eut l'impression de pénétrer dans le monde intérieur de Meriel : un endroit magique, très différent de son existence banale.

Puis elle baissa les yeux. Il avait terriblement envie de renouer cette complicité, de partager sa vision du monde et d'être transformé par sa magie. Mais ce serait commettre une terrible erreur. Plus il se rapprocherait d'elle, plus les problèmes seraient insurmontables à l'arrivée du véritable lord Maxwell. Il devait à tout prix garder ses distances.

Il offrit le bras à Mme Rector, et proposa de la raccompagner à la maison.

Les mains tremblantes, Meriel continua à tailler la haie. Il comprenait ! La plupart des gens traversaient la vie à moitié aveugles, ne voyant que l'évidence, mais lui reconnaissait la force et la beauté qui l'entouraient.

Alors qu'il s'éloignait au bras de Mme Rector, elle admira son pas nonchalant, ses larges épaules. Une force mâle. Il était à l'aise dans son corps, tel un animal. Des points de lumière pourpre étincelaient dans son aura. Rouge comme le désir. Il la désirait, elle en était certaine, mais comment pourrait-elle le convaincre de s'accoupler avec elle ?

Troublée, elle sectionna une ramure par erreur et se gronda intérieurement. Il fallait être concentré pour élaguer. Elle s'appliqua à retirer d'autres petites branches qui gâchaient la beauté du genévrier.

Elle était perplexe. Renbourne semblait à l'aise dans le monde extérieur, et pourtant il avait pénétré le sien sans difficulté. S'il pouvait vivre dans deux univers, le pourrait-elle aussi ?

Soudain, des images de cauchemar traversèrent son esprit. Des flammes dévorantes, des hurlements d'hommes et de chevaux. Une terreur sans nom l'envahit. Elle lâcha le sécateur et se plia en deux, le souffle coupé, se tenant le ventre pour essayer d'apaiser la douleur.

Ginger se réveilla et vint se frotter contre elle. Elle le souleva, reconnaissante, et serra son corps tiède contre le sien. Il se mit à ronronner. Les chats pouvaient habiter dans deux mondes. Renbourne aussi.

Mais elle ne le pourrait jamais.

Après avoir raccompagné Mme Rector au salon et vérifié que tout était en ordre aux écuries, Dominic repartit à la recherche de Meriel. Elle venait de finir d'élaguer.

— Êtes-vous prête pour votre cadeau ?

La jeune fille s'étira. Il fut soulagé quand elle lui emboîta le pas. Il n'aurait pas su comment réagir, si elle l'avait ignoré. S'il avait essayé de lui prendre le bras, elle lui aurait arraché les yeux avec ses ongles.

Il l'observa en marchant. Elle était un peu fatiguée par sa longue journée de travail, et des mèches s'étaient échappées de sa natte. Elle paraissait pourtant tout à fait normale. Elle avait probablement planifié l'élagage de la haie depuis des semaines…

Dans les écuries, une bonne odeur de foin chatouillait les narines. La douce lumière offrait un refuge agréable, loin du soleil de l'après-midi. Dominic avait demandé au palefrenier d'installer Moonbeam dans un box au bout de la rangée.

En entendant approcher des visiteurs, Moonbeam sortit la tête et hennit doucement. Le palefrenier avait brossé la crinière et la queue blanches, qui semblaient aussi soyeuses que les cheveux de Meriel. C'était un cheval digne d'une princesse de conte de fées.

— À dire vrai, ce cadeau n'est pas vraiment de moi, mais de votre voisin, le général Ames…

Il fut heureux de voir Meriel écarquiller les yeux. Puis elle poussa un cri et pivota sur ses talons. C'était la même peur panique dont elle avait fait preuve lorsqu'il avait essayé de lui faire quitter Warfield.

Il réagit instinctivement et l'empêcha de s'enfuir en lui bloquant le passage. Elle le frappa de plein fouet, et ils tombèrent à la renverse dans une pile de paille. Elle se débattit.

Il la retint fermement.

— Ne vous enfuyez pas, Meriel ! Pas cette fois. Cela ne sert à rien.

Pourquoi diable était-elle perturbée ? Elle avait eu un peu peur de Pégase, mais n'avait pas été aussi terrifiée.

— Ne vous enfuyez pas, chérie. Vous êtes en sécurité avec moi.

Elle cessa de se débattre, mais elle frissonnait de manière incontrôlée, comme un oiseau pris au piège. Il s'assit dans la paille et l'attira sur ses genoux. L'enserrant dans ses bras, il la força à poser la tête sur son épaule. Les cheveux de Meriel glissèrent entre ses doigts telles des ailes de papillon.

— Êtes-vous bouleversée parce que Moonbeam ressemble au poney que vous aviez en Inde ?

Quand un frisson la parcourut, il devina qu'il avait vu juste.

— Cette couleur grise est rare en Angleterre, poursuivit-il d'une voix douce. Vous n'avez probablement pas vu un cheval comme celui-ci depuis votre départ des Indes. Est-ce que Moonbeam vous rappelle la mort de vos parents ?

Elle étouffa un sanglot et enfouit le visage contre son épaule. Il essaya d'imaginer la nuit de terreur qu'elle avait dû vivre, petite fille. Le palais du maharaja, aux senteurs de fleurs et d'épices, sauvagement pillé en pleine nuit par des agresseurs sans visage…

— Même les soldats ont du mal à affronter la violence des combats, vous savez. Les incendies, le bruit infernal des fusils, les hurlements de terreur et de souffrance... Votre mère et votre père ont été tués, ainsi que des domestiques. Puis vous avez été enlevée par des bandits. Et vous étiez toute seule.

En évoquant son passé, il eut le sentiment étrange de communiquer avec Meriel. Elle avait dû être emmenée sur un cheval par l'un des pilleurs, appelant en larmes la mère qu'elle ne reverrait plus jamais. Seigneur, quelle horreur pour une petite fille choyée !

Il avait été choqué en apprenant la destinée tragique de Meriel, mais à l'époque, il ne l'avait pas connue. L'histoire lui avait semblé lointaine. Désormais, il ressentait le drame comme s'il l'avait vécu.

— Ma pauvre chérie, vous avez dû souffrir d'être prisonnière dans ce pays étranger... Est-ce pour cette raison que vous avez cessé de parler ? Parce que personne ne vous comprenait ?

Même si elle n'avait pas été maltraitée pendant sa captivité, elle avait été isolée, privée du réconfort de ses proches, hantée par les souvenirs du massacre. Ce n'était pas étonnant qu'elle se fût réfugiée dans un monde secret. Ce repli sur elle-même avait été indispensable à sa survie.

Et depuis, elle avait toujours été seule, prisonnière de sa bulle fragile, ballottée sur un océan de terreurs. Il aurait voulu la délivrer des cicatrices de son passé. Autrefois, cet isolement l'avait protégée, mais désormais il était devenu une prison. Il voulait qu'elle fût libre, non pour le bien de Kyle, mais pour elle-même.

Comment l'atteindre ?

Lorsqu'on avait une blessure infectée, on la perçait pour laisser s'échapper le pus. Il avait besoin de cerner ses angoisses, puis de les percer d'une manière ou d'une autre afin qu'elles s'évacuent et la libèrent. S'il parlait de ses propres expériences de la guerre, il révélerait qu'il n'était pas Kyle, mais elle ne s'en rendrait probablement pas compte. Et le risque en valait la peine.

— Autrefois, j'ai été soldat, Meriel… commença-t-il.

Son père avait décrété que son fils cadet devait entrer dans l'armée ou dans l'Église. Comme il ne se voyait pas en pasteur, Dominic avait choisi l'armée.

— Vous avez dû voir beaucoup de soldats en Inde. Votre oncle en était un. Doucement… murmura-t-il alors qu'elle s'agitait. Je vous jure que je vous protégerai, Meriel… J'ai choisi la cavalerie car j'étais passionné par les chevaux. À l'époque, j'étais très jeune. Je n'avais que dix-sept ans. Je pensais que la guerre était une grande aventure et que je deviendrais un héros admiré de ces dames. Quel imbécile j'étais ! Je me suis même réjoui quand Napoléon est revenu d'exil et qu'il a essayé de mettre à nouveau l'Europe à feu et à sang.

Meriel écoutait attentivement. Comprenait-elle ?

— Je me suis retrouvé jeune officier sur la plaine de Waterloo. Ce fut peut-être la plus grande bataille de l'histoire. Mon premier et mon dernier combat.

Les mots restèrent accrochés dans sa gorge. Il n'avait parlé à personne de cette terrible journée. À une époque, il aurait pu en parler à Kyle, mais ils étaient déjà trop éloignés l'un de l'autre pour qu'il pût lui avouer son désarroi.

— Je ne pensais pas éprouver une terreur aussi abjecte. J'avais peur de tout. De mourir, bien sûr, mais surtout de connaître une fin atroce, d'avoir le ventre arraché par une balle et d'agoniser pendant des jours dans la boue. De voir des amis mourir sous mes yeux sans pouvoir les aider. D'être si grièvement blessé que je resterais handicapé à vie.

Dans ses pires cauchemars, il s'était imaginé aveugle et paralysé à Dornleigh, maintenu en vie par la compassion et le sens du devoir familial, ne pouvant même pas se suicider… Un frisson le parcourut.

— Par-dessus tout, je craignais d'être lâche, que les soldats crachent de dépit en prononçant mon nom. Je craignais de m'enfuir et de provoquer la mort d'autres hommes meilleurs que moi. (Sa voix se fit haletante.) Waterloo était l'enfer sur terre. On respirait des relents de poudre et on entendait les hurlements des mourants. Les canons tonnaient, la fumée nous aveuglait. On ne savait pas ce qui se passait. C'était peut-être cela, le pire... Dieu merci, je ne me suis pas déshonoré, mais je n'ai pas été un héros non plus. Un sous-officier expérimenté, le sergent Finn, m'a empêché de causer des malheurs à cause de mon inexpérience. J'ai réussi à dominer ma peur et à charger quand l'ordre est arrivé.

Il resta un moment silencieux.

— Je n'oublierai jamais ce sentiment d'excitation lorsqu'on a chargé les Français au galop, le tonnerre des sabots résonnant sur le sol. Il y avait une sorte de frénésie exaltante à charger les troupes ennemies. C'est pour éprouver ce plaisir démentiel que les hommes continuent à se battre, partout dans le monde. J'ignore combien de fois nous sommes repartis à l'attaque. J'ai survécu, et j'ai commencé à croire que je verrais la fin de la bataille, puis...

Il s'interrompit, incapable de poursuivre. La petite main de Meriel se posa tendrement sur la sienne.

— Mon cheval, Ajax, a été blessé sous moi. C'était un animal formidable, puissant et serein. Je lui avais promis une longue vie de repos pour avoir été aussi vaillant. Lors de la dernière attaque, il a été frappé par une balle et s'est écroulé. Je suis resté coincé sous lui.

C'était la boue qui l'avait sauvé, lui évitant d'être écrasé par l'animal. Il tourna la tête vers la fenêtre des écuries.

— Je suis demeuré inconscient quelque temps. Quand je me suis réveillé, il n'y avait que des hommes et des chevaux massacrés autour de moi. L'un d'eux était le sergent Finn.

Il avait trouvé tellement injuste de survivre, alors qu'un homme courageux comme Finn était mort. Plus tard, il avait envoyé de l'argent à sa famille, mais cela avait été un geste dérisoire comparé à ce que le brave homme avait fait pour lui.

— J'entendais des râles, poursuivit-il la gorge nouée, mais les fumées des canons étaient si épaisses que j'avais l'impression d'être seul. Ajax agonisait dans d'atroces souffrances, j'étais baigné de son sang. Je percevais sa douleur, mais il ne faisait aucun bruit, excepté un gargouillis en essayant de respirer. Je ne pouvais rien faire, même pas prendre un poignard pour... pour lui trancher la gorge.

Meriel posa le front contre sa joue. Il sentait le battement d'un pouls entre eux, sans savoir si c'était le sien ou celui de la jeune fille.

— Je suis resté coincé là deux jours. Des pilleurs sont venus. La première nuit, ils ont déchiré la dentelle de ma chemise; la seconde, ils ont pris mon manteau. Ils n'ont pas essayé de m'aider alors que je les suppliais...

C'était à ce moment qu'il avait connu l'humiliation la plus grande. En les implorant de le sauver, il avait eu l'impression de perdre sa dignité.

— J'étais presque mort de soif, quand nos hommes m'ont trouvé. Ajax était mort entre-temps.

L'animal courageux et intelligent, qui l'avait porté avec tant de panache, n'était plus qu'un monceau de viande froide. Et puis, il y avait eu ces milliers de mouches...

— J'avais plusieurs côtes cassées. Pourtant, les pires blessures étaient dans mon esprit. Je pensais que je ne monterais plus jamais à cheval. J'avais adoré les chevaux toute ma vie, mais je ne voulais plus jamais en revoir.

Meriel lui caressait les cheveux. Elle lui offrait le réconfort qu'elle-même n'avait jamais reçu. Il ferma les yeux pour ne pas pleurer. Lorsqu'il avait décidé de partager sa douleur avec elle, il n'avait pas imaginé qu'il aurait aussi mal.

— J'ai survécu grâce à la présence de mes amis de régiment. Nous ne parlions pas de Waterloo, mais je savais qu'ils avaient participé à la bataille, qu'ils avaient ressenti la même excitation et la même terreur. Je n'ai jamais oublié. Cependant, les souvenirs ont cessé de me hanter... Si vous pouviez parler, ma chérie, vous me raconteriez les horreurs que vous avez subies. Peut-être s'en iraient-elles ? En tout cas, même si vous ne pouvez pas parler, sachez que vous n'êtes plus seule désormais.

Durant quelques instants, elle demeura immobile. Puis elle se détacha de lui et s'agenouilla dans la paille. Son regard sérieux et déterminé croisa le sien. Parce qu'elle était menue, on la pensait fragile et éthérée, mais il voyait à son expression qu'elle était forte comme l'acier. Elle étendit la main et lui caressa la joue. Puis elle se leva et se dirigea vers Moonbeam.

Le cœur de Dominic bondit dans sa poitrine. Il fit une courte prière pour que Moonbeam se comporte bien avec la jeune fille.

Elle s'arrêta à quelques pas de la jument.

— Les chevaux ont besoin de savoir qui est leur maître. Même les meilleurs d'entre eux aiment tester les inconnus. Vous devez vous affirmer auprès d'elle. Soyez confiante. Levez la tête, redressez les épaules.

Elle lui obéit et s'approcha. La jument lui donna un coup de tête dans les côtes. Le geste n'était pas agressif. Meriel lui caressa l'encolure.

— Elle vous apprécie, dit Dominic. Tenez, donnez-lui ce morceau de sucre.

Lorsque la jument accepta la friandise, le visage de Meriel s'éclaira de bonheur. Visiblement, elle ne lui rappelait plus la mort de ses parents. Désormais, elle pouvait admirer Moonbeam sans voir en elle un symbole de la tragédie.

— D'après le général Ames, vous étiez une excellente cavalière autrefois. Voulez-vous que nous allions nous promener ?

À la grande déception de Dominic, la jeune fille fronça les sourcils et tourna les talons. Il avait été trop pressé... se gronda-t-il.

C'est alors qu'il la vit se diriger vers la sellerie.

15

Comment avait-elle pu oublier cette liberté qu'on n'éprouvait qu'à cheval ? Elle l'avait enterrée, avec tous les autres souvenirs. Elle poussa Moonbeam au galop, lâchant un cri de joie. C'était presque comme lorsqu'elle montait Daisy, qui était morte depuis dix-huit ans, mais Daisy n'avait jamais été aussi véloce.

Envahie par les souvenirs, Meriel entendit à nouveau les hennissements terrifiés qui avaient déchiré la nuit, quand les écuries avaient pris feu. Elle avait reconnu les hurlements de Daisy, plus aigus que ceux des autres chevaux.

Puis, avec un dernier adieu, elle laissa sa tristesse se dissoudre dans le vent qui lui fouettait le visage.

Elle ralentit progressivement l'allure, afin de permettre à Renbourne de la rejoindre. Elle lui devait beaucoup, non seulement pour cette joie incroyable, mais pour avoir partagé ses souvenirs angoissants avec elle. Elle s'était crue maudite et lâche de ne pas réussir à dominer ses émotions.

Il se posta auprès d'elle, le visage serein. S'il n'avait pas parlé de sa détresse, elle ne l'aurait jamais devinée. Elle se demandait si les gens cachaient souvent leur désespoir. Si un homme tel que lui pouvait souffrir autant, les chagrins devaient être nombreux…

Désormais, elle était intimement persuadée qu'il était l'homme de sa vie.

Dominic avait regardé Meriel galoper dans la prairie, sa natte volant derrière elle. Ames n'avait pas exagéré en disant qu'elle montait comme un bandit indien. Elle avait un talent inné de cavalière. Elle avait choisi une selle d'homme, et refusé de mettre des bottes ou des souliers.

Le visage rayonnant de bonheur, elle se tourna vers lui. Avec ses pieds nus et sa jupe retroussée sur ses cuisses, elle ressemblait à une vagabonde, mais elle n'avait pas peur, et c'était le plus important.

On l'avait trop longtemps laissée dériver sans rien exiger d'elle. Avec les bons encouragements, jusqu'où pourrait-elle aller ?

— Je dois me rendre à la ferme pour parler à l'intendant de Jem Brown, le jeune braconnier. Voulez-vous m'accompagner ?

Son visage blêmit. Il saisit la bride de Moonbeam avant qu'elle ne pût s'enfuir.

— Nous serons obligés de sortir du parc, mais si nous utilisons la grille à l'est, de l'autre côté de la colline, nous ne quitterons pas le domaine de Warfield. Ce sera une visite très courte, et les seules personnes que vous verrez seront vos employés.

Moonbeam s'agita en percevant la nervosité de sa cavalière. Il relâcha la bride.

— Je ne vais pas vous forcer. Toutefois, si vous m'accompagnez, je vous jure que vous serez en sécurité.

Il partit au pas en direction de la grille. Il n'était pas vraiment étonné que Meriel ne le suive pas. Sa journée avait été riche en rebondissements. C'était trop lui demander de quitter Warfield…

Quand il entendit le cliquetis d'une bride derrière lui et le trot d'un cheval, il se retint de pousser un cri de joie pour ne pas effrayer les chevaux. Il lui décocha un large sourire lorsqu'elle arriva à sa hauteur.

Ils atteignirent le portail. Dominic mit pied à terre pour soulever la barre de bois qui maintenait les portes fermées. Puis il attendit que Meriel avançât.

Elle hésitait. Ce qui lui semblait, à lui, si facile – sortir à cheval du parc – était pour elle une épreuve. C'était pire que de charger un régiment français car les soldats, au moins, étaient entourés de leurs camarades. Meriel paraissait très seule. Elle était seule depuis si longtemps. Mais elle devait vaincre ses démons elle-même.

Ne pouvant plus supporter de la voir souffrir, il allait lui dire de retourner à la maison, quand elle fit avancer sa jument. Sentant l'anxiété de sa cavalière, la monture sembla aussi méfiante que si elle marchait sur un pont branlant. Pourtant, ils parvinrent à franchir le portail. Ensemble.

— Bravo, Meriel !

Impressionné par son courage, il laissa le portail entrouvert et remonta sur Pégase. Dominic n'avait pas encore visité la ferme, mais il savait où elle se trouvait d'après les plans du domaine. Ils empruntèrent un chemin et il admira les champs fertiles autour de lui. L'intendant, John Kerr, connaissait son métier.

Alors qu'ils pénétraient dans la cour de la ferme, il avisa un garçon d'une dizaine d'années qui nettoyait une selle.

— Bonjour, est-ce que M. Kerr est là ?

Le garçon détailla Pégase d'un air connaisseur.

— Je vais le chercher, monsieur.

Puis il aperçut Meriel et écarquilla les yeux. Elle regardait autour d'elle, intriguée, mais quand elle croisa le regard du garçon, son visage se ferma.

Dominic remarqua qu'une femme, probablement Mme Kerr, les observait d'une fenêtre au premier. Une jeune servante, bientôt suivie d'une autre, apparut à une autre fenêtre.

Il étouffa un juron. Il aurait dû le prévoir. Lady Meriel Grahame, l'héritière folle de Warfield, devait être un mystère dans les environs.

Avec ses cheveux en bataille, ses pieds nus, son étrange costume et son regard fuyant, elle correspondait hélas au portrait d'une déséquilibrée. Il avait envie de crier à ces gens qu'elle était sensible et intelligente, qu'elle avait l'âme d'une artiste.

Lorsque l'intendant sortit de son bureau, une douzaine de personnes dévisageaient Meriel. Elle se tenait immobile comme une statue. Dominic espérait qu'elle ne prendrait pas la fuite.

— Seriez-vous lord Maxwell ? demanda Kerr, un homme bien charpenté au regard avisé.

— Oui. Je suis heureux de faire votre connaissance, monsieur.

L'homme le scruta avec l'attention qu'on accorde à un futur maître. Il devait être au courant des fiançailles.

— Connaissez-vous lady Meriel ? s'enquit Dominic.

— Nous avons été présentés quand lord Amworth m'a emmené à Warfield, mais je doute qu'elle s'en souvienne. Bienvenue à Swallow Farm, milady.

Lors de leur rencontre, elle avait probablement ignoré l'intendant. Pour l'instant, elle regardait droit devant elle. Au moins, elle ne s'enfuyait pas.

— J'ai rencontré un jeune homme qui cherche du travail, expliqua Dominic. Il s'appelle Jem Brown. J'ai pris la liberté de lui dire de venir vous voir. Je ne sais pas si vous avez besoin d'une autre paire de bras...

— La récolte va bientôt commencer. S'il est prêt à travailler dur, je lui donnerai une place.

— C'est très aimable à vous, monsieur Kerr.

Dominic vit une lueur amusée filtrer dans le regard de l'intendant. Il engagerait n'importe qui, recommandé par le prétendant de lady Meriel. Désormais, c'était à Jem de faire ses preuves.

— Aimeriez-vous visiter les fermes de la propriété ? Les métayers seraient heureux de faire votre connaissance.

— Pas aujourd'hui, merci. Une autre fois.

Dominic ne voulait pas abuser de la patience de Meriel, et il redoutait de passer trop de temps avec un homme aussi perspicace.

Il lui dit adieu et la jeune fille se porta à sa hauteur. Elle fit un effort pour rester stoïque alors qu'une douzaine de personnes les regardaient partir. Droite comme un i, elle les dépassa avec le port de tête d'une reine. Dominic se sentit soulagé : elle avait réussi.

Pourtant, dès qu'ils eurent quitté la ferme, Meriel partit au triple galop et il lança Pégase à sa poursuite. Ils se dirigèrent à toute allure vers une barrière fermée.

Seigneur Dieu, elle ne ralentissait pas ! Elle allait sauter par-dessus !

Le cœur serré, il songea que si Moonbeam heurtait la barrière, elles se rompraient le cou toutes les deux.

La jument et sa cavalière franchirent l'obstacle sans encombre. À la fois soulagé et furieux, Dominic sauta la barrière à son tour, mais ne réussit à la rattraper qu'au portail du parc, où elle arrêta sa jument et l'attendit, sage comme une image.

— Vous montez comme un centaure. Vous avez failli me donner une attaque !

Elle ouvrit de grands yeux innocents, et il devina qu'elle se moquait de lui. En riant, il mit pied à terre pour lui tenir le battant du portail.

— Après ce que vous avez réussi aujourd'hui, vous avez le droit de vous amuser un peu. Mais si j'ai des cheveux gris demain, ce sera votre faute !

Elle partit au petit trot en direction de la maison, lâchant un rire enchanteur. Lors d'instants comme celui-ci, il était persuadé qu'elle le comprenait…

Devant les écuries, Dominic glissa à terre et guida Pégase à l'intérieur. Meriel fit avancer Moonbeam jusqu'à son box. Il y avait assez d'espace entre le plafond et le haut de sa tête.

— Attendez un moment, je vais vous aider à descendre, dit-il en retirant la selle de Pégase.

Comme elle arquait les sourcils d'un air moqueur, il éclata de rire. Il avait l'impression qu'ils avaient une vraie conversation.

— Je sais que vous pouvez descendre sans mon aide, coquine, mais il est temps que vous appreniez à vous comporter en vraie lady. Vous vous amuserez d'autant plus à jouer au garçon manqué si vous connaissez les règles.

Il lâcha Pégase dans son box, puis s'approcha de Moonbeam et leva les bras vers la jeune fille.

— Je ne pense pas qu'on vous ait appris à panser votre cheval. Je vais vous montrer.

Elle passa la jambe par-dessus l'encolure de la jument, posa les mains sur les épaules de Dominic et sauta. Toutefois, elle ne retomba pas sur ses pieds comme une lady. Elle se colla à lui telle une amante. Seigneur, ce n'était pas ce qu'il avait prévu... mais comme c'était agréable !

Meriel se laissa glisser souplement le long de son corps. Puis elle releva la tête pour le contempler. Il avait envie d'embrasser cette bouche offerte, d'enfouir les mains dans ses magnifiques cheveux et lui faire découvrir l'amour et la passion.

Avec un sourire énigmatique, elle effleura les lèvres de Dominic d'un doigt. Il ne put s'empêcher de le lécher. Alors elle glissa le doigt dans sa bouche avec une sensualité naturelle. Comment un geste aussi simple pouvait-il être aussi excitant ?

Bon sang ! Cette petite fée sauvage l'envoûtait, corps et âme, comme personne auparavant.

Il lui saisit la main.

— Meriel…

Avant qu'il pût ajouter un mot, elle l'enlaça et se pencha vers lui. Il recula d'un pas, mais elle resta collée à lui. Il se trouva acculé contre un mur et elle insista, montant sur ses bottes. Elle gagna ainsi quelques centimètres. Puis elle l'embrassa sur la bouche, tout en lui caressant les cheveux et la nuque. Ses lèvres étaient merveilleusement douces.

Il l'embrassa à son tour. Elle avait un goût de fraises sauvages, aussi délicieux que le printemps. Un corps délicat, ferme. Il caressa son dos, l'attira à lui en la tenant par les hanches.

— Vous êtes si belle… murmura-t-il.

Il lui baisa la gorge. Elle poussa un soupir. Elle était innocente, mais elle possédait les appétits ardents de Lilith, la première tentatrice. Il devint presque fou de désir.

Il s'apprêtait à lui caresser les seins, quand une tête lui donna un coup dans les côtes. Tiré de son rêve sensuel, il s'aperçut que Moonbeam essayait de manger sa redingote ! La jument cherchait du sucre dans sa poche.

Il éclata de rire et souleva la jeune fille pour la mettre hors de portée des sabots de Moonbeam. Puis il donna un morceau de sucre à l'animal.

— Il faut panser les chevaux, dit-il d'un ton neutre, comme s'il ne s'était rien passé entre eux.

Il devait une fière chandelle à la jument qui l'avait empêché de commettre une faute inexcusable. C'était terrible de désirer la fiancée de son frère !

Meriel ne pouvait comprendre les implications de son geste. Même si les aspects physiques de l'amour étaient relativement simples, les conséquences morales et affectives étaient redoutables.

Pourquoi diable Kyle ne faisait-il pas la cour à sa fiancée ?

Il regarda par-dessus son épaule. Meriel n'avait pas bougé, les poings serrés, le regard sombre et passionné. Elle n'avait pas dit son dernier mot…

S'il avait un sou de bon sens, il quitterait Warfield sans plus attendre. Car il ne pensait pas avoir la force de la repousser une nouvelle fois.

16

Kyle frappa à la porte, avant d'entrer dans la cabine de Constancia. Elle se regardait dans un miroir et appliquait un peu de rouge à joues.

— Hélas, *querido,* tu m'as surprise ! N'est-ce pas terrible comme on reste vaniteux, même lorsqu'on va mourir ? C'est l'un des sept péchés capitaux qui suffirait à me condamner à l'enfer, si je n'avais pas commis tous les autres.

Il lui baisa la main, heureux de voir qu'elle se sentait assez bien pour se farder.

— Pourquoi ne serais-tu pas préoccupée par ton apparence, la Paloma ? Ton visage t'a rendue célèbre.

— Il a été ma malédiction et mon salut, dit-elle avec un soupir.

— Ta beauté a été une malédiction ? répéta-t-il, attristé, car il avait beaucoup admiré sa beauté classique.

— J'avais une sœur aînée. Petites filles, nous étions très proches. Nous sommes devenues rivales en grandissant. Elle était jolie, mais moins que moi. Et moi, sans vergogne, je faisais étalage de ma beauté. Nous étions des filles de bonne famille, et j'avais de grands projets. Je me vantais que j'épouserais un aristocrate qui me couvrirait de bijoux. Ma mère encourageait mes rêves.

Il était surpris, Constancia ne parlait jamais de son passé.

— C'est normal que les mères soient fières de leurs filles.

— Ma sœur, Maria Magdalena, était meilleure et plus gentille que moi. Elle n'était pas ambitieuse et elle voulait que nous soyons amies, mais j'avais un caractère impossible. Puis ma famille a été anéantie pendant la guerre. J'ai entendu ma sœur hurler quand les soldats l'ont violée... (Constancia ferma les yeux de douleur.) Ils lui ont tranché la gorge.

— Tu l'as entendue mourir ? s'exclama-t-il, bouleversé.

— Oui. Moi aussi, j'ai été violée ce jour-là, mais comme j'étais très belle, j'ai attiré l'attention d'un officier. Lui et ses camarades m'ont déshonorée, puis ils m'ont abandonnée auprès des ruines de ma maison et des corps de ma famille.

Il lui prit la main.

— *Querida,* je suis désolé. Personne ne devrait vivre de tels malheurs. C'est un miracle que tu ne sois pas devenue folle...

— Quand la main de Dieu s'abat sur lui, l'être humain est impuissant. Mais je ne me suis jamais pardonné d'avoir été brouillée avec ma sœur le jour de sa mort. Je donnerais tout ce que je possède pour pouvoir lui dire une dernière fois que je l'aime.

Il comprit pourquoi elle lui racontait cette histoire. Il retira sa main et répliqua sèchement :

— Tu penses à ma relation avec mon frère, n'est-ce pas ?

— Un jour, je taquinais Maria Magdalena en me vantant de mon futur époux, et le lendemain elle était morte. (La voix de Constancia vacilla.) Parfois, je pense qu'elle est morte jeune parce qu'elle était une âme pure, alors que Dieu ne m'a pas accordé cette grâce.

Il se sentit profondément peiné.

— Est-ce que ta vie a été si atroce que tu regrettes de ne pas être morte à l'époque ?

— Il y a eu des compensations, *mi corazón*, dit-elle avec un doux sourire. J'ai eu de la chance. Mais ce n'est pas la vie que j'aurais choisie.

Bien sûr qu'elle n'aurait pas souhaité connaître cette tragédie. Pourtant, sans celle-ci, ils ne se seraient jamais rencontrés. Égoïstement, Kyle voulait qu'elle fût heureuse de l'avoir connu, en dépit de tout.

— Si tu apprenais que ton frère est mort, à ton retour en Angleterre, serais-tu satisfait de votre dernière relation ?

Il savait bien que non. Il avait toujours pensé que les malentendus entre Dominic et lui ne seraient que passagers. Mais la vie était incertaine. Si quelque chose arrivait à son jumeau, se sentirait-il coupable, comme Constancia envers sa sœur ?

— Tu as dit que ta sœur voulait être ton amie. Mon frère n'a pas envie de renouer avec moi. Il se montre aussi obstiné et stupide que lorsque nous étions jeunes.

— C'est rare qu'une brouille soit la faute d'une seule personne, *mi corazón,* murmura Constancia. Es-tu honnête quand tu dis que tous les problèmes entre vous sont de sa faute ?

Furieux, il s'approcha d'un hublot. Une pluie fine crépitait sur les flots gris.

— Dominic persiste à gâcher sa vie. Il aurait pu me rejoindre à Cambridge et étudier pour devenir pasteur, mais il a refusé.

À l'époque, il avait tellement espéré qu'ils se réconcilieraient à Cambridge. Son refus avait été comme une gifle.

— Mon père lui a acheté une commission dans l'armée. Il s'y est ennuyé et l'a revendue un an plus tard. Il aurait pu voyager, m'écrire en me racontant ses expériences. Il a préféré gaspiller ses journées avec des plaisirs éphémères. Si j'avais eu cette chance…

Amer, il se tut.

— Beaucoup diraient que c'est toi qui as de la chance, *querido*. Est-ce que tu lui envies sa liberté ? Est-ce que tu le méprises de ne pas l'avoir utilisée comme tu l'aurais fait ?

Il frémit comme si elle l'avait frappé. Bien sûr que non ! Il n'enviait pas Dominic ! Le pouvoir et la fortune allaient au frère aîné. Pourquoi serait-il jaloux de la liberté de son cadet ?

Et pourquoi avait-il envie de pleurer, alors qu'il était l'héritier ?

17

Après avoir pansé les chevaux avec l'aide du vieux palefrenier, Dominic monta se changer pour dîner, puis il se rendit dans la salle à manger. Heureusement, Meriel n'assistait pas au repas. Il aurait eu du mal à se concentrer sur son assiette, près de cette jeune fille si désirable.

On devinait sa présence en regardant le centre de la table. Seule Meriel aurait eu l'idée de disposer les splendides rhododendrons pour qu'ils débordent tel un ruisseau d'un arrosoir en étain.

— Ce bouquet ressemble à la haie de genévrier, dit-il à Mme Marks. Il est original, mais beau à sa manière. Voyez le contraste entre les rhododendrons si colorés et le vieil arrosoir. C'est intéressant, vous ne trouvez pas ?

Il rougit en remarquant l'étonnement de Mme Marks. Elle devait se demander si la folie de Meriel n'était pas contagieuse…

— Je crois comprendre ce que vous voulez dire, milord, intervint Mme Rector. Cependant, j'aurais préféré un joli vase de Chine.

— Ce bouquet est mieux adapté à une cuisine qu'à une belle table en acajou, renchérit Mme Marks.

Dominic ne les contredit pas. Avant de connaître Meriel, il aurait été d'accord avec elles. Mais la jeune fille modifiait peu à peu sa façon de percevoir le monde.

— Saviez-vous que Meriel monte à cheval? demanda-t-il en prenant une gorgée de vin.

Ils eurent une conversation animée jusqu'à l'heure du coucher.

Après avoir été repoussée par Renbourne, Meriel avait fui les écuries, furieuse et humiliée. Pourquoi refusait-il de s'accoupler? Maudit soit-il!

C'était sûrement sa faute à elle. Elle avait observé les oiseaux et les animaux dans les prés : elle savait que les mâles réagissaient quand les femelles étaient réceptives. Elle ne devait pas être encore prête, mais s'il lui fallait patienter encore longtemps, elle allait prendre feu!

Roxana sommeillait près d'un rosier. Meriel s'assit sur un banc et respira le parfum des fleurs qui s'entrelaçaient au-dessus de sa tête. En caressant la tête de son chien, elle songea que lorsqu'elle serait plus expérimentée, elle connaîtrait les gestes pour attirer Renbourne. Il ne suffisait pas d'étudier les comportements des renards et des éperviers.

Si nécessaire, elle emploierait les méthodes des femmes du harem.

Aucun homme ne pouvait y résister.

Les dessins du *mehndi* avaient foncé sur sa peau. Dominic les contempla dans le miroir, heureux d'avoir renvoyé Morrison avant de retirer sa chemise. Il ne voulait pas affronter le mépris du valet de chambre.

Il allait éteindre la lampe et se coucher quand il découvrit, entre ses oreillers, un petit bouquet attaché par un ruban. Il devina qu'il s'agissait d'un cadeau de Meriel. Deux œillets, un blanc et un rouge, avec une pensée sauvage et une petite feuille de saule. C'était une composition charmante et originale.

Il respira le parfum, dominé par la senteur épicée des œillets. Il y avait quelque chose d'érotique à l'idée qu'elle avait cueilli ces fleurs en pensant à lui, puis s'était faufilée dans sa chambre pour les y déposer. Était-ce une façon de le remercier pour Moonbeam ? Ou y avait-il un message plus subtil ?

Après avoir mis le bouquet dans un verre d'eau sur sa table de chevet, il s'endormit et rêva de son frère…

Kyle et lui étaient petits garçons… ils riaient en jouant avec des marrons… ils quittaient la maison en douce pour se rendre à une fête du village au lieu d'étudier… Il se réveillait au milieu de la nuit, persuadé que Kyle souffrait quelque part, et le découvrait, la cheville brisée, dans l'escalier.

Et les époques plus sombres… Les bagarres, les mots cruels. L'arrogance de Kyle à son retour d'Eton, lorsqu'il s'attendait à ce que Dominic lui obéisse en tout. Sa colère, si Dominic se montrait indépendant. Plus tard, la rivalité pour les faveurs d'une serveuse, et la satisfaction de Dominic quand elle l'avait préféré à son jumeau.

Et enfin leur dernière dispute, au moment où il avait choisi l'armée plutôt que l'université…

Lors des vacances de Noël, pendant la dernière année de Dominic à Rugby, son père l'avait convoqué dans son bureau et lui avait demandé comment il envisageait son avenir. Un fils cadet avait le choix entre l'Église et l'armée. Dominic ne voulait ni l'un ni l'autre. Il voulait s'occuper d'un domaine agricole, de préférence le sien, mais il était prêt à devenir l'intendant de quelqu'un d'autre. S'il gagnait un bon salaire et économisait la rente de son père, il aurait un jour de quoi s'acheter une ferme.

Timidement, il avait demandé la permission d'apprendre le métier d'intendant. Le refus avait été net : un Renbourne ne serait jamais un employé. Wrexham était prêt à payer les études de son fils s'il devenait pasteur, ou à lui acheter une commission dans l'armée. Dominic devait choisir avant la fin des vacances.

Bien que Kyle eût été présent, Dominic ne lui en avait pas parlé tout de suite, ne souhaitant pas être influencé par son frère. Il aimait les études. Trois ans d'université seraient agréables – mais devenir pasteur ? D'un autre côté, l'idée d'être soldat ne lui plaisait pas davantage.

La veille du retour à l'école, alors que les deux frères jouaient au billard, il avait déclaré à Kyle :

— Je vais entrer dans l'armée. Dans la cavalerie. Et si je devenais un hussard ? Ils portent de magnifiques uniformes.

Son frère avait sursauté, manquant le point.

— Tu plaisantes ! s'était-il exclamé, le visage blême.

— Je dois faire quelque chose, et l'armée me semble être le meilleur choix.

— Je pensais que tu viendrais avec moi à Cambridge. Nous pourrions partager un appartement...

— Je ne peux pas m'imaginer en homme d'Église, avait répliqué Dominic en secouant la tête.

— Tu serais un excellent pasteur. Tu es patient, et tu aimes les autres. Tu pourrais t'installer ici, à Dornleigh, après la retraite du vieux Simpson.

Dominic avait frémi. Vivre en parent pauvre, à quelques kilomètres du château familial ? Ce serait l'enfer.

— Je m'ennuierais à périr, Kyle. Au moins, dans un régiment de cavalerie, il y aura des moments excitants.

— Bon sang, Dom, seul un imbécile entrerait dans l'armée !

Agacé, Dominic s'était concentré pour remporter la partie.

— Je suis peut-être un imbécile, mais j'arrive encore à te battre au billard.

— C'est de ta vie que l'on parle, Dom, pas d'un jeu stupide ! Tu es intelligent. Viens avec moi à Cambridge. Tu peux même étudier le droit. Je t'en prie, ne deviens pas de la chair à canon !

Passer sa vie enfermé dans une chambre avec des livres poussiéreux... Kyle le connaissait-il si peu ?

— Certains trouvent honorable de défendre leur pays. De toute façon, ce n'est pas parce que tu es plus âgé de dix minutes que tu peux me dicter ma conduite.

— Je sais ce qui est mieux pour toi. Maintenant que Napoléon est en exil sur l'île d'Elbe, tu t'ennuieras autant à l'armée qu'en devenant pasteur. Il faut poursuivre ton éducation. Dans trois ans, tu verras les choses différemment. Je t'en prie, Dom, avait-il ajouté d'une voix douce, j'aimerais t'avoir à mes côtés...

Dominic avait hésité. Lorsque Kyle était de bonne humeur, ils s'entendaient très bien. Mais s'il écoutait son frère, ce serait une sorte de suicide. Quand ils étaient ensemble, celui-ci jouait toujours à l'héritier. Il finirait par se fondre dans l'anonymat. Pour être lui-même, il devait partir.

— L'armée me conviendra parfaitement, Kyle. Si les rumeurs se vérifient et que Napoléon quitte l'île d'Elbe, je pourrais même être utile...

— Non ! s'était écrié Kyle, cassant sa queue de billard en deux. Si tu fais ça, je jure que je ne te le pardonnerai jamais !

— Ton pardon ne me concerne pas, avait conclu Dominic, le visage blême, avant de quitter la pièce.

Dominic se réveilla en sursaut de son cauchemar. Il avait pris la bonne décision. Mais, avec le recul, il comprenait que Kyle avait agi ainsi par crainte de le perdre. À l'époque, Dominic ne l'avait pas compris, et sa colère contre son frère les avait séparés.

Après Waterloo, il avait songé revenir à la maison pour voir son jumeau. Il avait pensé partir avec lui en Écosse. Ils auraient pu aller à la pêche, faire des promenades à cheval. Puis un soir, après avoir bu un peu trop, Dominic lui aurait parlé des horreurs du champ de bataille. Kyle l'aurait écouté, il l'aurait aidé à guérir de ses blessures invisibles.

Mais Dominic n'avait pas pu se tourner vers son frère. Grâce à ses amis officiers, il n'avait pas perdu la tête. Pourtant, leur soutien ne lui avait pas suffi. Jusqu'à hier, il n'en avait parlé à personne.

Malgré leur éloignement, il subsistait un lien très fort entre les deux frères. Quelques années plus tôt, lors d'une chasse à courre, Dominic avait fait une mauvaise chute de cheval. Il avait eu plusieurs côtes cassées et un traumatisme crânien. Kyle était arrivé de Londres le lendemain, grondant son frère de monter comme un paysan. Si Dominic s'était senti moins mal, il lui aurait cassé la figure, mais il avait été secrètement heureux de le revoir.

Kyle avait renvoyé le mauvais médecin appelé par les amis de Dominic, et fait venir à son chevet le meilleur docteur de la région. Il se souvenait vaguement que sa fièvre l'avait fait délirer, et que Kyle n'avait pas quitté la chambre. Son frère lui avait essuyé le visage avec de l'eau fraîche. Cependant, il était reparti dès que Dominic avait été tiré d'affaire.

Plus tard, il avait appris qu'aucun de ses amis n'avait alerté son jumeau. Le lien étrange qui les unissait depuis leur naissance avait fait venir Kyle à ses côtés. Il avait su également quand Dominic avait été blessé à Waterloo. Enfants, les deux garçons avaient toujours ressenti cette complicité.

Sa gorge se noua. Pourquoi s'étaient-ils disputés ? Si Kyle avait été moins hautain, et lui plus patient…

On ne pouvait pas changer le passé, mais peut-être l'avenir. Lorsqu'il reverrait son jumeau, il se promit de ne pas se mettre en colère ni de le provoquer. Et il ne devait surtout pas se comporter de manière indigne avec sa fiancée ! Kyle ne le lui pardonnerait jamais.

Quand avaient-ils été proches, la dernière fois ? Probablement à la mort de leur mère. Lady Wrexham avait développé une fièvre subite et les deux garçons avaient été rappelés de l'école. Dominic était arrivé le premier. Elle avait murmuré son nom en souriant. Jamais elle n'avait confondu ses deux fils.

— Veille sur ton frère. Il est plus fragile que toi...

Puis elle s'était endormie et ne s'était jamais réveillée. Le visage grave, son père s'était retiré dans son bureau. Le cœur brisé, Dominic avait attendu l'attelage de son frère. Il s'était juré de ne pas répéter les dernières paroles de sa mère, car Kyle aurait été vexé.

Ce dernier était arrivé dans la nuit. Dominic avait dévalé l'escalier pour le rejoindre. Dès que Kyle était entré dans le vestibule, il avait regardé son jumeau d'un air suppliant.

— Elle est partie, Kyle. Ses dernières paroles ont été pour toi... Elle a dit qu'elle t'aimait.

— Elle est morte et je n'étais pas là !

Les deux garçons s'étaient mis à pleurer dans les bras l'un de l'autre, unis par une même détresse...

Le souvenir de ce désarroi émut Dominic, comme à l'époque. Or, voilà qu'il percevait à nouveau le chagrin de Kyle... Cette fois, la douleur était encore plus profonde. Que diable se passait-il ?

Il eut alors la certitude que Kyle avait quitté l'Angleterre. Il ressentait les tourments de son frère à des centaines de kilomètres de distance. Si seulement il pouvait faire quelque chose...

Mais puisqu'il percevait la présence de son frère, Kyle pouvait sans doute percevoir la sienne ? Dominic imagina qu'il posait la main sur son épaule, afin que Kyle sache qu'il n'était pas seul, malgré la distance physique et affective qui les séparait. C'était peut-être son imagination qui lui jouait des tours, pourtant il eut l'impression que la douleur de Kyle s'apaisait quelque peu.

Épuisé, il roula sur le côté. Ses pensées continuèrent à virevolter autour de Kyle et de Meriel, sa future belle-sœur… Il ne devait pas permettre que cette relation se développe.

Il respira une nouvelle fois les fleurs au parfum épicé qui lui rappelait la jeune fille. Puis, le bouquet à la main, il finit par s'endormir.

18

— Vous avez de la visite, milord.

Dominic leva les yeux du potager où il plantait des choux. Qui diable pouvait lui rendre visite à Warfield ? Il se redressa et remarqua les taches sur ses pantalons.

— Qui est-ce ?

La jeune servante rougit.

— J'ai oublié, milord, s'excusa-t-elle. La dame n'avait pas de carte de visite. Mais c'est une vraie dame.

Il s'agissait probablement d'une lointaine parente des Renbourne, qui avait appris la présence de lord Maxwell dans les parages.

— Kamal, quelqu'un est venu me voir. Je reviendrai tout à l'heure.

— Très bien, milord, acquiesça l'Indien.

Meriel, qui élaguait les branches d'un poivrier, jeta un coup d'œil à Dominic. Ces trois derniers jours, depuis sa visite à l'asile et l'arrivée de Moonbeam, ils n'avaient jamais été seuls. Tous les projets de jardinage de la jeune fille avaient nécessité la présence de Kamal. Elle avait raison de désirer un chaperon, songea Dominic. Même si leur complicité à tous les deux lui manquait…

Il se lava les mains et suivit la jeune servante jusqu'à la maison.

La visiteuse prenait le thé avec les deux vieilles dames, dans le petit salon. C'était une femme élégante, qui devait avoir environ son âge et lui sembla vaguement familière. Pourvu qu'elle ne fût pas une ancienne maîtresse de son frère !

— Veuillez excuser ma tenue, dit-il avec le ton légèrement supérieur de lord Maxwell. Mais cela eût été encore plus impoli de vous faire patienter le temps de me changer.

Elle se leva. Elle avait des cheveux courts et un regard sombre, intense.

— Jamais je ne songerais à vous critiquer, lord Maxwell. Vous ne me reconnaissez pas, n'est-ce pas ? Vous m'en voyez ravie, conclut-elle avec un triste sourire.

Il reconnut le son de sa voix. Lors de leur première rencontre, elle avait hurlé, au bord de l'hystérie.

— Madame Morton ! dit-il en baisant sa main gantée, enchanté de voir comme elle avait changé depuis l'asile.

— Je suis redevenue Jena Ames. Je ne porterai plus jamais le nom de cet homme.

— Comment vous en vouloir, ma chère ! s'exclama Mme Marks en versant une tasse de thé. Mlle Ames nous a appris la cruauté de son mari et comment elle a été libérée grâce à vous, milord. Vous êtes un héros.

— Je n'ai fait que transmettre un message, protesta-t-il, gêné.

— Je suis venu vous remercier, murmura Jena. Si vous n'aviez pas écouté une femme présumée folle, on ne m'aurait jamais libérée. Mes gardiens ne m'auraient pas permis de croiser un autre visiteur.

Il s'assit et dévisagea la jeune femme. Elle semblait très sûre d'elle. Seuls les cernes sous ses yeux trahissaient sa souffrance.

Ils bavardèrent un peu, puis il lui proposa de rencontrer Meriel, puisqu'elle l'avait connue en Inde.

Jena hésita.

— Vous croyez qu'elle acceptera de me voir ?

— Sûrement.

Il lui offrit son bras et ils sortirent dans le jardin. Elle inspira profondément.

— C'est si bon, lord Maxwell. L'air frais... et la liberté.

Il lui proposa de faire un détour avant de retrouver la jeune fille. Il espérait en apprendre davantage sur l'enfant qu'avait été Meriel.

— Vous m'avez sauvée de ces gentilles dames, dit-elle en souriant. C'est difficile de s'habituer aux coutumes de la bonne société après l'asile. Mon père a dû me pousser dehors, ce matin. Il prétend que je dois retrouver très vite une vie normale. Je sais qu'il a raison, mais j'ai l'impression de partir au front.

— Un général sait juger les caractères. Il n'exigerait pas trop de vous.

— C'est le meilleur des pères. J'aurais dû l'écouter quand il m'a dit que Morton était un coureur de dot.

Ils se promenèrent parmi les buissons de fleurs, en direction d'une statue d'Artémis, la déesse de la Lune.

— Comment était Meriel, à l'époque ? demanda Dominic.

— Intelligente, douce... Comme j'avais quelques années de plus, elle m'admirait, avoua Jena en riant. Nous avons été inséparables pendant le mois que ses parents ont passé à Cambay. Savez-vous qu'elle a appris à lire dès l'âge de quatre ans ? Ce drame qui lui est arrivé a été un tel gâchis.

— Je me demande comment le maharaja qui l'a rendue aux siens a expliqué l'enlèvement d'une enfant anglaise.

— Il a dit qu'un seigneur voisin la lui avait offerte en cadeau. Il avait d'abord pensé qu'elle était une esclave circassienne, et elle ne l'avait pas détrompée puisqu'elle ne parlait pas. Puis il a compris qu'elle était anglaise et l'a fait envoyer à Cambay. Elle a eu de la chance. Le harem d'un maharaja est assez grand pour qu'on y oublie une petite fille...

Ils avaient atteint la statue.

— L'avez-vous vue à Cambay, après son retour ?

— Les docteurs m'ont laissée la voir. J'espérais pouvoir l'aider, mais elle m'a complètement ignorée. J'avais l'impression d'être un fantôme. J'étais furieuse, c'était comme si elle rejetait notre amitié.

— Vous n'étiez qu'une enfant. Votre réaction était normale.

— Vous êtes quelqu'un de très compréhensif, lord Maxwell... Je suis sûr que vous aidez beaucoup Meriel.

Il songea que c'était plutôt l'inverse. Grâce à Meriel, il se sentait plus heureux, plus serein. Avec elle, le monde devenait plus intéressant.

— Je l'aime bien, et j'espère que c'est réciproque...

Ils s'éloignèrent d'Artémis et pénétrèrent dans un jardin dont les senteurs évoluaient au fil des saisons. À cette époque, c'était le parfum des lilas qui prédominait.

— Lui avez-vous rendu visite, à votre retour en Angleterre ? demanda-t-il.

— Non. On disait qu'elle était folle. Je ne voulais pas la tourmenter. À dire vrai, je craignais d'être troublée moi-même. Sa folie me répugnait... J'ai payé pour avoir été si égoïste.

— Désormais, vous comprenez mieux les troubles du cerveau.

— En effet. Je comprends que Meriel se soit réfugiée en elle-même pour survivre à un monde intolérable. Au début, à Bladenham, lorsque je piquais une colère, ils m'attachaient. Alors je me suis repliée de plus en plus sur moi-même. Parfois, je restais allongée toute la journée à regarder le plafond, ignorant les infirmières.

— Qu'est-ce qui vous ramenait à la réalité ?

— L'ennui, et le besoin de bouger. Quand je vous ai remarqué dans le jardin, il m'a fallu quelques instants pour réaliser qu'un inconnu était présent. J'ai attendu le meilleur moment pour vous approcher. C'était la première fois que je voyais quelqu'un d'extérieur à l'asile.

Dominic hocha la tête. La situation des deux femmes était différente. Meriel avait été traumatisée à un très jeune âge.

— Comment est-elle, maintenant ? demanda Jena.

— Elle ne parle pas, et elle ignore parfois les gens. Elle passe la plupart de son temps à jardiner. Je pense qu'elle va un peu mieux, mais je n'en suis pas sûr...

Ils arrivaient au potager. Meriel avait retiré son chapeau de paille.

— Je l'aurais reconnue n'importe où, chuchota Jena. Elle a l'air sereine.

— Elle est chez elle, ici.

— Il me semble reconnaître aussi l'Indien.

— Vous avez peut-être vu Kamal à Cambay. Il a accompagné Meriel de chez le maharaja et ne l'a pas quittée depuis.

Jena prit une profonde inspiration et avança dans le potager.

— Bonjour, Meriel. Est-ce que tu te souviens de moi, après toutes ces années ? Je suis Jena Ames. De Cambay.

Jena s'agenouilla à côté de la jeune fille qui s'était raidie et fuyait son regard.

— Nous étions de bonnes amies. Nous faisions du cheval ensemble. Je t'avais montré les jardins. Avant de quitter Cambay, tu m'as donné ta poupée préférée pour que je ne t'oublie pas. En échange, je t'ai offert un petit livre de poèmes. Nous avions promis de nous revoir en Angleterre.

Les larmes aux yeux, elle ajouta :

— Les années ont passé, mais je ne t'ai jamais oubliée...

On n'entendait que le bourdonnement des abeilles. Kamal et Dominic ne les quittaient pas des yeux.

Meriel leva la tête et regarda la jeune femme dans les yeux. Elle tendit lentement une main, caressa sa joue et sourit.

Le visage de Jena s'éclaira.

— Je suis si heureuse de te revoir ! s'exclama-t-elle en lui saisissant la main.

La tunique de Meriel glissa sur son bras, et elle aperçut le bracelet dessiné.

— Un *mehndi* ! Ils te fascinaient, à l'époque. Tu te souviens quand la servante nous a peint les mains ?

Elle regarda Kamal et l'interrogea dans sa langue. Il secoua la tête et répondit en anglais :

— Non, *memsahib*. C'est moi qui procure le henné et qui ai appris à Meriel comment s'en servir, mais c'est elle l'artiste.

— Est-ce que tu ferais un *mehndi* pour moi ? demanda Jena. Ce serait comme autrefois...

Il y avait un soupçon de tristesse dans sa voix. Elle repensait aux deux petites filles innocentes qui avaient été amies lorsque la vie avait été simple et belle.

Meriel se leva, claqua des doigts pour appeler Roxana et se dirigea vers la maison, après avoir fait signe à Jena de la suivre.

— Meriel a compris la requête de Jena et elle a réagi, déclara Dominic à Kamal d'un ton ravi. Elle va mieux.

L'Indien recommença à bêcher.

— Vous lui faites du bien, milord, mais c'est une lourde responsabilité. Quand on apprend à un jeune oiseau à voler, il ne faut pas le laisser retomber.

— Je n'ai pas l'intention de la laisser retomber.

— Vraiment ?

Le regard de Kamal était si pénétrant que Dominic se demanda s'il avait percé le secret de son identité.

Il recommença à planter les choux, troublé. Il avait pensé qu'après avoir aidé Meriel à s'ouvrir au monde, elle n'aurait plus besoin de lui. Mais que se passerait-il si elle réclamait la présence constante de son mari ? Kyle consentirait-il à rester tout le temps auprès d'elle ?

En imaginant son frère avec la jeune fille, il écrasa quelques semis fragiles entre ses doigts. Comment un homme pourrait-il vouloir s'éloigner de Meriel ?

19

Les Indes... Meriel était assise sur la banquette de sa fenêtre, les bras autour des genoux, et elle se balançait d'avant en arrière. En voyant Jena, elle avait retrouvé des souvenirs si lointains qu'ils auraient pu être ceux d'une inconnue. Pendant des années, elle avait refusé d'y penser, même si l'horreur et les flammes n'avaient cessé de hanter ses cauchemars.

Désormais, les parfums et les couleurs vives des Indes menaçaient de l'emporter. Lors des premiers mois de son voyage, elle avait vécu une grande aventure, découvrant des plantes, des animaux et des personnes très différents de Warfield. Mais elle n'avait pas eu d'amies avant de rencontrer Jena. En dépit de leur différence d'âge, elles avaient ressenti d'emblée une grande affinité, comme si elles étaient sœurs. Ce mois à Cambay avait été le plus heureux de sa vie, car elle avait eu ses parents, une amie, et vécu toute sorte d'aventures.

Puis ils avaient quitté le cantonnement, et sa vie heureuse avait été brisée quand la cruauté des Indes s'était révélée sous le masque de la beauté. Elle avait survécu en se repliant sur elle-même, en retrouvant dans son imaginaire les vertes collines de sa maison de famille.

Warfield était devenu plus réel que la folie qui l'entourait. Elle avait été infiniment heureuse lorsque son oncle l'avait ramenée à la maison. Cette propriété était le seul élément intangible de sa vie, l'élément le plus vrai et le plus sécurisant. Elle avait pensé ne rien désirer d'autre. Jusqu'à l'arrivée de Renbourne.

Et voilà que Jena apparaissait à son tour, agitant les eaux troubles de sa mémoire.

Tandis que Meriel peignait un *mehndi,* son amie lui avait parlé d'une voix hésitante de son horrible mari et de ses mois passés à l'asile. Ses yeux sombres avaient été hantés par la tristesse, mais son aura était intacte. Jena avait toujours été une créature de feu, déterminée et impétueuse, et sa présence avait rappelé tant de choses à Meriel. Elle pensa avec tristesse à la poupée qu'elle avait donnée à Jena, et au petit livre de poèmes. Désormais, il n'en restait que des cendres.

Elle se mit à se balancer davantage, cachant son visage entre ses genoux.

Dans sa chambre, Dominic retira sa cravate et son veston. Meriel avait manqué le dîner, une nouvelle fois. Parfois, il se demandait si elle allait mourir de faim à cause de lui. Elle devait vivre de soleil et d'eau de pluie, comme les fleurs.

D'après ces dames, Jena Ames était repartie tout sourire, le poignet décoré d'un *mehndi,* promettant de revenir bientôt. Meriel avait semblé apprécier sa visite, mais elle avait disparu aussitôt après son départ.

Niché entre ses oreillers, Dominic trouva un nouveau bouquet. Des œillets, attachés avec du fil blanc. Son cœur se mit à battre plus vite quand il respira le parfum épicé. Pourquoi était-elle revenue dans sa chambre ?

Le langage des fleurs, bien sûr ! Il y avait un symbolisme des fleurs, tout comme l'on pouvait s'exprimer avec le mouvement d'un éventail. Sans être expert en la matière, il devinait que les bouquets de Meriel cherchaient à le taquiner et à le captiver.

En dépit d'une dure journée de travail, il était trop nerveux pour dormir. Il décida de se rendre à la bibliothèque, et de chercher des livres sur les Indes. Il souhaitait mieux comprendre ce que Meriel avait vécu là-bas.

Il prit une lampe et descendit au rez-de-chaussée. Avec ses rangées de livres et ses fauteuils confortables, la bibliothèque était une pièce accueillante.

La porte était entrouverte. Il s'arrêta sur le seuil. Des bougies étaient allumées. Une frêle silhouette se tenait près du mur, le nez plongé dans un livre. Puis elle rangea le livre et en prit un autre pour le consulter.

Meriel ! Il n'en revenait pas. Elle lisait ! Il était aussi surpris que lorsqu'il l'avait entendue chanter la première fois.

Jena Ames avait déclaré que Meriel savait lire à quatre ans. Il avait pensé qu'elle avait dû tout oublier, après son traumatisme. Ainsi, elle avait continué à lire en cachette...

Il entra dans la bibliothèque. Meriel releva la tête. Elle resta figée, le scrutant de son regard félin.

— Quelle surprise, lady Meriel ! dit-il d'un ton froid. Quel genre de livres aimez-vous ?

Il s'approcha et lui prit le livre des mains. Les *Chants d'innocence* de William Blake. C'était un poète et un artiste que l'on considérait comme fou, mais Dominic appréciait son travail. Son écriture et ses illustrations étranges devaient plaire à Meriel.

— Vous nous avez tous pris pour des imbéciles, continua-t-il. Puisque vous savez lire, vous comprenez ce qu'on vous dit. Vous savez exactement ce qui se passe autour de vous. Toute cette maisonnée se plie à vos caprices. Vous acceptez tout, et vous ne rendez rien. Rien !

Il avait élevé la voix et elle voulut partir en courant, mais il l'attrapa par les épaules. Il dut éviter ses ongles.

— Doucement, petite sauvageonne !

Avec sa cravate, il lui attacha les poignets. Elle lui donna un coup de pied, sans lui faire mal parce qu'elle était pieds nus. Il la prit dans ses bras et la porta vers un fauteuil dans le cercle de lumière.

Il l'y déposa et approcha une chaise, si bien que leurs genoux se touchaient. Dans son regard, il voyait qu'elle était furieuse. Toutefois, il n'y décelait aucune trace de folie.

— Pourquoi, Meriel ? demanda-t-il doucement. Si vous savez lire et chanter, vous pourriez parler... Pourquoi êtes-vous restée silencieuse, toutes ces années ?

Elle se recroquevilla en une petite boule sur le fauteuil. Dans sa robe de chambre, elle avait l'air fragile... et délicieusement féminine.

Il défit la cravate qui liait ses poignets, avec le sentiment de s'être comporté comme une brute.

— Vous vous enfuyez pour ne pas avoir à répondre aux questions difficiles, n'est-ce pas ? Comme tout le monde vous croit folle, vous pouvez faire ce que vous voulez. C'est une forme de liberté. Mais vous payez le prix fort.

Il voyait le pouls de Meriel battre sur sa gorge. Il était persuadé qu'elle le comprenait. Cependant, elle ne releva pas la tête.

Frustré, il inspira profondément et essaya de s'imaginer à sa place. Intelligente et choyée, elle avait été arrachée à sa famille et à son monde familier, elle s'était éloignée de la réalité pour survivre. Prisonnière pendant plus d'un an, elle n'avait eu personne à qui parler, même si elle l'aurait souhaité. Il comprenait que la terreur et le désarroi l'aient incitée à se taire. Mais pourquoi n'avait-elle pas recommencé à parler en retrouvant sa famille ?

— Le silence est votre bouclier, n'est-ce pas ? Parler avec les autres impliquerait un retour à la vie normale. Enfant, vous auriez dû répondre à des questions douloureuses, concernant la mort de vos parents et votre captivité. Puis, en grandissant, vous avez compris que la normalité entraînait des responsabilités, des obligations. On vous aurait envoyée à Londres pour trouver un mari, par exemple...

Elle frémit et se mordit la lèvre.

— La perspective du mariage est angoissante pour tout le monde, mais j'imagine que pour vous, le pire serait de vous éloigner de votre maison. Vous avez eu beaucoup de mal à sortir du parc. Une jeune fille « normale » est obligée de faire bien davantage...

Elle poussa un soupir. Même s'il avait raison, elle ne semblait pas prête à l'admettre.

Il se pencha en avant.

— Accepteriez-vous de me parler, Meriel ? Si vous le souhaitez, je vous jure de garder le secret. J'aimerais tellement entendre votre voix. La conversation est l'un des plaisirs de la vie, vous savez.

Il se rappela les discussions interminables qu'il avait eues avec Kyle, autrefois.

— Partager ses pensées est la manière la plus profonde pour deux êtres de se rapprocher, en dehors de l'intimité physique. C'est parfois même plus intime.

Elle paraissait indécise. Il retint son souffle, devinant qu'elle était sur le point d'abandonner les défenses qui étaient devenues une partie d'elle-même. Or, même si elle ne lui avait jamais parlé, il se sentait très proche d'elle.

Elle prit une décision, déplia son corps. Puis, lentement, elle posa les pieds par terre et se leva, sans le quitter des yeux. Pour la première fois, il dut lever la tête pour la contempler.

Il repoussa sa chaise, se demandant ce qu'elle allait faire. Il savait qu'elle n'était pas folle, mais elle était différente des autres femmes.

Elle défit le ruban qui retenait sa natte, et passa les doigts dans ses cheveux, les laissant s'éparpiller sur ses épaules et dans son dos.

Il serra les accoudoirs de son fauteuil pour résister à la tentation de les toucher. Des femmes étaient devenues reines et des empires s'étaient écroulés à cause de chevelures aussi magnifiques…

— Si vous essayez de me déconcentrer, vous n'y parviendrez pas, dit-il d'une voix rauque. Vous êtes très belle, mais je préférerais vous entendre parler, même pour me maudire.

Sans le quitter des yeux, elle défit la ceinture de sa robe de chambre et la laissa glisser sur ses épaules. La chemise de nuit en batiste était délicatement brodée, ses poignets fins émergeaient des manches en dentelle. Il devinait son corps mince en transparence. Il aurait dû prendre ses jambes à son cou, il le savait. Pourtant, il demeurait pétrifié dans le fauteuil.

Elle se baissa et déposa un baiser sur sa tempe. Ses cheveux soyeux lui effleurèrent le front, elle se mit à lui mordiller la joue. Le cœur battant, il prit son visage entre ses mains et l'embrassa. Elle ouvrit les lèvres.

Le baiser n'en finissait pas. Elle s'installa à califourchon sur ses genoux. Mince et ardente, elle était une créature de rêve et de folie…

Il reprit ses esprits et essaya de se dégager.

— Vous êtes vraiment douée pour changer de sujet, petite sorcière, murmura-t-il.

Elle rit doucement, enfouit le visage dans son cou et respira son odeur en lui léchant l'oreille. En même temps, elle arqua les reins contre lui, l'enserrant dans sa chaleur.

Il perdit la raison. Il la souleva dans ses bras et l'allongea sur l'épais tapis persan. Il la dévora de baisers, laissant ses lèvres parcourir son cou, ses seins. Un mamelon se tendit sous sa langue. Quand il releva sa chemise de nuit, elle eut un léger rire de triomphe.

Désormais, il savait qu'elle était responsable de ses actes. Elle ignorait peut-être les codes moraux de la société anglaise, mais elle possédait le savoir-faire d'une Ève. Toutefois, les conséquences seraient terribles s'il la déshonorait pour un moment de passion.

Il se força à se redresser. Allongée sur le dos, le regard voilé de désir, elle était l'image de l'innocence libertine. Elle eut un sourire si captivant qu'il se retint de l'embrasser à nouveau.

— Vous devez savoir que la société condamne l'amour physique en dehors du mariage.

Elle sembla perturbée. D'une main, elle lui caressa le torse. Il s'éloigna, essayant de calmer son sang bouillonnant.

— Seriez-vous prête à parler pour me convaincre de devenir votre amant ? Ou bien la séduction est-elle un moyen d'éviter mes questions ?

Vexée, elle se releva, sifflant comme un chat en furie. Il devina qu'elle avait envie de le griffer.

— Je sais que vous êtes en colère, Meriel. Comprenez-moi, je ne veux que le meilleur pour vous. Vous êtes comme une princesse dans sa tour. Vous vous sentez en sécurité, mais une tour est un endroit solitaire si vous ne laissez personne entrer.

Il lui prit la main. Elle était tendue.

— J'aimerais tellement que vous me laissiez entrer. Cependant, nos esprits doivent se rencontrer avant que nos corps se rejoignent.

Elle entrouvrit les lèvres, et il crut un instant qu'elle allait parler. Puis elle se drapa dans sa robe de chambre et quitta la bibliothèque, la tête haute, avec la démarche d'une lionne offensée.

Cette fois, il la laissa s'en aller.

Dominic sortit dans le jardin baigné par le clair de lune et partit à grandes enjambées vers les ruines du château. Il bouillait d'impatience et de colère. Où était la différence entre la folie et l'équilibre mental ? À cet instant précis, il était lui-même à moitié fou.

Si Meriel avait parlé, aurait-il été obligé de lui faire l'amour pour respecter sa parole ? Aurait-il pu s'en empêcher ? Ce n'était pas étonnant que la société mît tant de barrières pour protéger la vertu d'une jeune fille. Sans ces règles, la passion pouvait aisément balayer toute raison.

En dépit de ses précautions, il était tombé amoureux. La jeune fille suscitait chez lui la tendresse, le désir, l'émerveillement, la joie... et le sentiment qu'il fallait la protéger de toutes les menaces.

Avec le recul, il comprenait qu'il n'avait fait que le premier pas pour devenir lui-même en coupant les liens avec sa famille. Il avait certes évité de vivre dans l'ombre de son frère, cependant il n'avait pas encore atteint la maturité. Durant des années, il avait vagabondé car son désir le plus profond – bâtir une existence sur une terre qui serait à lui – avait été impossible à réaliser. C'était pourquoi il avait sauté sur l'occasion, quand Kyle lui avait offert le manoir de Bradshaw – quitte à devenir un menteur. Il rêvait d'être propriétaire terrien pour donner un sens à sa vie.

Désormais, Meriel lui avait donné un autre sens. Qu'est-ce qu'un homme pouvait espérer de mieux que de protéger et de s'occuper de ceux qu'il aimait ?

En gravissant le chemin escarpé qui menait au château, une idée s'insinua dans son esprit. Et s'il demandait à Meriel de l'épouser, lui, Dominic Renbourne, et non le lord absent qui était son fiancé ? Amworth souhaitait un mari attentionné pour sa nièce : il était un choix idéal, car personne n'aimerait jamais Meriel autant que lui.

Mais comment pourrait-il la faire vivre ? Sa rente de fils cadet ne suffisait que pour un célibataire.

Soudain il se rappela, l'estomac noué, qu'elle était une grande héritière. Meriel n'avait pas besoin de son argent à lui ! Sa fortune leur permettrait de vivre dans le luxe pour le restant de leurs jours. Le monde extérieur, y compris Amworth, le prendrait pour un opportuniste, un coureur de dot qui avait séduit la malheureuse fiancée de son frère...

L'opinion des autres lui importait-elle ? En cela, oui. Il se fichait qu'on le prenne pour un bon à rien, mais il était révolté à l'idée qu'on pense qu'il avait profité d'une innocente.

Le pire serait la réaction de Kyle. Son frère n'avait pas eu le temps de tomber amoureux de Meriel, pourtant il avait dû être ébloui par sa beauté. Il désirait conclure ce mariage. Si Dominic la lui dérobait, ce serait une trahison impardonnable.

Arrivé aux ruines du château, il comprit qu'en épousant la jeune fille, il détruirait à jamais ce qui restait des liens entre son frère et lui. Kyle était un homme méfiant par nature, car trop de personnes attendaient quelque chose de lui. Une telle trahison provoquerait une séparation irrévocable.

Il gravit lentement les marches jusqu'au chemin de ronde, repensant à sa première visite. Meriel lui avait fait une peur bleue. C'était à ce moment-là qu'il avait commencé à l'aimer. Il avait découvert son humour, puis sa compassion quand elle avait attaqué un braconnier deux fois plus fort qu'elle pour défendre une renarde blessée.

Elle était si vaillante. Elle était unique.

Il se sentait si proche de Meriel. S'enfuir maintenant serait commettre envers elle une trahison aussi grave que celle qu'il infligerait à Kyle en épousant sa fiancée. Comment avait-il pu être assez fou pour laisser la situation dégénérer ?

Il s'accouda aux remparts et contempla la rivière argentée à ses pieds. Il était facile de comprendre comment une âme tourmentée pouvait être amenée à sauter. Un vol plané de quelques secondes, puis l'oubli. La délivrance d'un terrible dilemme...

Se détournant, il regretta un bref instant de ne pas avoir de tendances suicidaires.

20

Dans son lit, Meriel se retournait dans tous les sens, espérant que Renbourne changerait d'avis et viendrait la retrouver. En réalité, elle savait qu'il ne viendrait pas. Les humains étaient beaucoup plus compliqués que les bêtes. Ils se désiraient tous les deux : cela aurait dû suffire. Qu'il aille au diable !

Pourquoi se souciait-il de toutes ces règles, au lieu de se laisser guider par sa passion ? Il souhaitait lui faire quitter un monde serein pour revenir dans un univers sans pitié. Si elle devenait « normale », elle devrait renoncer à ce qui l'avait sauvée autrefois.

Et pourtant dans la bibliothèque, sous le coup de l'émotion, elle avait voulu lui parler. Elle avait voulu forcer ses lèvres à dire qu'il lui plaisait, qu'elle aimait sa présence. Elle désirait aussi en savoir davantage sur sa vie, découvrir pourquoi il était différent des autres. Lui raconter des bribes de son propre passé – non les moments tristes, plutôt des histoires pour l'amuser.

Mais elle ne pouvait pas parler. Elle ne voulait pas changer sa vie de manière irrévocable.

Lorsque Dominic se réveilla à l'aube, il trouva le chat de Meriel sur son lit. S'il avait cru aux sorcières, il aurait dit que l'animal était le démon familier de la jeune fille, venu le surveiller. Il caressa Ginger, qui roula sur le dos pour se faire chatouiller le ventre. L'animal était immense, comme un chat sauvage.

Il se leva et s'habilla. Pendant la nuit, il avait esquissé un vague plan pour résoudre son dilemme. Si Meriel refusait d'épouser Kyle, Amworth ne la forcerait pas. Kyle serait déçu, mais il s'en remettrait et trouverait une autre fiancée qui lui correspondrait bien mieux que la jeune fille. Alors, dès que son frère serait à nouveau fiancé, Dominic demanderait la main de Meriel.

Mais le plan avait des défauts. Kyle risquait de ne pas se marier avant des années. Par ailleurs, Dominic devrait avouer sa véritable identité à Amworth, et plus le temps passait, plus l'aveu serait pénible. Pire, il serait obligé de révéler la vérité à Meriel, puis de lui demander de coopérer en refusant d'épouser Kyle et en l'attendant.

Accepterait-elle ? Elle était attirée par lui, mais ce n'était pas de l'amour. Kyle lui conviendrait peut-être tout aussi bien. Jamais il ne supporterait de les voir ensemble ! Il serait probablement obligé d'émigrer en Amérique...

Il quitta sa chambre, l'air sombre. Avant tout, il devait se réconcilier avec Meriel. La veille, elle lui aurait arraché les yeux si elle avait pu.

Selon le palefrenier, elle sortait tous les matins très tôt se promener à cheval. Dans les écuries, il la trouva en train de seller Moonbeam. En l'apercevant, elle se raidit, la selle dans les mains.

— Bonjour, puis-je vous accompagner ? lança-t-il avec un sourire.

Il devinait qu'elle était partagée entre la joie de le voir et l'envie de lui jeter la selle à la figure.

— Je souhaite qu'il y ait un avenir pour nous, Meriel, mais ce n'est pas encore gagné. J'espère que vous êtes prête à travailler en ce sens avec moi...

Elle se détendit. Il lui prit la selle des mains et la posa sur le dos de Moonbeam.

— Votre jupe-culotte est pratique pour monter à cheval. Je suppose que c'est l'une des dames qui vous l'a faite. Elles prennent bien soin de vous.

Quand il joignit les mains pour l'aider à monter en selle, il fut ravi de constater qu'elle portait des bottes. Elle rassembla les rênes et se pencha pour caresser sa joue d'un air rieur. Il comprit qu'il était pardonné.

Il lui saisit la main et la baisa.

— Je vais seller Pégase. Vous m'attendez ?

Avec un sourire énigmatique, elle fit avancer sa jument au pas. Il se dépêcha de préparer Pégase, et fut heureux de voir qu'elle l'avait attendu.

— Si vous avez un endroit que vous appréciez, j'aimerais le connaître, dit-il en montant sur son cheval.

Elle partit au trot. Il était soulagé qu'ils soient à nouveau en bons termes. Plus tard dans la journée, ou le lendemain, il lui expliquerait qui il était vraiment et lui ouvrirait son cœur. Comment réagirait-elle ? Serait-elle indifférente ou furieuse d'apprendre qu'il l'avait trompée ?

Meriel décida de lui montrer un cercle d'anciennes pierres levées, qui se trouvait dans le coin le plus reculé du parc. La réaction de Renbourne lui apprendrait des choses sur lui.

En chemin, il lui parla de choses et d'autres. Elle aimait qu'il s'adressât à elle comme à une égale. La plupart des gens l'ignoraient. Elle aimait aussi sa manière de monologuer si aisément.

Pourtant, il se tut lorsqu'en émergeant du bois, il découvrit le spectacle impressionnant des menhirs qui se découpaient, menaçants, contre le ciel. Elle mit pied à terre et attacha Moonbeam avant de pénétrer dans le cercle de pierres. Sans un mot, Renbourne l'imita.

Il marcha jusqu'au centre du cercle et se mit à tourner lentement, étudiant les pierres irrégulières.

Six d'entre elles étaient tombées, mais une douzaine se dressaient encore fièrement, deux fois plus hautes que lui, testament d'une race qui avait disparu. Elle songea qu'il avait raison de la trouver païenne. Au sein de ce cercle de menhirs, elle entendait murmurer les dieux anciens.

Il s'approcha de la plus haute pierre et posa les mains sur la surface rugueuse couverte de lichen.

— C'est un endroit de puissance, n'est-ce pas ? murmura-t-il. Comme une cathédrale... On sent battre le pouls de la foi.

Il le sentait, lui aussi ! Elle aurait voulu l'embrasser.

— Des gens doivent encore venir jusqu'ici, poursuivit-il d'un air pensif. Ce n'est pas un hasard si aucun arbre ne pousse autour.

Elle n'y avait jamais songé. Peut-être ce cercle n'était-il pas aussi abandonné qu'elle l'avait cru ? C'était une bonne chose que les gens de la région gardent une place dans leur cœur pour les anciennes coutumes.

Le soleil se levait derrière lui. Sa silhouette aux larges épaules évoquait celle d'un guerrier ou d'un prêtre. Elle frémit, avec la sensation qu'ils s'étaient déjà rencontrés dans cet endroit.

Elle se pencha pour cueillir une pâquerette. Dans le langage des fleurs, c'était le symbole de l'innocence et de la douceur. Dans un herbier rédigé par une Meriel qui avait vécu trois cents ans auparavant, on l'appelait « l'herbe Marguerite ». L'herbier donnait la recette d'un baume pour soigner les bleus et les blessures. Son ancêtre s'était-elle allongée ici dans l'herbe avec son amoureux ?

Elle glissa la pâquerette dans l'une des boutonnières de Renbourne, puis posa la paume sur son torse. Elle sentit battre son cœur.

Il plaqua une main sur la sienne.

— Vous êtes chez vous ici, ma belle sauvageonne…

Elle retint son souffle, dans l'espoir qu'il succombe à la tentation qu'elle devinait dans son regard. Le cercle dégageait une énergie sauvage des temps anciens, avant que le Dieu chrétien n'ordonne la chasteté. Jusqu'où pouvait mener un baiser?

À sa grande tristesse, il se contenta de lui effleurer doucement les cheveux, puis retourna auprès des chevaux.

De retour aux écuries, le palefrenier s'était réveillé et il s'occupa des chevaux. Comme elle avait faim, elle décida de rejoindre Renbourne dans la salle à manger, plutôt que d'aller quémander du pain et du thé à la cuisine.

Il lui tint la porte, et elle le dépassa la tête haute. C'était plus facile de toiser les gens avec des bottes.

— Bravo, lady Meriel! Une princesse ne serait pas plus majestueuse…

Elle sourit, amusée qu'il eût deviné ses pensées. Puis, en voyant Mme Rector, son sourire s'estompa. La vieille dame était assise sur un banc dans le vestibule, le visage blême, tenant une lettre à la main que lui avait apportée le messager debout à son côté.

— Quelque chose ne va pas? demanda Renbourne.

— Hélas… Lord Amworth a eu une attaque. Sa femme, Elinor, dit que… que le médecin n'est pas très optimiste… Nous sommes cousins, vous savez. Je l'ai connu toute ma vie.

Meriel fut parcourue d'un frisson qui lui glaça le sang. Elle aimait bien lord Amworth, mais elle avait surtout le pressentiment que les conséquences de ce drame allaient bouleverser sa vie.

La mauvaise nouvelle jeta un froid dans la maisonnée. Dominic passa la journée à élaguer les haies de buis, en se demandant ce qui se passerait si lord Amworth ne se remettait pas.

Amworth lui-même avait craint pour la jeune fille s'il venait à décéder, car lord Grahame avait des opinions très différentes la concernant. Dominic ignorait quel pouvoir les tuteurs de Meriel détenaient sur elle.

Homme de rigueur, Grahame ne verrait pas d'un bon œil le mariage de sa nièce avec un fils cadet sans ressources. Il était probablement opposé à tout mariage, et il serait furieux d'apprendre qu'Amworth avait essayé d'en arranger un derrière son dos.

Légalement, Meriel était majeure. Elle aurait dû pouvoir prendre ses propres décisions. Mais Grahame pouvait la faire déclarer irresponsable. Tant qu'elle refusait de parler et se comportait de façon excentrique, elle risquait d'être traitée comme si elle était vraiment folle.

Parlerait-elle, pour préserver sa liberté ? Ou se réfugierait-elle dans son monde intérieur, permettant ainsi aux autres d'affirmer qu'elle n'avait pas toute sa tête ?

Quand les membres de la maisonnée se rassemblèrent au salon avant le dîner, Dominic fut heureux d'y trouver la jeune fille, vêtue d'une robe sage de sa mère. Elle portait même des souliers.

Le majordome leur versa un verre de sherry. Meriel en accepta un.

— Elle semble si charmante ce soir, si normale... murmura Mme Rector à l'oreille de Dominic. Vous avez une merveilleuse influence sur elle, milord.

— Si elle est aussi élégante, c'est parce que vous l'avez bien élevée, toutes ces années.

— Vous nous flattez, milord, protesta la vieille dame, amusée.

Soudain, une voix de stentor résonna dans le vestibule :

— Évidemment qu'ils vont me recevoir ! Savez-vous qui je suis ? Nous serions arrivés plus tôt, si notre carrosse n'avait pas cassé une roue.

Le cœur battant, Dominic reposa lentement son verre. Ce n'était pas possible. Les voix étaient seulement similaires...

La porte du salon s'ouvrit avec fracas, et un homme corpulent entra dans la pièce. Affolé, Dominic reconnut le sixième lord Wrexham, ainsi que la jeune fille aux cheveux noirs qui le suivait.

C'étaient son père et sa sœur.

21

Intriguée et soucieuse, Mme Marks s'avança vers les nouveaux venus :

— Bonsoir, monsieur. Avons-nous le plaisir de vous connaître ?

Pourquoi diable est-ce que tout le monde débarquait à Warfield sans s'annoncer ? songea Dominic. Dieu merci, son père avait une mauvaise vue. Aussitôt, il adopta la façon de parler hautaine de Kyle :

— Pardonnez-moi, madame Marks. J'ignorais que vous ne connaissiez pas mon père... Madame Marks, madame Rector, permettez-moi de vous présenter lord Wrexham et ma sœur, lady Lucia Renbourne.

— Quelle heureuse surprise ! s'exclama Mme Marks. Je vais prévenir la gouvernante de vous préparer des chambres. Dommage que nous n'ayons pas eu le temps de les aérer, ajouta-t-elle en tirant sur le cordon.

Wrexham haussa les épaules.

— Nous partions pour le Nord quand j'ai décidé de venir voir comment se débrouillait Maxwell. (Il contempla Meriel.) Charmante personne. Elle n'a pas l'air folle.

Le regard fixe, Meriel s'était approchée de la porte. Pour une fois, Dominic se félicita qu'elle ne parle pas.

— Vous devez être fatigués, lança-t-il. Désirez-vous un verre de sherry ?

— Je ne dirais pas non à un cognac.

Dominic s'approcha du cabinet à liqueurs, espérant que ces dames ne lui en voudraient pas de faire comme chez lui.

— Lucia ?

— Je prendrai comme d'habitude, dit-elle. Madame Marks, madame Rector, je suis désolée que nous vous ayons importunées…

— Pas du tout, assura Mme Marks d'un air adouci. Je vais faire retarder le repas d'une heure…

— Inutile, l'interrompit Wrexham en bâillant. Nous allons terminer nos verres et prendre un plateau dans nos chambres. Nous ne voulons pas trop vous déranger. Nous resterons demain et partirons après-demain.

Dominic remarqua, non sans amertume, que son père ne demandait leur avis ni à Lucia ni à ces dames. De toute façon, il se préoccupait comme d'une guigne de l'opinion des autres.

En versant le cognac, il se demanda quel était l'apéritif préféré de sa sœur. À son départ de Dornleigh, elle n'était encore qu'une petite fille… Espérant ne pas se tromper, il lui apporta un sherry.

Son père conversait avec Mme Marks sans lui prêter attention, mais Lucia fronça les sourcils :

— Du sherry, Kyle ?

Puis elle leva les yeux vers lui. Abasourdie, elle faillit lâcher son verre. Dominic comprit qu'il ne pourrait jamais la mener en bateau.

Il tourna le dos aux autres personnes et posa un doigt sur ses lèvres, l'implorant silencieusement de se taire. Elle jeta un rapide coup d'œil à leur père.

— Heureusement qu'il est trop vaniteux pour porter ses lunettes, murmura-t-il. Je te jure qu'il y a une bonne raison à tout cela.

— J'espère bien, répliqua sévèrement Lucia.

— Je t'expliquerai plus tard, promit-il, soulagé.

Dominic fut heureux quand son père et sa sœur se retirèrent dans leurs chambres. Pourtant, il avait l'impression qu'un orage menaçait. Que se passerait-il le lendemain ? Wrexham avait une mauvaise vue, mais il n'était pas idiot. S'ils se mettaient à discuter, il risquait fort de se trahir.

Après le repas, Meriel disparut, et Dominic s'excusa tôt dans la soirée. Sans lui, ces dames pourraient bavarder librement de l'invasion des Renbourne…

Le valet le guida jusqu'à la chambre de sa sœur. Il frappa à la porte et elle lui dit d'entrer.

Vêtue d'une robe de chambre bleue, Lucia était assise devant la coiffeuse. Une servante lui brossait les cheveux.

— Jane, vous pouvez partir, merci.

Elle attendit que la porte se fût refermée derrière la domestique.

— Que diable se passe-t-il, Dominic ? s'exclama-t-elle.

— Je vais t'expliquer, mais tu peux m'embrasser auparavant…

Avec un sourire, elle le serra dans ses bras.

— Tu ne viens pas assez souvent à la maison, Dom… Mais quelle méchante farce que celle-ci ! J'ai passé la soirée à m'angoisser en imaginant le pire. J'espère que tu as une bonne raison.

— Pourquoi est-ce que je ne m'étonne jamais d'être jugé coupable ? se moqua-t-il en s'asseyant sur le bord du lit à baldaquin. Kyle avait un engagement urgent. Il m'a demandé de prendre sa place.

— Kyle t'a demandé ton aide et tu as accepté ? répéta-t-elle, incrédule. Vous ne vous parlez plus depuis des années.

— Ce qui prouve que cette affaire était très importante pour lui.

Dominic hésita un instant, puis décida qu'il devait la vérité à sa sœur, puisqu'elle allait mentir pour le couvrir.

— Je crois qu'il a quitté le pays. Il ne sera absent que quelques semaines.

— Pourquoi as-tu accepté ? Pensais-tu t'amuser aux dépens de deux vieilles dames et d'une fille à moitié folle ?

— Lucia !

Il se mit à arpenter la chambre. Sa petite sœur était devenue cynique : elle fréquentait la société londonienne depuis plusieurs années, et l'on y perdait rapidement sa naïveté.

— Cette supercherie ne me plaît pas non plus, crois-moi. J'ai accepté pour deux raisons. En contrepartie, Kyle m'offrira le manoir de Bradshaw.

— Il faut croire qu'il était vraiment sérieux. Je comprends que tu aies eu du mal à refuser. (Elle inclina la tête sur le côté.) Et l'autre raison ?

— Il semblait si... désespéré. Je ne l'avais jamais vu dans cet état.

— C'est vrai qu'il m'a paru troublé, ces derniers temps, admit-elle d'un air pensif. Hélas, il est incapable d'avouer à sa petite sœur ce qui le perturbe.

— Kyle se ferme facilement comme une huître, renchérit Dominic, songeant que ce silence avait contribué à leur mésentente.

Après qu'ils eurent été envoyés dans des écoles différentes, Dominic avait attendu les grandes vacances avec impatience pour lui parler de ses nouveaux amis, espérant maintenir l'essentiel de leur relation, mais Kyle n'avait pas semblé intéressé.

— Je suis heureuse que tu aies accepté de l'aider, dit Lucia d'un ton grave. Je n'ai jamais compris votre dispute. Des jumeaux devraient s'entendre.

Il regarda par la fenêtre. La lune éclairait l'allée de gravier.

— J'ai toujours apprécié Kyle, mais je ne sais pas si c'est réciproque.

— Il t'aime aussi, tu sais. Il est plein d'amertume que tu lui aies tourné le dos. De même que tu lui en veux d'être l'héritier.

Il la fusilla du regard. Décidément, sa sœur avait grandi. Il se la rappela quand elle avait dix ans, avec sa jupe tachée d'herbe et ses cheveux en bataille. À l'époque, elle avait aimé ses grands frères sans les juger.

— Je ne t'ai pas demandé ton opinion sur notre relation.

— Je sais, fit-elle avec un doux sourire. C'est pourquoi je te la donne de moi-même.

Il lui rendit son sourire.

— Petite coquine… Alors, quelles sont les dernières nouvelles ?

Les joues de Lucia s'empourprèrent.

— Je suis fiancée.

— Vraiment ! s'exclama-t-il, enchanté. Je n'ai rien lu dans les journaux.

— Nous ne l'avons pas encore annoncé officiellement. Papa et moi allons visiter la famille de Robert, dans le Lancashire. L'annonce sera faite après la signature des contrats.

— Wrexham doit être satisfait que tu aies enfin accepté un prétendant. Encore deux ans, et tu aurais été vieille fille.

Elle éclata de rire.

— Tu as raison. Papa est très soulagé, bien qu'il n'approuve guère mon choix. Il ne cesse de répéter que j'aurais pu trouver mieux qu'un modeste fils de baron.

— Toi, en tout cas, tu sembles contente. Qui est l'heureux élu ?

— Robert Justice, l'héritier de lord Justice. Il n'est pas aussi séduisant que Kyle et toi, mais il a une étincelle dans le regard et c'est merveilleux de converser avec lui…

Elle rougit encore.

— Bref, il doit embrasser comme un dieu, s'amusa Dominic en se rappelant un jeune homme solidement charpenté avec des cheveux bruns et un sourire avenant.

Lucia avait bien choisi. Il la serra dans ses bras.

— Je te souhaite tout le bonheur du monde, petite sœur. Je l'ai croisé quelques fois. C'est un homme bien.

— Et qu'en est-il de lady Meriel ? Crois-tu qu'elle fera le bonheur de Kyle ? On raconte de drôles de choses sur elle...

Une fois encore, il se crispa à la pensée que Meriel était destinée à Kyle.

— Elle est différente, mais très charmante. Si Kyle prend le temps de la connaître, je suis certain qu'ils s'entendront...

Lucia ne paraissait pas convaincue.

— Elle est jolie, mais sa robe ce soir était affreusement démodée.

Dominic se retint de déclarer que Meriel était plus que jolie, et qu'une robe qui avait été élégante vingt ans auparavant le demeurait. Mais il redoutait que sa sœur ne devinât ses sentiments.

— À la campagne, la mode n'est pas importante. Et elle a d'autres qualités. Elle jardine de façon incroyable. Elle a aussi appris en Inde à peindre des dessins au henné sur le corps. Tu devrais lui demander de dessiner le nom de Robert à un endroit que personne ne verrait, dit-il en la taquinant.

— Tu as de drôles d'idées ! Est-ce que ces dessins sont temporaires ?

— Oui. Robert sera très intrigué, je te le promets. (Il étouffa un bâillement.) Je vais me coucher. Il me faudra toute mon énergie, demain, pour convaincre Wrexham que je suis Kyle.

— Papa n'est pas si terrible, Dom. Sauf quand il a un accès de goutte. Sois patient avec lui. Si tu te mets en colère, tu te trahiras. Kyle reste toujours poli.

Dominic avait toujours eu la liberté de partir lorsque son père se montrait insupportable. En tant qu'héritier, Kyle avait été obligé de le supporter. Pour la première fois, Dominic se demanda si l'attitude rigide de Kyle était naturelle, ou s'il se comportait ainsi pour tenir tête à leur père.

— Est-ce que tu garderas notre secret, Lucia ?

— Je ne dirai rien. Ce serait affreux si papa apprenait la vérité. Parle le moins possible avec lui... Mais comment ferez-vous, plus tard ? Les gens verront bien la différence, quand Kyle prendra ta place.

— Il se fiche des opinions de ces dames et des domestiques. Il pense aussi que lady Meriel ne verra pas la différence.

— Tu crois qu'il a raison ?

— Je l'espère.

Dominic envisageait l'avenir avec angoisse. S'il y avait eu quelques mois entre son départ et l'arrivée de Kyle, la substitution aurait pu marcher. Mais si le mariage devait avoir lieu avant le retour de lord Grahame, les souvenirs de la jeune fille seraient encore très vifs...

Bon sang, il ne voulait pas que Kyle épouse Meriel ! Pourtant, il était trop tard pour révéler la supercherie.

Il dit bonsoir à sa sœur et alla se coucher, l'esprit tourmenté.

Meriel attendit quelques minutes, après que Renbourne eut quitté la chambre de sa sœur. Puis elle prit le bouquet et frappa à la porte. Depuis ses retrouvailles avec Jena Ames, sa curiosité pour les autres jeunes filles s'était aiguisée. Surtout pour la sœur de Renbourne.

Lady Lucia ouvrit. Elle avait les cheveux sombres et les yeux bleus de son frère. Bien qu'elle fût plus grande que Meriel et parût plus hautaine, elles devaient avoir environ le même âge.

— Oh ! Bonsoir, lady Meriel...

Meriel lui offrit le bouquet. Dans le vase en verre, des lilas embaumaient, leur couleur contrastant avec les feuilles foncées du lierre. Meriel avait créé un bouquet conventionnel, car elle ne pensait pas qu'une lady londonienne apprécierait ses créations originales. Renbourne était le seul qui les comprenait.

Lucia accepta le vase avec un sourire.

— Merci beaucoup. Comme ces fleurs sentent bon ! Désirez-vous entrer ? Nous allons devenir belles-sœurs, et j'aimerais mieux vous connaître.

Meriel avait espéré cette invitation. S'il s'était agi de quelqu'un d'autre, elle serait entrée dans la chambre sans lui demander son avis, mais elle ne voulait pas déplaire à la sœur de Renbourne.

Lucia posa le vase sur une table.

— On m'a dit que vous ne parliez pas, reprit-elle d'un ton hésitant. Je ne sais pas très bien comment me comporter... Veuillez m'excuser si je vous offense. Ce ne sera pas volontaire.

Meriel apprécia cette franchise. Elle lui fit un petit geste pour l'encourager à poursuivre.

— Je vais bientôt me marier, commença Lucia en s'asseyant sur le lit. Mon père et moi allons rendre visite à la famille de mon fiancé. Puis-je vous parler de lui ? Papa trouve idiot que je veuille tout le temps parler de lui, mais je pense qu'une autre femme peut me comprendre.

Meriel sourit. Elle s'installa sur le sofa et Lucia lui décrivit les innombrables qualités de l'honorable Robert Justice. Son visage rayonnait. Elle était visiblement amoureuse.

— Pardon ! s'exclama Lucia. Je vous ennuie... Vous êtes très patiente de m'écouter. J'espère que vous apprendrez à aimer mon frère autant que j'aime

Robert. Je pense tout le temps à lui. Nous ne serons mariés qu'à l'automne, mais je suis si impatiente...

Meriel détourna les yeux. Elle ne comprenait pas ce qu'étaient l'amour et le mariage, et elle n'avait que de la malchance avec la passion. Pourtant, elle savait ce qu'on éprouvait lorsqu'un homme vous obsédait.

— Mon frère m'a dit que vous dessinez sur la peau avec du henné. C'est très... intéressant.

Meriel lui montra le dessin délicat sur son poignet droit.

— Comme c'est charmant, murmura Lucia en effleurant le bracelet comme si elle craignait de l'abîmer. Mon frère m'a dit que le dessin s'effaçait ?

Meriel hocha la tête. Elle songea qu'elles avaient une véritable conversation, bien qu'elle parlât par gestes. Elle se sentait en confiance parce que Lucia allait bientôt repartir. Renbourne avait raison : une conversation était plus agréable quand tout le monde y participait. Mais elle n'était pas encore prête à montrer à son entourage qu'elle les comprenait parfaitement.

— Est-ce que vous accepteriez de dessiner quelque chose sur mon épaule ? À un endroit caché sous ma robe... Et pourriez-vous y inclure les initiales R et L ?

Meriel faillit éclater de rire. Lucia voulait étonner son prétendant. Il y avait donc de la passion dans son amour. Renbourne lui avait-il suggéré cette idée ? Et dans ce cas, serait-il lui aussi séduit par un dessin secret ?

Elle lui fit signe de patienter et retourna dans sa chambre chercher le henné. Elle appréciait la sœur de Renbourne. Et celle-ci venait de lui donner une excellente idée.

22

Des vents favorables les avaient poussés jusqu'à Cadix, une ville de tours blanches posée au bord de la mer. Bien que Constancia eût grandi dans le nord de l'Espagne, elle avait visité Cadix et n'avait jamais oublié cette ville magnifique.

Kyle arpentait la promenade qui longeait le front de mer, regrettant qu'elle ne fût pas à ses côtés. Mais elle se reposait, sa douleur atténuée par le laudanum.

Comme il ne supportait plus de passer la journée à attendre dans la villa, il était descendu explorer la ville. Les bâtiments et les places ombragées conservaient le souvenir des marchands phéniciens qui avaient fondé la cité, trois mille ans auparavant, ainsi que des Romains qui en avaient fait un port de l'empire. Plus récemment, Cadix avait été le point de départ pour les colonies espagnoles, et les richesses des Amériques étaient venues garnir ses coffres.

Alors qu'il regardait des navires entrer dans le port, il se sentit coupable de profiter ainsi de la ville pendant que Constancia se mourait. Pourtant, il ne pouvait empêcher son cœur de battre plus fort en entendant les marins s'interpeller en différentes langues, ou en imaginant les lointains pays d'où ils arrivaient.

Les parfums du port continuèrent à le hanter tandis qu'il retournait à la villa. Ce beau palais appartenait à l'un de ses amis anglais qui avait fait fortune dans le commerce du sherry. Wrexham ne voyait pas d'un bon œil les amitiés avec des marchands, mais Kyle trouvait ces hommes plus intéressants que la plupart des aristocrates.

Il pénétrait dans le vestibule quand Teresa, la servante de Constancia, accourut.

— Milord ! s'écria-t-elle, affolée. Venez vite !

Mon Dieu, pas déjà, pas si vite...

Le cœur battant, il se précipita dans la chambre de Constancia qui donnait sur le jardin intérieur. Le parfum vif des orangers créait un contraste saisissant avec l'immobilité de la malade. Un instant, il crut qu'elle était morte. Puis elle inspira péniblement.

Il lui prit la main.

— A-t-on appelé le médecin ? demanda-t-il.

— *Sí,* milord. Mais je ne sais pas quand il viendra.

— Apportez-moi du cognac et une cuillère.

Kyle espérait que l'alcool raviverait un peu Constancia. La servante glissa quelques gouttes entre les lèvres blêmes.

Constancia ouvrit les yeux. Elle avait un regard sombre et voilé.

— Je t'ai fait peur, *querido,* murmura-t-elle. Pardonne-moi.

— L'essentiel, c'est que tu sois encore avec nous.

Elle essaya de lui serrer la main.

— Mon heure... n'est pas encore venue. Je te préviendrai lorsqu'il faudra faire venir le prêtre.

Il lui sourit. Intérieurement, il tremblait. Il savait qu'il avait failli la perdre, et il n'était pas encore prêt à accepter la fatalité.

23

Dominic s'était levé tôt, avec l'intention de s'éclipser toute la journée dans les jardins afin d'éviter son père. Mais il ne demeura pas longtemps seul dans la salle à manger.

Mme Marks et Mme Rector firent leur apparition, bientôt suivies par Meriel qui affichait un air si sage que Dominic se demanda ce qu'elle tramait. Quand elle le voulait, ses manières étaient impeccables.

Lucia entra à son tour, rayonnante.

— Les dessins de lady Meriel sont exquis, murmura-t-elle à l'oreille de son frère.

Le groupe discuta allégrement, jusqu'à l'arrivée de lord Wrexham. Dominic s'en voulut d'avoir trop traîné. Son père boitait, ce qui signifiait qu'il avait une attaque de goutte. Cependant, il les salua d'un air plutôt jovial.

— Bonjour. Il n'y a rien de mieux qu'une bonne nuit de sommeil après un voyage… La journée sera belle. Idéale pour visiter le domaine.

Dominic faillit lui rétorquer qu'il n'avait pas à montrer son intérêt pour les hectares de lady Meriel, mais il resta aussi silencieux que l'eût été Kyle.

Lord Wrexham choisit du jambon, des œufs, des rognons et des toasts, avant de poser son assiette à côté de Meriel. Dominic remarqua que celle-ci se crispait.

Au lieu de s'asseoir, Wrexham examina le visage baissé de la jeune fille.

— Elle est jolie. Dommage qu'elle soit aussi menue, mais elle semble en bonne santé. Allons, regardez-moi...

Il lui prit le menton pour lui relever le visage. D'un mouvement brusque de la tête, Meriel se libéra sans croiser son regard.

— Ne soyez pas timide, dit Wrexham en riant. Je veux voir de quoi auront l'air mes petits-enfants...

Lorsqu'il voulut lui prendre à nouveau le menton, elle lui mordit le doigt. L'assemblée retint son souffle.

— Crénom de Dieu ! s'écria-t-il, furieux. Comment osez-vous ! Vous n'avez donc pas de manières ?

Voyant que son père serrait le poing, Dominic se dressa d'un bond et agrippa son poignet.

— Vous lui avez fait peur, milord, dit-il d'une voix aussi douce que celle de Kyle.

Meriel semblait sur le point de mordre à nouveau. Dominic entraîna son père à l'écart.

— Amworth m'avait assuré qu'elle n'était pas violente, grommela Wrexham.

— Aimeriez-vous qu'un inconnu vous traite de cette façon ? s'emporta Dominic, saisissant son menton pour le forcer à le regarder dans les yeux.

Il s'étonna d'être plus grand que son père, qui paraissait toujours dominer les autres.

— Bon sang, tu es pire qu'elle ! cria Wrexham. Comment oses-tu lever la main sur moi !

Lucia intervint d'une voix enjouée :

— Comme vient de le prouver Maxwell, papa, il n'est pas très agréable d'être examiné comme un cheval. (Elle lui décocha un sourire.) Je dois avouer que j'ai souvent eu envie de mordre les douairières et les vieux messieurs qui me pincent les joues en me disant que je suis charmante. N'ayant pas été en société, lady Meriel n'a pas appris qu'on doit s'abstenir de mordre… en dépit des tentations.

Elle se leva et s'empara de l'assiette de son père pour la poser à côté d'elle.

— Venez vous asseoir près de moi, papa. D'ici, la vue sur les jardins est extraordinaire… Je vais vous apporter du café, ajouta-t-elle en le prenant par le bras.

Meriel quitta la salle à manger, vexée. Dominic fut soulagé de la voir partir.

Mais la journée ne faisait que commencer.

Les conseils de Lucia avaient été avisés. En parlant peu, Dominic risquait moins de se trahir. Guidés par l'intendant, son père et lui visitèrent le domaine. Wrexham examina les champs fertiles et le bétail avec une acuité qui impressionna Dominic.

Après le déjeuner, il lui proposa de visiter les jardins.

— Lady Meriel en est responsable. Ils sont splendides.

— Je préfère me reposer, déclara le vieux monsieur. Va trouver cette harpie et enseigne-lui quelques manières.

Curieusement, l'irritation de Dominic disparut, car en regardant son père, il eut l'impression de le voir pour la première fois. Wrexham s'était marié sur le tard. Désormais, il approchait des soixante-dix ans. Il était devenu un vieil homme. Un voile blanc sur ses yeux indiquait une cataracte, et il élevait la voix probablement parce qu'il entendait moins bien. Il avait aussi pris du poids.

C'était un homme qui n'avait jamais rien épargné à ses enfants, ni à lui-même. Il avait toujours pris au sérieux ses responsabilités de propriétaire terrien et de membre de la Chambre des lords, et il n'avait jamais cédé à l'excentricité ni à la débauche, comme beaucoup de nobles.

Désormais, la fatigue et la douleur marquaient ses traits. Bien qu'il n'eût jamais été un homme facile, il méritait le respect. Était-ce la raison pour laquelle Kyle se montrait si patient envers lui ?

— Je vais dire à Meriel qu'elle ne doit plus mordre les gens, annonça Dominic, un peu troublé.

Alors qu'il quittait la maison, sa sœur le rattrapa.

— Veux-tu me montrer les jardins ? J'ai l'impression de ne pas t'avoir vu depuis des siècles, ajouta-t-elle.

Il réalisa soudain que Lucia lui avait beaucoup manqué. Comme il avait évité de croiser son père ou son frère, il avait également perdu sa sœur de vue. Il lui offrit le bras.

— Je suis désolé de t'avoir délaissée, Lucia. J'avais oublié que les petites sœurs grandissent très vite...

— Je comprenais ton malaise à Dornleigh. Mais tu m'as manqué.

Il cueillit une fleur bleue et la glissa derrière l'oreille de sa sœur.

— En laissant le champ libre à Kyle, j'ai permis qu'il devienne ton frère préféré.

— Pourquoi dis-tu une chose pareille ? s'écria-t-elle, agacée. Il n'y a pas de compétition entre vous. Même si vous êtes jumeaux, vous êtes différents. Je connais mieux Kyle parce que nous avons habité sous le même toit plus longtemps, mais je t'aime tout autant.

Il fut un peu surpris. C'était la première fois que sa sœur le grondait.

— Pardonne-moi, Lucia. Kyle et moi avons toujours été rivaux. Nous étions si similaires que nous avons souvent lutté pour obtenir la même chose. Ce serait injuste de te mêler à notre petite guerre.

— Absolument. Je vous veux tous les deux à mon mariage, et vous vous comporterez en gentlemen !

— Je te promets de venir et d'être sage.

Quand Lucia découvrit la cabane de Meriel perchée dans les arbres, elle poussa un cri d'enthousiasme.

— C'est merveilleux ! Un rêve d'enfant... Est-ce que tu es déjà monté dedans ?

— C'est le refuge sacré de Meriel et elle ne m'y a pas convié, expliqua-t-il en imaginant la jeune fille déversant de l'huile bouillante sur les visiteurs indésirables. L'échelle est remontée. Elle doit y être, maintenant.

Ils se postèrent sous l'arbre et Lucia leva la tête.

— Il y a un verrou sur l'ouverture. Elle semble être très sérieuse en ce qui concerne son intimité... Meriel, êtes-vous là ? appela-t-elle. Pouvons-nous visiter votre cabane, ou voulez-vous nous accompagner pour une promenade ?

Pas de réponse.

— Elle est probablement encore furieuse de ce qui s'est passé au petit déjeuner, dit Dominic en guidant Lucia vers la clairière où il avait convaincu Meriel de pique-niquer.

— Moi aussi, j'ai quelquefois envie de mordre... Je lui envie sa liberté. Il y a des avantages à être considérée loufoque.

Dominic acquiesça. Il préférait que l'on considère Meriel loufoque plutôt que folle.

Alors qu'ils s'éloignaient, il réalisa que la visite de son père était presque terminée et qu'il ne s'était pas trahi. Il ne lui restait plus qu'une soirée à passer, et comme Meriel n'appréciait guère lord Wrexham, elle ne viendrait pas dîner. Il était sauvé.

Que se passerait-il, si toutefois Wrexham découvrait que le mauvais jumeau courtisait la jeune héritière ? S'opposerait-il aux fiançailles ? Sans doute pas. Il souhaitait que le domaine entrât dans la famille, et l'annonce de la supercherie créerait un scandale.

Dominic savait que ses jours à Warfield étaient comptés. Amworth et Wrexham avaient donné leur consentement tacite au mariage, Meriel s'était habituée à sa présence : il avait fait ce que souhaitait Kyle.

Désormais, il était temps pour lui de partir. Peu à peu, l'envoûtement de Meriel s'atténuerait. Elle le fascinait, mais il n'était peut-être pas amoureux. Une séparation lui permettrait d'y voir plus clair.

À cette pensée, pourtant, son cœur se serra.

24

Dominic s'habilla avec soin pour le dîner donné en l'honneur des visiteurs. Dans quelques heures, il serait définitivement sauvé. Il se tourna vers Morrison qui rangeait les affaires de toilette.

— Est-ce que les valets de mon père ont des soupçons ? lui demanda-t-il.

— Pas du tout. Vous avez été remarquable, monsieur.

C'était un immense compliment, de la part de Morrison !

En descendant l'escalier, il décida de partir deux jours après son père et Lucia.

Il fut le dernier à les rejoindre au salon. Reposé, Wrexham était en pleine forme, toutes les dames étaient superbes. Lucia était ravissante. Dieu soit loué, Meriel n'était pas présente. Il regrettait de l'avoir peu vue de la journée. Toutefois, il préférait attendre le départ de son père.

Il sirota un verre de sherry en apéritif, jusqu'à ce que le dîner fût annoncé. Alors qu'ils s'apprêtaient à se rendre dans la salle à manger, Meriel fit son apparition.

Dominic faillit avaler de travers. Seigneur, elle savait faire une entrée !

Tous se tournèrent vers la jeune fille. Elle portait un nouveau costume, une robe en soie presque translucide qui scintillait entre le blanc et le vert pâle, rehaussant la couleur de ses yeux. L'une des épaules était découverte, révélant un dessin compliqué au henné, tandis qu'une broche en or maintenait le tissu sur l'autre épaule. Des peignes dorés retenaient ses cheveux sur ses tempes, mais ces derniers flottaient librement dans son dos.

Elle avança lentement, ses pieds nus sous l'ourlet. Dominic fut fasciné de voir que le tissu, fendu sur le côté, révélait sa jambe à chaque pas. Un dessin au henné montait de sa cheville et disparaissait sous le sari. On ne pouvait s'empêcher de se demander jusqu'où il allait…

Telle une cour royale, Roxana et Ginger la suivaient dignement. Comment avait-elle dressé le chat à lui obéir ? se demanda-t-il, abasourdi.

— C'est indécent ! vitupéra Wrexham. Cette fille n'a aucune modestie !

— C'est un sari indien, expliqua Mme Rector. Toutes les femmes indiennes en portent. Sa mère collectionnait les vêtements et les bijoux exotiques, et Meriel aime les montrer lors des grandes occasions.

Dominic devina que le sari choisi par Meriel ressemblait davantage à celui d'une danseuse qu'à la tenue d'une dame respectable. Elle portait plusieurs bracelets et une chaîne en or à une cheville.

— Lady Meriel souhaite rendre hommage à votre visite, dit-il à son père.

— Vous êtes magnifique, Meriel, la félicita Lucia. J'aimerais pouvoir porter une robe comme la vôtre. Hélas, je suis trop grande. J'aurais l'air d'une godiche.

Pourtant, en voyant la lueur espiègle dans le regard de sa sœur, Dominic comprit que son futur mari aurait probablement droit à une surprise exotique…

Devant chaque invité, Meriel s'inclina en joignant les mains. Ses cils et ses sourcils peints lui donnaient un air dramatique. Quand elle s'inclina devant lui, il entendit un léger cliquetis. Elle avait remplacé ses boucles d'oreilles en argent par des clochettes dorées.

Son geste lui révéla un peu plus de sa jambe, et il aperçut la naissance de ses seins. Elle était lumineuse, une véritable reine des fées.

— Aucune lady anglaise ne viendrait dîner vêtue seulement d'un foulard païen, grommela Wrexham.

— Meriel est chez elle. Pourquoi ne porterait-elle pas une tenue héritée de sa mère ? rétorqua Dominic.

— C'est digne de la chambre à coucher, marmonna son père avant d'offrir le bras à Mme Marks pour gagner la salle à manger.

Dominic offrit son bras à Mme Rector. Les deux jeunes filles leur emboîtèrent le pas, Lucia bavardant gaiement. Dominic s'aperçut que le chat et la chienne suivaient la procession et s'étonna presque de ne pas voir le hérisson !

Chacun s'installa à table. La décoration florale était si conventionnelle qu'elle aurait pu être arrangée par l'une des dames.

Il s'assit en face de Meriel, soulagé de constater qu'elle ne semblait pas inquiète d'être à côté de son père. Roxana se coucha près de la chaise de la jeune fille, et Ginger se plaça entre sa maîtresse et Mme Rector.

Les dames et Lucia veillèrent à maintenir une conversation animée. Dominic parlait le moins possible, et son père faisait la tête.

Lorsqu'il sentit quelque chose lui effleurer le pied, il pensa que le chat vagabondait. Surpris, il s'aperçut que Meriel lui caressait la cheville avec son pied nu.

Elle avait les yeux baissés sur son assiette. Il retira ses pieds afin qu'elle ne pût les atteindre.

Elle le laissa quelque temps en paix, puis, alors que les domestiques changeaient les assiettes pour le second plat, il sentit une pression derrière son genou.

Un élan de désir le foudroya. Meriel avait la sensualité d'une courtisane.

Quand on lui pinça la cuisse, il sursauta, se demandant comment elle avait fait pour l'atteindre. Mais c'était Lucia qui cherchait à attirer son attention.

— Dis-nous ce que vous prévoyez pour votre mariage, insista-t-elle, répétant visiblement une question déjà posée.

— En fait, je n'ai pas encore réfléchi, déclara-t-il, perturbé. L'oncle de Meriel est souffrant. Nous devons attendre son rétablissement.

— J'ai oublié de vous dire que j'ai reçu une lettre de lady Amworth, annonça Mme Rector. Il n'est pas hors de danger, mais il va mieux.

— C'est une bonne nouvelle, répliqua Dominic en adressant une prière au Ciel pour qu'Amworth se remette au plus vite.

Tandis que la conversation s'attardait sur les fils d'Amworth que Lucia avait rencontrés à Londres, le pied de Meriel vint se loger entre les jambes de Dominic. Il eut une érection immédiate. Jamais il n'arriverait au bout de ce dîner ! Il aurait voulu prendre la petite coquine dans ses bras, l'emmener dans une chambre et lui faire l'amour avec ferveur.

Heureusement, sa sœur racontait des anecdotes amusantes pour distraire tout le monde. Il devinait qu'elle se montrait particulièrement enjouée pour lui rendre service.

Dominic recula sa chaise, mais les doigts de pied lui caressaient toujours la cuisse. Il lui saisit discrètement le pied d'une main.

Elle l'observait d'un air sensuel. Bon sang, cette fille était dangereuse ! Espérant qu'elle était chatouilleuse, il effleura la cambrure de son pied. Elle poussa un petit cri et le retira. Il en profita pour reculer encore sa chaise et lui sourit. Une lueur amusée filtra dans ses yeux limpides, avant qu'elle ne baisse à nouveau la tête.

— Tu ferais bien d'épouser la fille au plus vite, Maxwell, dit son père. L'intendant est capable, mais il manque d'ambition. Tu pourrais augmenter les revenus annuels d'au moins cinq cents livres.

— Il est prématuré de discuter de changements à Warfield avant d'avoir conclu le mariage, s'agaça Dominic alors que Meriel semblait furieuse. Lady Meriel doit donner son accord. Amworth y tient absolument.

— On dirait qu'elle est prête, grommela Wrexham. Autant qu'elle soit mariée et engrossée le plus vite possible.

La jeune fille s'empourpra.

— Vous allez trop loin, milord, gronda Dominic. Cette conversation n'est pas digne de ces dames.

— Voyons, Mme Marks et Mme Rector sont veuves, et les deux filles sur le point d'être mariées. Il faudra la surveiller, poursuivit son père en fixant Meriel. Je veux que l'héritier de Wrexham soit bien un Renbourne.

Mme Marks protesta. Meriel se leva, avec un regard sombre pour Wrexham. Sans le quitter des yeux, elle prit son verre de vin et le fracassa sur le rebord de la table. Le vin imbiba la nappe blanche.

Elle contempla Dominic. Il y avait du chagrin et de la colère dans ses yeux. Puis elle partit en courant.

— Qu'est-ce qu'il lui a pris ? s'exclama Wrexham.

Dominic se dressa d'un bond. Il était si furieux qu'il en bafouillait.

— Félicitations, lord Wrexham. Avec vos insultes, vous avez réussi à briser la relation que j'avais établie avec lady Meriel. Si vous désirez réellement ce mariage, vous avez une curieuse manière de le montrer.

Il voulut suivre Meriel, et faillit renverser Roxana qui s'était postée devant la porte. La pauvre bête le regarda d'un air attristé. Elle aimait bien Dominic, mais elle devait protéger sa maîtresse.

Il s'agenouilla près de la chienne. Elle lui lécha la main, lui montrant qu'ils étaient amis. Il la caressa, puis se faufila par la porte et la referma, afin que Roxana ne le suive pas.

La jeune fille avait disparu. Il devina qu'elle s'était réfugiée dans le parc, où elle était capable de disparaître pendant des jours.

Il se dirigea vers la cabane dans l'arbre. La longue soirée printanière était encore assez claire pour trouver son chemin.

Sous le crépuscule, la cabane en forme de palais oriental ressemblait à un rêve. L'échelle était remontée. Elle était bien là-haut. Une lumière brilla à l'une des trois fenêtres, qui étaient assez grandes pour laisser passer un homme. L'heure était venue de voir s'il grimpait aux arbres aussi bien que lorsqu'il était petit garçon...

Il retira sa veste, prit son élan pour attraper la première branche. Ses doigts l'effleurèrent sans la saisir. Il recommença et, cette fois, réussit à se hisser dans l'arbre.

De là, il lui fut facile de monter jusqu'à la cabane. En regardant par une fenêtre, il vit Meriel verser une mixture dans un brasero. Son visage était impénétrable. Devait-il attendre qu'elle se calme ? Non, il ne pouvait plus battre en retraite.

Après avoir calculé son envol, il se jeta en avant vers une branche à mi-chemin de la fenêtre. Il s'y balança, passa les pieds par la fenêtre ouverte. Puisque Meriel appréciait les entrées dramatiques, celle-ci devrait lui plaire.

Il atterrit accroupi sur le plancher. Elle se retourna brusquement.

La cabane n'avait rien d'une maison d'enfant. Les murs étaient peints en blanc, des tapis orientaux recouvraient le sol. Autour du tronc de l'arbre se trouvaient des étagères avec des livres. Un banc courait le long de l'autre mur. Des coussins brodés débordaient de partout.

Avec son sari et ses longs cheveux, Meriel était aussi exotique que sa cabane.

— Je comprends que vous soyez furieuse contre mon père. Me croyez-vous, si je vous dis que je ne suis pas un coureur de dot ?

Elle l'ignora et attisa le brasero. Un délicieux parfum d'encens s'éleva. Il avait l'impression d'avoir quitté l'Angleterre et de se retrouver dans un pays lointain.

Il choisit au hasard un livre sur une étagère. C'était un herbier, rédigé à la main par l'une des ancêtres de Meriel.

— Je ne m'étonne plus que cet endroit soit votre refuge. Toute personne qui viendrait ici devinerait que vous êtes beaucoup plus raisonnable que vous ne le laissez paraître…

Elle s'approcha des fenêtres et tira les lourds rideaux, les enfermant dans un cocon intime.

Il ne s'étonna pas quand elle déplaça un tapis et s'apprêta à soulever le verrou pour déplier l'échelle. Il s'agenouilla et lui prit la main.

— Vous n'avez rien à redouter de moi, Meriel. Votre oncle et mon père ont essayé d'arranger ce mariage, mais je ne ferais jamais rien contre votre gré. J'espère que vous me connaissez, maintenant. Je ne ressemble en rien à mon père.

Elle le dévisageait sans colère. Leurs visages étaient si proches qu'il respirait le parfum de sa peau opaline.

Son cœur s'emballa, et il se demanda pourquoi il avait tellement voulu la rejoindre, après ce dîner gâché.

Il avait du mal à se séparer de son frère. Elle pouvait penser le pire de Kyle, mais pas de Dominic. Cela lui était insupportable. Décidément, il était temps de tout lui expliquer. Elle lui effleura le bras, l'épaule. Il avait de la peine à se concentrer.

— Meriel... murmura-t-il.

Elle ouvrit les lèvres et se pencha légèrement en avant. Il l'attira dans un baiser sensuel, envoûté par son parfum et le goût de ses lèvres. Il était venu la trouver parce qu'il avait faim d'elle.

Il se reprit, un peu haletant.

— Ce n'est pas sérieux, Meriel. Je ne peux pas prétendre vouloir prendre soin de vous, et commettre un acte dont les conséquences iraient bien au-delà d'une simple nuit de plaisir...

Il se redressa et lui tendit la main. Elle se leva d'un geste fluide, sans masquer son désir pour lui. Il avait l'impression d'être coupé en deux. Sa raison lui disait que c'était de la folie pure, alors que son cœur, son corps et son sang criaient que l'amour et la tendresse ne pouvaient être un mal.

L'encens lui tournait la tête. Il devait partir avant que ce ne fût trop tard. Il tira sur le verrou. Qui resta bloqué.

Puis il remarqua la serrure. Meriel s'était enfermée à clé. Il songea à repartir comme il était venu, au risque de se rompre le cou, mais elle se dressait entre la fenêtre et lui. Sans le quitter des yeux, elle défit la broche qui retenait le sari.

Pétrifié, il la regarda ôter lentement le vêtement en soie. Le silence était profond. On n'entendait que le cliquetis de ses bracelets. Il respirait par à-coups.

Tandis que la soie s'effeuillait, il découvrit un corps d'une perfection absolue. Puis elle ne fut vêtue que de ses cheveux brillants, et de *mehndi* provocants qui entouraient sa petite poitrine et son nombril. Aucun homme ne pouvait résister à une pareille beauté, ni à ce regard brûlant de désir.

Elle avança d'un pas et se pressa contre lui.

Il se mit à la caresser, le sang lui battant les tempes. Alors, elle lui arracha ses vêtements et le força à s'allonger sur les tapis.

Il la dévora de baisers.

Elle commença à chantonner, ronronnant tel un félin.

— Parlez-moi, Meriel, murmura-t-il d'une voix rauque. Dites-moi que vous comprenez ce que nous allons faire...

Elle ouvrit les yeux, mais continua à chantonner sans paroles. Il glissa une main entre ses cuisses. Doucement, il caressa ses lèvres secrètes. Elle frémit et cessa de chanter.

Le désir de la jeune fille était l'arme la plus puissante que Dominic pouvait employer pour la forcer à révéler au grand jour sa nature complexe et fascinante.

— Dites mon nom, ou un seul mot...

Elle ferma les yeux, refusant de céder, tout en lui griffant le dos avec ses ongles.

— Si je ne vous entends pas me le demander, je ne vais pas continuer. Si vous ne me faites pas confiance, nous ne sommes pas faits l'un pour l'autre...

Une nouvelle fois, elle demeura silencieuse, n'offrant que ses mains impatientes.

À regret, il s'écarta, bien qu'il la désirât de tout son cœur.

— Je suis désolé, ma chérie, murmura-t-il. Tellement désolé...

Puis, alors qu'il se sentait encore assez fort pour résister, il se releva.

25

Consternée, Meriel ouvrit les yeux. S'il partait maintenant, elle allait prendre feu !

Autour de lui, la lumière de son aura brillait, écarlate de désir. Néanmoins, quand il se releva, elle réalisa qu'il allait vraiment l'abandonner. Elle était désespérée. Elle ne pouvait supporter de le laisser partir... même si le prix à payer était le monde intérieur qui l'avait si bien protégée, jusqu'à présent.

Elle lui saisit le poignet.

— Non !

Elle eut du mal à articuler le mot. Elle continua sur un ton haletant :

— Ne. Pas. Partir. S'il vous plaît...

Aussitôt, l'expression de Renbourne se modifia. Sa détermination céda la place à une émotion douloureuse.

— Oh, Meriel... murmura-t-il. Mon Dieu...

Il la serra contre lui, la réchauffant de ses baisers qui avaient déjà failli la rendre folle. En proie à un feu secret, elle retint son souffle. Bientôt, la tension nerveuse devint insupportable. Son corps fut parcouru d'un long spasme. Il la tint dans ses bras alors qu'elle tourbillonnait en découvrant le vertige du plaisir.

Elle tremblait encore lorsqu'il se dressa entre ses jambes. Elle le dévorait des yeux. Comme son amant était splendide ! Avec ses larges épaules, son torse musclé, le *mehndi* ornant sa peau…

Les petites lignes autour de ses yeux montraient le contrôle qu'il exerçait sur lui-même pour la pénétrer lentement, et non tel un étalon fougueux. Elle se cambra. Cette tendresse était encore plus dévastatrice que la passion.

Peu à peu, il la remplit entièrement et Meriel s'étira pour le recevoir. Elle avait voulu cette intimité, elle avait désiré fondre leurs deux corps en un seul, et lui rendre le plaisir qu'elle avait reçu. Elle fut surprise d'éprouver une nouvelle vague de désir.

Renbourne retint son souffle et entama la danse de l'amour. La puissance de ses mouvements les fit glisser sur le tapis. Ils se retrouvèrent contre le divan. Elle était accrochée à lui, ses jambes lui enserrant les hanches, tandis qu'il pénétrait aussi son âme, l'emplissant de lumière, chassant les ombres qui l'avaient hantée toute sa vie.

Il poussa un cri et se raidit, des frissons le parcourant alors qu'il jouissait en elle. Une nouvelle fois, elle découvrit ce vertige de folie, mais le contentement était encore plus grand, car ils tombèrent ensemble dans l'abîme.

Tandis que la passion s'apaisait, il la tint pressée contre lui. Le sang, le souffle et l'esprit redevinrent normaux. Et avec la réalité apparut la nécessité d'affronter le monde dans lequel elle venait de naître une seconde fois.

La paix. La plénitude. L'amour…

Allongé sur le côté, Dominic lui caressait le dos d'un air rêveur. Ses cheveux étaient éparpillés autour d'eux. Il était émerveillé qu'elle eût trouvé le courage de parler, brisant la dernière barrière entre eux. Même si aucune parole ne pouvait exprimer ce qu'ils avaient partagé.

La brise fraîche de la nuit vint taquiner leurs corps en sueur. Il attrapa une couverture sur le banc pour les recouvrir. Combien de temps pourraient-ils savourer cette complicité, avant d'affronter la boîte de Pandore que Meriel avait ouverte en parlant ?

Il s'aperçut qu'elle pleurait. Effrayé, il repoussa les cheveux qui dissimulaient son visage.

— Qu'est-ce qui ne va pas, Meriel ? Est-ce que je vous ai fait mal ?

Elle secoua la tête.

— Alors pourquoi pleurez-vous comme si votre cœur était brisé ?

Elle semblait si fragile dans ses bras. Il s'en voulut d'avoir laissé la passion l'emporter sur la raison.

— Dites-moi ce qui ne va pas, ma chérie. Je veux entendre tout ce que vous avez à me dire.

Elle parla dans un murmure rauque.

— Je ne savais pas… que j'avais été si seule.

Sa vulnérabilité le toucha profondément. Avec tendresse, il essuya les larmes sur ses joues.

— Vous ne serez plus jamais seule, tant que je vivrai.

Elle soupira, mais elle n'était pas convaincue. Il songea soudain qu'il ne pourrait peut-être pas tenir cette promesse, et changea de sujet :

— Vous n'avez jamais parlé à personne, pas même à Kamal ?

— Je n'en avais pas besoin. Kamal ne me harcelait pas comme vous, répliqua-t-elle d'un air amusé.

Il sourit.

— J'ai toujours pensé que vous compreniez tout, même si les autres ne s'en rendaient pas compte.

— Quand je voulais bien les écouter.

Il devina qu'elle avait souvent préféré ignorer le monde autour d'elle.

— Lorsque vous leur prêtiez attention, je parie que vous appreniez bien plus que ce qu'ils soupçonnaient.

— Peut-être, dit-elle avec un sourire énigmatique.

Elle devait faire un effort pour utiliser le langage qu'elle avait évité pendant tant d'années. Si elle n'avait pas fredonné ses chansons sans paroles, sa voix aurait peut-être entièrement disparu.

— Je vois que vous serez une femme de peu de mots...

— Vous parlez assez pour deux ! rétorqua-t-elle.

Il éclata de rire.

— J'étais bien obligé. Pourquoi vous êtes-vous délibérément coupée du monde ? Vous étiez très jeune pour prendre une décision pareille.

— L'incendie, le massacre, la captivité... c'était trop dur à supporter. (Elle ferma les yeux de douleur.) En esprit, je revenais le plus souvent possible à Warfield. Je voulais effacer le harem. Quand, à mon retour en Angleterre, j'ai commencé à me tourner peu à peu vers l'extérieur, j'avais perdu l'habitude de parler. Et j'aimais ma vie tranquille. J'avais tout ce que je pouvais espérer. Si j'avais été considérée normale, les choses auraient changé.

Dominic scruta son profil délicat, imaginant l'enfant qui avait traversé l'enfer et recommencé à vivre dans le sanctuaire de sa maison tant aimée. On pouvait aisément comprendre pourquoi Meriel n'avait pas voulu renoncer à cette grande liberté. Sa propre sœur s'était souvent plainte des restrictions imposées aux jeunes filles.

— Écoutiez-vous, lorsque lord Maxwell est venu la première fois à Warfield ? demanda-t-il.

— Kyle Renbourne. Lord Maxwell. Un premier prix sur le marché du mariage, se moqua-t-elle.

L'une des dames avait dû employer ces termes. Il esquissa un sourire. Il avait été déchiré entre sa loyauté envers son frère et celle envers Meriel. Désormais, il était irrévocablement lié à elle, et Kyle ne le lui pardonnerait jamais.

— Je ne suis pas lord Maxwell, avoua-t-il.

Étonnée, elle plissa les yeux.

— Je suis Dominic Renbourne, et non Kyle. Le frère jumeau de lord Maxwell. (Il fit une grimace.) Je ne suis pas fier de cette histoire, Meriel. Kyle m'a demandé de prendre sa place. Je n'étais pas d'accord, mais il a su me persuader. Je pensais que ma visite à Warfield serait simple. J'avais l'intention de peu parler, de vous laisser vous habituer à moi, ou plutôt à quelqu'un qui me ressemble, puis de repartir.

Il la regarda droit dans les yeux et ajouta :

— Je ne pensais pas tomber amoureux de vous. Depuis, tout a changé.

Il fut soulagé qu'elle ne semblât pas horrifiée, mais elle ne lui déclarait pas non plus son amour – ce qu'il avait secrètement espéré.

— Je comprends maintenant pourquoi vous sembliez différent… dit-elle froidement. Plus dangereux.

— Moi, dangereux ? s'étonna-t-il. Kyle est parfois un peu difficile. Quant à moi, j'ai toujours eu un tempérament plutôt aimable.

— Kyle est un prénom sévère, sec. Je préfère Dominic.

— Tant mieux. J'espère que vous aimez suffisamment Dominic pour m'épouser, puisque je vous ai compromise. (Il lui prit la main.) Je ne suis pas aussi important que mon frère sur le « marché du mariage », mais je vous aime sincèrement. J'espère que cela vous suffira.

Elle se releva et se drapa dans le sari. Or, la soie révélait sa nudité plus qu'elle ne la dissimulait.

— Je ne partage pas votre passion pour le mariage.

Il frémit. Il aurait dû deviner que toutes les différences entre eux ne seraient pas résolues.

— Seuls les couples mariés sont censés se comporter comme nous l'avons fait.

— Vous n'avez jamais fait l'amour auparavant ? rétorqua-t-elle, moqueuse.

— J'ai connu d'autres femmes, mais aucune telle que vous.

— Aucune qui fût aussi riche ?

Il serra les poings. En écoutant les conversations des autres, Meriel avait appris le cynisme !

— Ce n'est pas votre fortune qui m'attire, Meriel. Je vous épouserais même si vous n'aviez pas un sou.

Elle inclina la tête sur le côté. Ses boucles d'oreilles en or tintèrent.

— Avez-vous de l'argent ?

— Non. J'ai quelques revenus, mais ce n'est pas une fortune.

— Ainsi, votre frère qui est riche veut m'épouser pour mon argent, alors que vous, qui êtes pauvre, n'êtes pas intéressé…

— Je n'ai aucune preuve à apporter. Il faut me faire confiance.

— Je ne connais pas les hommes. Comment puis-je juger ?

— Vous pouvez écouter votre cœur.

— Mon cœur me dit que ces changements sont trop précipités. Pour une femme, le mariage signifie qu'elle donne son corps et sa fortune à un homme. Quand je dessinais un *mehndi* pour Jena Ames, elle m'a raconté ses malheurs. Pourquoi devrais-je prendre ce risque ?

Pourquoi, en effet, puisqu'elle ne l'aimait pas et n'avait pas confiance en lui… Déçu d'avoir été repoussé de façon aussi brutale, Dominic s'habilla. Le brasero s'était éteint, mais l'encens embaumait toujours. Il ouvrit une fenêtre et se pencha pour inspirer l'air frais.

Il repensa à ses conquêtes féminines. Il n'avait pas été un coureur invétéré, mais il avait connu les joies de la chair. Il avait séduit des veuves, des servantes, et même des femmes mariées. Cependant, ses maîtresses avaient toujours su que leur liaison serait éphémère.

Jusqu'à ce qu'il rencontre Meriel. Leur intimité devait mener au mariage. Il ne souhaitait pas qu'elle devînt une épouse conventionnelle, car elle était unique, mais il espérait sincèrement qu'elle accepterait de se plier à la vie de couple.

— Qu'avez-vous brûlé dans le brasero ? demanda-t-il soudain.

— De l'encens et un peu d'opium, dit-elle en tressant ses longs cheveux.

Voilà pourquoi ses idées lui avaient paru si confuses. Voilà pourquoi il avait perdu la tête...

— Comment avez-vous osé ? s'emporta-t-il, furieux.

— Vous étiez si buté. Il fallait prendre des mesures énergiques.

Il songea qu'elle était vraiment différente des autres jeunes femmes. Elle ne se rendait pas compte de son attitude.

— Que diriez-vous si un homme faisait boire une femme avant de la séduire ?

— Il serait méprisable.

— Pourtant, vous avez utilisé une drogue contre ma volonté.

— Vous étiez plutôt ardent...

— Mon corps, certes. Mais ma conscience me disait que l'intimité sexuelle entre nous serait une faute. J'avais réussi à me comporter en honnête homme, jusqu'à ce que vous me droguiez.

Le visage de Meriel se crispa.

— Pourquoi trouvez-vous que notre union est une faute ?

— Parce que vous êtes la fiancée de mon frère. Et parce qu'un gentleman ne doit pas profiter d'une jeune femme dont le jugement n'est pas raisonnable.

— Vous me croyez folle ? s'irrita-t-elle.

— Non, mais votre éducation a été si particulière que vous ne comprenez pas les règles de comportement en société.

— Votre honneur est sauf, Renbourne, répliqua-t-elle en continuant à tresser ses cheveux. C'est moi qui vous ai séduit, non l'inverse.

Il eut un geste impatient de la main.

— Peu importe. Ce qui compte désormais, ce sont les conséquences.

Il marqua un temps d'hésitation. Il devait lui poser une question indiscrète, non seulement pour satisfaire sa curiosité personnelle, mais parce que la réponse pouvait modifier la situation.

— Avez-vous déjà eu un homme dans votre vie ?

Elle poussa un soupir. Sa colère l'avait abandonnée.

— Non, mais je n'étais pas vierge. Dans le harem, ils avaient parlé de me donner à un maharaja voisin comme concubine. On marie souvent les petites filles en Inde. Inquiète à cause de ma jeunesse, l'une des femmes plus âgées, Asma, a utilisé un lingam pour me déflorer.

Il n'aurait pas compris s'il n'avait vu un lingam autrefois. Le fils d'un officier de l'armée des Indes en avait apporté un à l'école, afin d'impressionner ses camarades. Fascinés et riant sous cape, les garçons avaient observé l'organe mâle façonné de manière primitive. Dominic fut bouleversé d'imaginer une jeune enfant soumise à ce rituel barbare.

— Quelle horreur !

— L'intention était gentille. On voulait m'épargner une plus grande souffrance… (Elle ramena les jambes pliées vers elle et se cacha le visage entre ses genoux.) Asma a été fouettée, et ils ont décidé de me rendre aux Anglais. Peut-être avait-elle prévu ce qui se passerait…

Il avait de la peine à se représenter les épreuves qu'elle avait traversées.

— Malgré cela, vous étiez comme vierge, ce qui veut dire que le mariage doit être envisagé… Serait-ce si affreux ? Je croyais que vous m'aimiez bien.

Comme il avait laissé l'émotion percer dans sa voix, le regard de Meriel s'adoucit.

— C'est vrai, mais je ne veux pas pour autant me marier. Ne pouvons-nous pas continuer ainsi ? implora-t-elle. Ces dernières semaines ont été merveilleuses...

— Hélas, c'est impossible. Le monde serait horrifié si nous choisissions de vivre ensemble sans être mariés. Vos tuteurs ne le permettraient jamais. Si nous ne nous marions pas, je vais devoir partir.

Elle prit une expression butée.

— Je suis la maîtresse de Warfield ! Comment oserait-on me dicter ma conduite ?

On retrouvait dans sa colère hautaine l'héritage de ses ancêtres. Des livres d'histoire et des journaux intimes garnissaient ses étagères. Ils avaient visiblement altéré sa façon de voir les choses.

— C'est le monde dans lequel nous vivons, Meriel. Si vous étiez une veuve d'un certain âge, vous pourriez m'offrir le poste d'intendant et nous aurions une liaison discrète. Mais vous êtes jeune et belle, et l'on vous croit un peu folle, ce qui est très différent.

— C'est injuste !

— Peut-être. Malheureusement, l'heure est venue de payer le prix pour avoir profité de tant d'années de liberté, en laissant croire que vous n'aviez pas toute votre raison. Même si vous parlez désormais, votre famille mettra du temps à vous accepter comme une personne censée, capable de prendre ses propres décisions.

Elle se drapa dans son sari comme dans un châle.

— Je ne parlerai qu'à vous.

Il eut un gémissement exaspéré. Comment pouvait-elle être aussi intelligente et aveugle en même temps ?

— Vous ne pouvez feindre qu'il ne s'est rien passé, insista-t-il. S'il le faut, je dirai aux dames que vous parlez aussi bien qu'elles.

— Elles ne vous croiront pas.

Il étouffa un juron, car elle avait raison.

— Et si jamais vous tombiez enceinte ? On ne peut pas ignorer une grossesse. Si vous mettez un enfant au monde hors du mariage, il sera rejeté par la société à cause de notre conduite immorale. C'est ce que vous désirez ?

Elle poussa un léger cri et posa une main protectrice sur son ventre. Elle commença à se balancer d'avant en arrière, comme une enfant éplorée. Honteux d'avoir provoqué ce désarroi, il lui caressa le bras.

— Je suis désolé de vous avoir effrayée. Vous n'attendez probablement pas un enfant, et votre vie continuera tranquillement… Je vais partir. Vous m'oublierez.

Il savait pourtant que lui ne l'oublierait jamais.

— Non ! s'écria-t-elle, furieuse. Est-ce que vous ne pouvez pas devenir mon intendant ? Je serai aussi discrète qu'une vieille veuve.

La tentation était grande de rester avec Meriel sans encourir la colère de sa famille et du monde… Mais c'était impossible.

— Cela ne me suffit pas, Meriel. Je veux que nous gardions la tête haute devant Dieu et les hommes. Je refuse de vivre un adultère honteux.

— On se fiche de l'opinion des autres !

— À moins de vivre ermite dans une cave, les opinions des autres comptent. Vous avez le choix, Meriel, ajouta-t-il en la regardant dans les yeux. Vous pouvez refuser de vous marier et conserver votre liberté. Ou vous pouvez m'épouser. (Il prit une inspiration.) Ou Kyle, ou un autre homme… Mais je ne serai pas votre amant caché.

Elle ferma les paupières, comme pour ne plus l'entendre. Avec sa peau étirée sur les pommettes, elle n'avait plus l'air d'une enfant, mais d'une femme épuisée.

— Je ne veux pas que vous partiez, murmura-t-elle. Je… j'ai besoin de temps pour accepter tous ces changements. Pouvez-vous m'accorder au moins cela ?

— Nous avons encore un peu de temps devant nous. Jusqu'au retour de mon frère, dit-il en la serrant dans ses bras. Une quinzaine de jours. Alors vous saurez peut-être si vous attendez ou non un enfant.

Avec un soupir, Meriel posa la tête sur son torse. Tendrement, il écarta une mèche de cheveux satinés qui avait glissé sur son front. On aurait dit un papillon qui émergeait de sa chrysalide, vulnérable mais décidé à survivre dans un monde nouveau. Cela exigeait beaucoup de courage.

Il se pencha et lui donna un baiser pour la réconforter. Quand leurs lèvres se touchèrent, il sentit son désir renaître. Cette fois, il ne pouvait blâmer l'opium...

— À dîner, je pensais que vous portiez mon *mehndi* sous votre chemise, chuchota-t-elle en glissant une main sur son torse.

Il hésita. Leur situation ne pouvait pas empirer... et il avait tellement envie de l'aimer, corps et âme, de lui prouver la profondeur de ses sentiments.

Il lui retira le sari et embrassa le dessin délicat qui entourait ses seins. Le *mehndi* était si exotique, si peu anglais, qu'il permettait d'oublier les restrictions qui régnaient en dehors de leur sanctuaire. Avec la langue, il redessina le chemin du *mehndi,* goûtant le parfum de roses sur sa peau moite.

Et cette fois, quand ils s'unirent, ils furent tous deux pleinement conscients de leurs actes...

Meriel décida de passer la nuit dans la cabane, pour éviter de devoir dire au revoir à Wrexham et à Lucia le lendemain. Dominic aurait aimé rester avec elle, mais il craignait d'attirer l'attention. Il l'embrassa avant de descendre l'échelle.

— Dormez bien, petite fée...

— Je vais rêver de vous, Dominic.

C'était la première fois qu'elle l'appelait par son prénom.

En la quittant, il eut l'impression d'abandonner une partie essentielle de lui-même. Et il se demanda, le cœur serré, s'ils retrouveraient jamais cette intimité.

26

Le lendemain matin, serrant Dominic dans ses bras, Lucia lui murmura à l'oreille :

— Bravo, Dom. Tu t'es montré si sévère ce matin que j'aurais pu te prendre pour Kyle.

— Sois sage, petite sœur, répliqua-t-il avec un sourire.

Ils étaient tous rassemblés près du carrosse de Wrexham pour se dire adieu. Son père se tourna vers lui et parla à voix basse :

— As-tu appris les bonnes manières à cette petite friponne ?

Un instant, Dominic songea aux « bonnes manières » apprises.

— Je lui ai expliqué qu'elle devait se conformer aux usages de la société, répondit-il posément. Je crois qu'elle m'a compris.

— Je l'espère, déclara son père qui semblait troublé. J'ai des doutes concernant ce mariage. Je sais qu'elle était normale autrefois, mais elle ne l'est plus. Je ne la vois pas en lady Wrexham, ni mère d'un futur lord… Il faudra peut-être rompre les fiançailles.

La colère envahit Dominic. Comment son père osait-il traiter Meriel en riche orpheline à exploiter, puis en folle à lier, dépourvue de tout sentiment ? Il fit un effort pour se maîtriser.

— Ce serait un grave manquement à l'honneur si je rompais les fiançailles.

— Certes, mais comme la fille doit être consentante, tu peux l'inciter à changer d'avis. (Il éclata de rire.) Fais engager un beau palefrenier pour qu'il attire son attention.

— Vous me consternez, milord, rétorqua froidement Dominic.

— Voyons, où est passé ton sens de l'humour, mon garçon ? Je plaisantais, bien sûr. Meriel est folle, mais elle demeure une jeune fille du monde. Elle mérite mieux qu'un garçon d'écuries, même si elle n'est pas digne d'être lady Wrexham.

Dominic avait été sur le point de se trahir.

— Pardonnez mon attitude, milord. La pauvre lady Meriel suscite en moi un sentiment de protection...

— On dirait, en effet. Fais de ton mieux, Maxwell. Je ne veux pas de scandale, mais je ne pleurerai pas si finalement elle refuse de se marier.

Par une ironie du sort, Wrexham et Meriel étaient d'accord sur ce point.

— Moi non plus, je ne veux pas de scandale, milord. Je vous souhaite un bon voyage.

En regardant son père monter dans le carrosse, Dominic éprouva l'envie irrésistible de lui poser la question qui l'avait rongé toute sa vie. Il prit soin d'adopter le ton de voix particulier de Kyle :

— Pourquoi nous avez-vous envoyés, mon frère et moi, dans différentes écoles ?

— Pourquoi me demandes-tu cela maintenant ? s'étonna Wrexham.

— Je me suis toujours posé la question...

— Vous étiez trop proches l'un de l'autre. Si vous aviez été à Eton ensemble, cela aurait été mauvais pour toi, et pire encore pour ton frère. Il fallait vous séparer alors que vous étiez encore assez jeunes.

— N'avez-vous jamais pensé que nous en souffririons ?

— Comment aurais-je pu l'ignorer ? répondit son père sur une note attristée. Ton frère ne me l'a jamais pardonné, et toi non plus, probablement. Pourtant, j'ai eu raison d'agir ainsi. Même votre mère était d'accord.

Il s'installa dans le carrosse. Lucia le rejoignit en riant. Son père lui adressa le sourire qu'il réservait à elle seule. Sa fille n'était pas aussi difficile que ses fils.

Un valet referma la portière, et Dominic regarda l'attelage s'éloigner dans l'allée. Debout auprès des dames, il agita le bras.

Sa mère avait été d'accord pour séparer les jumeaux ? Première nouvelle. Comme elle avait pleuré à leur départ pour l'école, il avait pensé qu'elle y était opposée. Elle avait peut-être seulement pleuré parce que ses fils chéris quittaient la maison. Elle était morte peu de temps après.

Il réalisa, non sans émotion, que son père avait eu raison de les séparer. Au début, il en avait souffert, mais quand il avait choisi d'entrer dans l'armée, il avait compris qu'il devait se bâtir une vie indépendante. Il ne pouvait pas vivre dans l'ombre de son frère.

C'était difficile d'admettre que son père avait pris la bonne décision. Et encore plus difficile de songer qu'il avait agi pour leur bien, plutôt que par méchanceté.

Comment les choses pouvaient-elles être à la fois pareilles et si différentes ? Pendant trois jours, Meriel et Renbourne avaient fait des promenades à cheval, jardiné ensemble, le plus souvent sous l'œil amical de Kamal. Pourtant, tout avait changé. Meriel ne se consumait plus de désir. Maintenant qu'elle avait découvert l'amour, sa passion était encore plus ardente et profonde.

Aujourd'hui, ils élaguaient les arbustes en forme de personnages. C'était un travail sans fin. Elle s'agenouilla près d'un chien pour donner une forme à l'une de ses pattes. Puis elle sentit le regard grave de Renbourne.

À voix basse, afin que Kamal ne l'entende pas, elle murmura :

— Dominic...

Le visage du jeune homme s'illumina d'un sourire joyeux. Émue, elle retint son souffle. Elle avait envie de rouler avec lui sur la pelouse, de le mordre, de l'embrasser, de sentir battre leurs cœurs alors qu'ils s'aimeraient.

Elle baissa les yeux et sectionna une branche rebelle. Depuis trois jours, elle ne pensait qu'à lui, réprimant la tentation de le séduire. À sa grande surprise, elle avait réussi à maîtriser ses impulsions. Elle n'était pas d'accord avec lui, mais elle ne voulait pas le forcer à trahir son sens de l'honneur. Elle agissait désormais avec maturité. Décidément, c'était plus drôle d'être folle !

Heureusement, elle avait vite découvert qu'elle n'attendait pas un enfant. Elle savait peu de chose sur les bébés, et elle ne souhaitait pas affronter ce genre de complications.

Pendant des années, grâce à la beauté de la nature, elle avait été heureuse. Puis sa sérénité avait été brisée par son désir de tenir un homme dans ses bras. Mais le compagnon qu'elle s'était choisi voulait se marier et, pour connaître le bonheur, Meriel devait payer un prix très élevé. Elle avait eu des cauchemars toutes les nuits, depuis leur rendez-vous d'amour. Elle se réveillait le cœur battant, hantée par des images de flammes, de cris et de douleur. Les rêves représentaient sa terreur du monde extérieur.

Pouvait-elle l'épouser et rester en sécurité à Warfield ? Ou la forcerait-on à « prendre sa place en société » ? Deviendrait-elle lady Meriel, maîtresse de Warfield, avec une maison en ville et une présentation à la cour ? Depuis son arrivée, Renbourne avait essayé de lui faire relever de nouveaux défis. Elle avait aimé monter à cheval, mais elle se sentait incapable de quitter Warfield.

Elle regarda Dominic, qui levait les bras pour élaguer la tête d'un cheval. Il avait de longs muscles merveilleux. Sa présence lui apportait une joie sans nom.

Avec les années, elle était devenue méfiante. Elle lui faisait confiance comme amant, cependant elle ne pouvait pas encore lui offrir sa vie et Warfield.

Et sans cette confiance absolue, leur mariage était impossible.

Dominic accepta le verre de sherry que Mme Marks lui tendait, puis chercha Meriel des yeux, se demandant si elle était descendue pour dîner. Quatre jours s'étaient écoulés depuis qu'ils avaient fait l'amour, et le temps s'étirait interminablement. Dans la nuit, il se réveillait en sueur, tenaillé par des rêves érotiques. Il devait se retenir pour ne pas rejoindre la jeune femme dans sa chambre.

Comme prévu, Meriel avait continué à rester silencieuse, ne murmurant que quelques paroles pour lui seul. Devinait-elle qu'à chaque fois, il était saisi d'un désir ardent ?

C'était une torture de la voir sans pouvoir la toucher, mais c'était pire de ne pas la voir.

Le temps s'écoulait de manière impitoyable. Il attendrait encore deux ou trois jours, avant de lui reparler mariage. Plusieurs fois déjà, elle l'avait regardé d'un air mélancolique, comme s'il n'était plus qu'un vague souvenir. Si elle refusait de l'épouser, il serait obligé de partir.

Il entendit des pas lourds derrière la porte. Le majordome ? Non, c'était un pas trop arrogant. Probablement un visiteur… Puisqu'il avait survécu à Amworth et Wrexham, le pire était passé.

Un homme d'un certain âge, en vêtements de voyage froissés, fit son apparition, flanqué de deux valets de pied corpulents. Le nouveau venu avait l'allure d'un soldat. Il toisa les trois personnes dans le salon.

— Que se passe-t-il ici ? gronda-t-il, furieux.

— Nous allions dîner, lord Grahame, répondit Mme Marks. C'est une chance que vous soyez arrivé à temps pour vous joindre à nous.

Un frisson glacé parcourut l'échine de Dominic. Que diable faisait Grahame en Angleterre ? On ne l'attendait pas avant des semaines !

— C'est un plaisir inattendu, milord, lança Mme Rector. Nous pensions que vous étiez encore en France…

— Ne m'insultez pas avec vos badinages ! Je suis amèrement déçu par votre comportement à toutes les deux. J'ai décidé de rentrer plus tôt en apprenant la maladie d'Amworth. Imaginez mon indignation, lors de ma visite chez le notaire à Londres, qui m'a appris ce qui se tramait !

Il se tourna vers Dominic, le visage sombre.

— Je présume que vous êtes lord Maxwell. Votre réputation laisse-t-elle tellement à désirer qu'aucune héritière normale n'a voulu de vous ?

Meriel s'encadra dans l'embrasure de la porte, derrière Grahame. Elle écarquilla les yeux. Puis elle disparut dans un bruissement de soie. Dominic en fut soulagé, car la confrontation s'annonçait violente.

— Lord Amworth m'a expliqué que vous souhaitiez tous deux le meilleur pour votre nièce, dit-il d'un ton aimable. Mais vous avez des avis différents. Maintenant que je connais lady Meriel, je donne raison à lord Amworth. Elle peut tout à fait se marier, et je suis heureux qu'Amworth ait donné son accord pour cette union prévue depuis longtemps entre nos deux familles.

— C'est joliment dit, mais seul un vaurien profiterait d'une jeune fille handicapée.

— Vous sous-estimez les capacités de votre nièce, protesta calmement Dominic. Si elle est différente des autres, son jugement est sain. La décision de se marier ou non lui revient.

Grahame serra les poings de rage.

— Foutaises ! En tant que tuteur, j'ai l'obligation et le droit de la protéger. C'est pourquoi Amworth a tenté d'agir derrière mon dos.

— Avez-vous réellement ce droit ? Meriel est majeure, et aucune cour de justice ne l'a déclarée folle.

— Cela peut s'arranger. Amworth a agi avec de bonnes intentions, mais si je porte ce cas devant la cour, le juge déclarera que la jeune fille a besoin d'être protégée des coureurs de dot !

— On ne peut appeler lord Maxwell un coureur de dot, lord Grahame, intervint Mme Rector. Sa naissance et son rang le placent sur un pied d'égalité avec Meriel, et sa gentillesse fait de lui un mari idéal pour une jeune fille aussi délicate. Lord Amworth a bien choisi.

Grahame scruta Mme Rector, qui ne cilla pas. Dominic se dit qu'elle était une personne formidable. Elle avait l'air douce comme une fleur, mais elle avait le courage de s'opposer à un lord furieux.

— Je respecte votre inquiétude pour l'avenir de lady Meriel, insista-t-il, mais vous la connaissez moins bien que vous ne le pensez.

Grahame le regarda avec mépris.

— Ainsi, en quelques jours, vous êtes devenu un expert, alors que je m'occupe d'elle depuis son enfance ? Quelle arrogance, Maxwell !

— Elle a évolué pendant mon court séjour à Warfield. À tel point qu'elle a recommencé à parler.

Grahame ouvrit de grands yeux, et les deux dames poussèrent un léger cri.

— Est-ce vrai, madame Marks? demanda Grahame.

— Je ne le savais pas, avoua-t-elle, choquée. Meriel a-t-elle vraiment parlé, lord Maxwell?

— Oui, et de manière très intelligente. Jusqu'à présent, elle a été trop timide pour parler à quelqu'un d'autre, mais je suis certain que le moment venu, elle bavardera aussi facilement que vous et moi.

— Je le croirai quand j'entendrai le son de sa voix! s'exclama lord Grahame.

— Comme je vous l'ai dit, elle est timide. Ce n'est pas facile pour elle de changer sa relation avec le monde extérieur…

— Vous mentez pour dissimuler votre cupidité honteuse! accusa Grahame. J'aimerais beaucoup que Meriel parle. Je donnerais cher pour l'entendre m'appeler « mon oncle », comme autrefois, mais elle ne le fera jamais. Elle est incapable de comprendre la moindre requête.

Dominic fut agacé par cette obstination. Cependant, il savait que la beauté fragile de Meriel suscitait chez les gens des sentiments de protection profonds. Son oncle avait raison de se montrer soucieux.

— Elle n'écoute pas toujours ce qu'on lui dit, mais elle a une connaissance rare du jardinage, reprit-il. Les *mehndi* qu'elle dessine exigent de l'intelligence et du talent. Chaque heure passée en sa compagnie m'a prouvé qu'elle avait un esprit aiguisé.

— Je me suis souvent dit qu'elle comprenait plus que nous ne le pensions, renchérit Mme Marks.

— C'est parce que vous voulez vous en convaincre, rétorqua Grahame. De même que vous pensez du bien de Maxwell parce que cela vous arrange. Comment pouvez-vous supporter l'idée de donner une enfant innocente à un homme qui va la déflorer puis l'abandonner?

— Meriel n'est pas une enfant ! s'exclama Dominic. Elle est une femme, et elle mérite d'être traitée en tant que telle.

Grahame se raidit en percevant la passion dans sa voix.

— Seigneur Dieu, vous avez couché avec elle, n'est-ce pas ! Espèce de libertin répugnant...

— Je vous jure que je n'ai pas séduit lady Meriel, déclara Dominic après une seconde d'hésitation.

C'était elle qui l'avait séduit. Pourtant, il se sentait coupable d'avoir cédé, et son ton n'était pas convaincant. Même Mme Rector parut troublée.

— Je devrais vous provoquer en duel, s'emporta Grahame, mais la réputation de Meriel en souffrirait. Vous avez une demi-heure pour quitter Warfield. Si jamais vous remettez le pied sur ce domaine, je vous tuerai sans même les formalités d'un duel !

Il se tourna vers ses valets :

— Accompagnez ce misérable à sa chambre pour qu'il ramasse ses affaires, puis escortez ses domestiques et lui jusqu'à la limite du domaine. S'il cherche à vous échapper, ou à revoir lady Meriel, empêchez-le par tous les moyens !

Grahame était venu avec l'intention de jeter l'intrus à la porte, songea Dominic. C'est pourquoi il était accompagné par deux valets solidement charpentés. Il faillit se mettre en colère. Meriel était une femme, pas une poupée de son. C'était sa maison. Cet homme n'avait pas le droit de le renvoyer.

Et pourtant, il agissait en suivant les règles de la société. L'autre tuteur avait essayé de lui jouer un mauvais tour et il était revenu pour y mettre bon ordre. À la place de Grahame, Dominic aurait été tout aussi furieux.

Tandis que Mme Rector le regardait d'un air triste, Mme Marks tira sur le cordon pour appeler Morrison.

— J'aime Meriel, déclara Dominic avec dignité. Et je crois qu'elle m'aime aussi. J'espère que nous pourrons en discuter de façon raisonnable, quand les esprits se seront calmés.

Grahame éclata d'un rire empli d'amertume.

— Ma nièce n'a rien de raisonnable! Imbécile, je vous renvoie pour votre bien autant que pour le sien. Elle m'a attaqué deux fois avec un couteau, et je sais qu'elle a agressé d'autres personnes. Soyez reconnaissant de dormir dans un endroit où vous n'aurez pas à redouter qu'elle vous poignarde pendant votre sommeil.

Dominic se rappela comment Meriel avait attaqué le braconnier. Si elle avait eu un couteau, elle l'aurait grièvement blessé. Or, elle avait agi par colère, non par folie.

Avant de quitter la pièce, encadré par les deux valets menaçants, il lança :

— Souvenez-vous que la décision de se marier dépend de Meriel et de personne d'autre.

— Vous êtes aussi fou qu'elle! cria Grahame.

Dominic gravit l'escalier, soucieux. Bien que Grahame n'eût pas le droit légal de le mettre à la porte, il devait s'en aller. Même s'il parvenait à fausser compagnie aux valets et à trouver la jeune femme, il ne pourrait lui demander de s'enfuir avec lui. Elle était chez elle à Warfield, ses racines y plongeaient aussi profondément que celles du vieux chêne qui portait sa cabane.

Son seul espoir résidait en lord Amworth. Il devait obtenir son soutien.

Elle n'eut même pas le temps de lui dire adieu.

Meriel s'était réfugiée dans sa chambre, pour échapper à la scène désagréable dans le salon. Elle évitait toujours son oncle Grahame. Même s'il n'était plus dans l'armée, il aboyait des ordres et traitait les autres comme ses soldats.

Puis elle entendit le cliquetis d'un harnais. Elle regarda par la fenêtre. Le visage grave, Renbourne conduisait son attelage, son valet près de lui, son étalon attaché à l'arrière de l'équipage.

Son cœur se figea. Il ne partait pas de son plein gré, car les deux valets de son oncle le suivaient…

Soudain, il arrêta les chevaux et se retourna vers la maison. Elle agita le bras, mais les rayons du soleil couchant qui se reflétaient sur la vitre empêchèrent Dominic de la voir.

Tremblante, elle le regarda s'engager dans l'allée. Il l'avait prévenue que la société n'accepterait pas une union illicite entre eux. Cependant, elle ne s'était pas attendue à un dénouement aussi brutal.

Elle réalisa qu'elle ne le reverrait peut-être plus. Elle avait refusé sa proposition de mariage, et son oncle l'avait chassé de la maison. Reviendrait-il après ce double rejet ?

De quel droit son oncle osait-il renvoyer son amant ? songea-t-elle, furieuse. Elle était la maîtresse de Warfield, et il n'avait pas le droit de la traiter comme une enfant ! Elle tourna les talons et se rua dans l'escalier. Elle s'était pourtant comportée comme une enfant en n'entrant pas le salon. Si elle avait été aux côtés de Renbourne, il n'aurait pas été chassé.

Elle devait le rattraper. Moonbeam ? Non, elle perdrait du temps en allant aux écuries chercher la jument. Si elle courait tout droit jusqu'au portail, elle pourrait y arriver en même temps que lui, car l'allée décrivait un arc de cercle. Puis elle le ramènerait et ordonnerait à son oncle de déguerpir.

Elle se précipitait vers la porte d'entrée quand son oncle sortit du salon. Il dégageait une aura toute grise.

— Je venais justement te chercher, dit-il d'une voix plaisante. Ne t'inquiète pas, Meriel, je vais prendre soin de toi. Tu auras droit au traitement nécessaire pour soigner ta maladie. Même si l'on ne peut pas te guérir, je vais mettre un terme à ton comportement dévergondé.

Elle s'immobilisa, effrayée. Il avait l'air implacable. Lorsqu'il se mit à avancer lentement, elle partit à reculons.

— Ne t'enfuis pas, petite. Je ne te veux aucun mal…

Soudain, il fit un bond en avant pour la saisir.

— Attrapez-la !

Elle pivota sur ses talons. Tandis que son oncle retenait son attention, l'un de ses hommes s'était approché en silence derrière elle, une couverture à la main. Paniquée, elle réussit à l'esquiver de justesse.

— Ne la laissez pas s'échapper ! ordonna son oncle. Nous ne la retrouverons jamais, si elle quitte la maison.

Elle était coincée entre son oncle et le valet. Derrière l'épaule de Grahame, elle avisa les visages décomposés des deux dames.

Elle se rua vers elles, espérant qu'elles la protégeraient, mais son oncle l'intercepta. Hystérique, elle essaya de lui arracher les yeux.

Il poussa un juron en lui serrant les poignets.

— Si ton amant te voyait maintenant, il cesserait de clamer que tu es normale !

Le domestique l'enveloppa dans la couverture. Puis il la jeta à terre.

— Ne lui faites pas mal ! s'écria Mme Rector, affolée.

Grahame s'agenouilla pour l'enrouler dans la couverture. Meriel se débattait de son mieux, mais il était trop fort pour elle. Lorsqu'il eut fini de l'emprisonner, il la souleva dans ses bras comme un paquet.

— Tu es en sécurité désormais, Meriel. Je suis là pour prendre soin de toi.

Elle se mit à hurler.

27

Il était midi. Les cloches des églises carillonnaient. Dans la chambre obscure, Kyle tenait la main de Constancia et se demandait si les villes catholiques possédaient davantage de cloches, ou s'il les entendait parce qu'il passait son temps à patienter et à écouter…

C'était plus facile de penser aux cloches qu'à la fin qui venait trop vite. La veille, il était allé trouver le prêtre de l'église voisine pour s'assurer qu'il serait là, le moment venu. Ils avaient parlé en français, la seule langue qu'ils aient en commun, et Kyle avait été impressionné par la spiritualité sereine du père Joaquin. Il avait espéré ne pas le revoir de sitôt, mais une demi-heure plus tôt, un domestique était allé le chercher à la demande de Constancia.

Elle sommeillait. Son visage ascétique était apaisé. Elle était maigre à en être presque transparente.

Cela aurait été plus facile d'engager des infirmières et d'abandonner Constancia à son destin, mais Kyle ne se serait jamais pardonné cette lâcheté. Il s'était juré de la ramener en Espagne et de rester auprès d'elle, même s'il en souffrait. Peut-être lui fallait-il apprendre à supporter la douleur pour devenir un homme ? Dominic avait enduré une souffrance terrible dans l'armée, et il possédait désormais une force que Kyle lui enviait.

Pendant la bataille de Waterloo, il avait ressenti les ondes de la détresse de son frère. Il avait été certain que Dominic était mort ou grièvement blessé, à cause de la terrible prémonition qu'il avait éprouvée quand son jumeau était entré dans l'armée. À l'époque, il avait essayé de l'en dissuader, et ils s'étaient de nouveau querellés. Lorsque Dominic était parti rejoindre son régiment, Kyle avait pensé qu'ils ne se reverraient jamais.

Après la bataille, il s'était dépêché de regagner Londres, avec l'intention de partir pour la Belgique. En découvrant les listes des blessés, il avait appris que Dominic était vivant.

Honteux d'avoir paniqué, il avait décidé de ne pas se rendre à Bruxelles, craignant que son frère ne se moque de lui. Plus tard, il avait regretté cette décision, car le drame de Waterloo avait cristal lisé leur séparation. Le corps de Dominic s'était remis, mais pas son esprit. Kyle se demandait souvent ce qui l'avait fait vieillir si vite, le transformant en homme. Son frère ne le lui avait jamais dit.

Si Kyle était parti pour la Belgique, cela aurait-il changé les choses ? Se seraient-ils réconciliés ? Cette prémonition avait peut-être signifié un éloignement plutôt qu'une mort...

Heureusement, peu de temps après, il avait rencontré Constancia. Au début, elle avait été une maîtresse excitante. Plus tard, elle lui était devenue indispensable.

Et voilà qu'il la perdait.

— *Querido,* dit-elle en ouvrant les yeux.

— Le prêtre ne va plus tarder, murmura-t-il d'une voix apaisante.

— C'est toi qui m'inquiètes. Je me fais du souci pour toi, *mi corazón.*

— Pourquoi ? Je vais bien.

Un sourire flotta sur son visage amaigri. Son regard semblait déjà voir d'autres mondes.

— Seras-tu heureux ? Seras-tu sage ?... Te réconcilieras-tu avec ton frère ?

— Je pensais justement à Dominic. Je ne peux pas te garantir que je serai sage ou heureux, mais je te promets d'essayer de me rapprocher de lui.

Elle ferma les yeux, puisant dans ses dernières forces.

— Et qu'en est-il de cette jeune Anglaise qui n'a pas toute sa tête ? Veux-tu toujours l'épouser ?

Il n'avait pas pensé à lady Meriel depuis des jours. Il se souvenait à peine de son visage. Fragile, éthérée, elle lui paraissait fade, comparée à la beauté sombre de Constancia. Mais elle était jolie et vulnérable. C'était un mélange attirant.

— Ce mariage me conviendra, dit-il lentement. La jeune fille a besoin de quelqu'un pour veiller sur elle.

— C'est pourquoi je m'inquiète. Un mariage, c'est plus que cela, *querido*. Tu es trop jeune pour te contenter de si peu.

— N'ai-je pas été suffisamment homme en ce qui te concerne ? répliqua-t-il, heurté.

— Tu ne comprends pas. Je veux que tu sois heureux. J'aimerais que tu rencontres une jeune fille sage et gentille, qui t'adorera et fera chanter ton cœur de bonheur.

Il se pencha et lui déposa un baiser sur le front.

— J'ai déjà connu le meilleur, Constancia. Je ne peux espérer le vivre deux fois.

— *¡Diablo!* marmonna-t-elle, les larmes aux yeux. C'est la fin de ma vie, *querido,* pas de la tienne. Promets-moi de goûter chaque instant de ton existence après mon départ. Tu le mérites.

Avant qu'il pût répondre, Teresa entra dans la chambre, suivie par le prêtre.

Kyle se retira dans un coin de la pièce pour observer le rituel catholique. Constancia n'avait pas besoin de se confesser. C'était la meilleure personne qu'il eût rencontrée.

Alors que le prêtre finissait d'administrer les derniers sacrements, il eut une idée. Pourquoi n'y avait-il pas pensé plus tôt ? Il s'approcha.

— Père Joaquin, pouvez-vous nous marier maintenant, señorita de las Torres et moi-même ?

— Kyle ! s'écria Constancia.

— Ce n'est pas nécessaire, assura le prêtre. Ayant reçu l'extrême-onction, elle n'est plus en état de péché mais en état de grâce.

— Elle n'a jamais péché, répliqua Kyle sèchement. Et je ne désire pas l'épouser pour Dieu, mais pour elle et moi. Acceptes-tu de m'épouser, Constancia ? ajouta-t-il d'une voix plus douce.

— Ce ne serait pas bien que tu sois veuf pour aller retrouver ta jeune fiancée, *mi corazón,* protesta-t-elle, désemparée.

Il traversa la pièce et lui prit la main.

— Ce qu'il y a entre nous ne la concerne pas, Constancia. Je ne veux pas te forcer, mais je serais heureux et honoré si tu devenais mon épouse.

Elle resta un instant silencieuse. Puis elle eut un sourire éclatant :

— Avec joie.

— Acceptez-vous de célébrer la cérémonie, père Joaquin ? lui demanda Kyle.

— Ce serait hautement irrégulier, et vous n'êtes même pas catholique... (Il les scruta attentivement.) Mais Dieu bénira sûrement cette union.

Kyle partit dans sa chambre chercher la chevalière en or aux armes des Renbourne. À son retour, il vit que Teresa avait disposé des fleurs autour du lit et donné un petit bouquet à Constancia. Elle était adossée aux oreillers, ses cheveux sombres éparpillés autour d'elle. Dans sa chemise de nuit en dentelle blanche, elle ressemblait à une mariée. Elle paraissait à la fois amusée et épuisée.

Kyle entrelaça ses doigts aux siens. Il savait qu'il avait raison. « Jusqu'à ce que la mort nous sépare. » Il répéta les paroles d'une voix ferme. L'anneau était beaucoup trop large pour le doigt de la jeune femme, mais elle referma le poing afin qu'il ne glisse pas.

— *Mi esposo*... mon mari...

Il l'embrassa avec une tendresse infinie, repensant aux années de passion qu'ils avaient partagées. Sa bien-aimée, sa femme... Seigneur, comment retrouverait-il une complicité pareille ? C'était impossible.

Le prêtre et les domestiques qui avaient servi de témoins se retirèrent. Constancia ferma les yeux.

— Je les vois autour de moi, Kyle. Mes parents, ma sœur... comme des anges. Tous ceux que j'aimais et que j'ai perdus. Ils sont si réels que je m'étonne que tu ne les voies pas aussi.

Il avait la gorge nouée.

— L'important, c'est que tu les voies, toi...

La respiration de Constancia était hachée.

— Emmène-moi dans le jardin. J'aimerais regarder les fleurs une dernière fois.

Il se leva, ouvrit les portes-fenêtres qui donnaient sur la cour intérieure et souleva sa femme dans ses bras. Elle pesait moins qu'une enfant. Il l'emporta jusqu'à un banc sous un oranger et s'assit, Constancia sur les genoux.

— Êtes-vous confortable, lady Maxwell ?

— Oh, oui...

Ils respiraient le doux parfum de l'oranger. Elle répéta d'un air amusé :

— Lady Maxwell... quel honneur !

Une brise secoua les branches de l'arbre. Des pétales blancs se répandirent sur sa chevelure. Il lui déposa un baiser sur le front. Elle avait fait partie intégrante de sa vie, elle avait symbolisé la perfection à ses yeux. Que deviendrait-il sans elle ?

Alors, il lui dit ces paroles qu'il n'avait jamais encore prononcées.

— Je t'aime, Constancia.

— Je sais, *querido.* Je le sais depuis longtemps. Mais je pensais que toi, tu ne l'avais pas compris…

Il éclata de rire, se demandant comment l'on pouvait à la fois être si heureux et si dévasté de douleur. En l'épousant, il avait voulu témoigner qu'il croyait à l'amour.

— J'ai été bénie, Kyle, reprit-elle d'une voix lasse. Après la mort de ma famille, j'ai cru que j'étais maudite, condamnée à une vie de solitude et de péché. Alors que tout espoir était perdu, le Seigneur t'a envoyé vers moi. Je suis redevenue moi-même. Je t'aime, mon époux. Et je te demande, en souvenir de moi, de continuer à vivre…

— Je te le promets, *mi corazón.*

Mais auparavant, il la pleurerait de toute son âme.

Elle ne parla plus. Il la tint dans ses bras jusqu'à ce que les ombres s'allongent et que les derniers pétales glissent sur le sol.

Puis il resta seul.

28

Quand Dominic se réveilla, le cœur battant, il respira un parfum de fleurs d'oranger.

Il lui fallut un moment pour se souvenir qu'il se trouvait dans une auberge près de Bridgton Abbey, la propriété de lord Amworth. Après avoir quitté Warfield, il avait renvoyé Morrison à Londres avec l'attelage et les bagages. Le valet avait obéi sans protester.

Bénissant la vitesse et l'endurance de Pégase, Dominic avait atteint Bridgton Abbey dans la journée. Bien qu'il fût pressé de voir Amworth, il avait préféré s'arrêter dans une auberge pour se reposer quelques heures et se rendre présentable.

Il s'assit au bord du lit et enfouit son visage entre ses mains. Pourquoi diable avait-il rêvé d'oranger ? Il se sentait profondément triste et oppressé.

Kyle...

Il ne ressentait pas seulement de l'inquiétude pour Meriel, mais aussi les émotions de son frère. Kyle éprouvait une tristesse si profonde que Dominic pouvait presque la palper. Curieusement, cette détresse comportait aussi une forme d'acceptation.

Il ferma les yeux, essayant d'envoyer à son frère, où qu'il fût, un message de réconfort. Puis il se leva et se prépara pour l'entretien le plus important de sa vie.

Il avait décidé de dire la vérité, mais pour simplifier les choses, Dominic donna au majordome de Bridgton Abbey une carte de visite au nom de son frère. On l'introduisit dans un salon où, après une longue attente, la maîtresse de maison vint le rejoindre. Rondelette, la jolie lady Amworth avait les traits tirés.

— Lord Maxwell, je suis lady Amworth. Mon mari m'a parlé de vous. Êtes-vous venu prendre de ses nouvelles ?

Il s'inclina.

— Oui, mais je dois aussi lui parler.

— C'est sûrement à cause de cette pauvre malheureuse… Je ne veux pas que mon mari s'agite, lord Maxwell. Il a failli mourir, et sa santé est encore très fragile.

— Je ne lui veux aucun mal, assura Dominic. Je suis sûr qu'il souhaitera m'entendre.

— Vous pouvez le voir quelques minutes, concéda enfin lady Amworth. Mais si vous le troublez, je vous ferai mettre à la porte.

Ce ne sera que la seconde fois en deux jours ! songea Dominic, ironique. Il suivit lady Amworth qui le mena au premier étage, dans la chambre de son mari.

Amworth avait beaucoup minci et il était allongé, épuisé, dans son lit.

— N'ayez pas l'air affolé, Maxwell, fit-il avec un sourire. Je ne suis pas mourant. Elinor ne le permettrait pas. (Il eut un regard affectueux pour sa femme.) Comment va Meriel ?

— Milord, j'espère que vous m'écouterez calmement, car je ne veux pas provoquer la colère de votre épouse…

— Je resterai calme, promit Amworth alors que sa femme se postait près de son lit.

— Pour commencer, je ne suis pas lord Maxwell, mais Dominic Renbourne, son frère jumeau. Je suis sincèrement désolé de vous avoir trompé. C'est Maxwell que vous avez d'abord rencontré, mais il a eu des affaires urgentes à régler. À cause des délais imposés pour courtiser lady Meriel, il m'a demandé de le remplacer à Warfield.

Lady Amworth sembla choquée, et son mari écarquilla les yeux.

— Je savais que Maxwell avait un jumeau, mais j'ignorais votre ressemblance frappante, dit Amworth. Désormais, je comprends mieux les légères différences que j'ai ressenties en visitant Warfield. Est-ce que vous avez aussi menti lorsque nous avons parlé de Meriel ?

— Absolument pas, déclara Dominic, soulagé qu'Amworth prît les choses plutôt bien. Je souhaitais jouer tranquillement le rôle de mon frère jusqu'à son retour. Personne ne devait se rendre compte de la supercherie. Je ne pensais pas que je tomberais amoureux de Meriel, et qu'elle éprouverait également des sentiments pour moi. Depuis mon arrivée à Warfield, elle s'est beaucoup ouverte. À tel point qu'elle s'est mise à parler.

La nouvelle fut accueillie avec une vive stupéfaction. Heureusement, lady Amworth était trop intriguée pour le mettre à la porte…

Il leur raconta les derniers développements, avant de conclure :

— Je ne sais pas si Meriel acceptera de m'épouser – elle déteste l'idée du mariage – mais elle a déclaré qu'elle n'épouserait en aucun cas mon frère.

— Voulez-vous la permission de la courtiser sous votre propre nom ? demanda Amworth.

Dominic songea que sa réponse risquait de le séparer à jamais de son frère. Pourtant il n'avait pas le choix : Meriel était plus importante.

— Oui, mais je ne sais comment vous prouver que je ne suis pas un coureur de dot. Mon héritage est très modeste, comparé au sien.

— Ce serait une bonne chose si Meriel épousait un homme qui habiterait avec elle à Warfield. Le seul élément qui m'inquiétait chez Maxwell, c'est qu'il soit obligé de passer beaucoup de temps à Londres et à Dornleigh. Je serais enclin à vous donner ma bénédiction, si vous aimez Meriel et si elle vous accepte...

— Merci, milord, dit Dominic avec ferveur. Je vous jure que mes sentiments sont sincères. Meriel est... unique. Magique. Je ne me suis jamais senti aussi heureux, aussi...

Il s'interrompit en voyant l'expression amusée d'Amworth.

— Je suis venu vous voir car il y a un grave contretemps. Lord Grahame a appris votre maladie, et il est revenu plus tôt de voyage. Quand le notaire de la famille lui a révélé vos intentions concernant Meriel, il a fait irruption à Warfield et m'a jeté dehors en menaçant de me tuer.

Amworth parut inquiet.

— Hélas, je ne suis pas en état de pouvoir intervenir...

— Je suis prêt à affronter lord Grahame, bien sûr. Cependant, je tenais à m'assurer de votre soutien.

— Ce n'était pas très honorable d'agir sans en parler à Grahame, admit Amworth. Mais je pensais que Meriel avait besoin d'une vie plus normale et, grâce à vous, je découvre que j'avais raison. Cela dit, je doute qu'il abandonne facilement la partie.

— Meriel est majeure et propriétaire de Warfield. Elle a le droit de recevoir les invités de son choix. Si elle le désire, elle peut le chasser.

— Je vais vous donner une procuration pour agir en mon nom en ce qui la concerne.

— Une dernière question, milord, conclut Dominic. Savez-vous si le général Ames est magistrat ?

— Absolument. Il est aussi l'ancien commandant de Grahame. Peut-être parviendrez-vous à trouver une solution pacifique ?

— Je vais essayer, dit le jeune homme en s'inclinant. J'aimerais vraiment que les deux oncles de Meriel approuvent notre mariage…

Il redescendit au salon, où lady Amworth lui apporta bientôt la procuration signée par son mari. Elle l'invita à dîner et à passer la soirée chez eux, car il était trop tard pour rejoindre Warfield dans la nuit.

— Vous espérez sans doute mieux me connaître ? plaisanta Dominic.

— Oui. Je suis désolée de ne pas avoir été une tante plus attentive pour Meriel. Elle n'est peut-être pas folle… mais ma mère l'était.

— Vous n'avez pas à vous justifier, lady Amworth. Nous avons tous nos angoisses.

— Je commence à comprendre pourquoi Meriel vous a accepté. Est-ce que votre frère aurait eu autant de succès avec elle ?

Il sourit.

— J'en doute. Kyle n'a pas assez de patience.

Un valet de pied, l'air contrarié, entra dans le salon :

— Quelqu'un désire vous parler, milady. Il vient de Warfield.

— Faites-le entrer, répondit-elle, étonnée. Pensez-vous que lord Grahame soit venu réprimander mon mari ? ajouta-t-elle pour Dominic. Ils ne se sont jamais entendus à propos de Meriel…

Ce fut Kamal qui pénétra dans la pièce. Avec son turban et ses vêtements poussiéreux, il paraissait déplacé dans ce salon anglais.

— Kamal ! s'exclama Dominic. Est-il arrivé quelque chose à lady Meriel ?

— Lord Grahame l'a emmenée à l'asile de Bladenham, déclara Kamal après s'être incliné devant lady Amworth.

— Mon Dieu ! s'écria Dominic, horrifié.

— Il l'a capturée et ligotée comme si elle était un animal sauvage, poursuivit le serviteur indien. Elle est partie pour l'asile dans l'heure qui a suivi votre départ.

— Je dois refuser votre hospitalité, milady, s'excusa Dominic. Il faut tout de suite retirer Meriel de l'asile…

— Je ne le dirai pas à mon mari, pour ne pas l'inquiéter, répondit lady Amworth. Mais je compte sur vous pour faire le nécessaire. Prenez des chevaux reposés à l'écurie. En attendant, je vais vous faire servir une collation.

Pendant le repas, elle leur expliqua les conditions légales de la tutelle de Meriel. Celle-ci était parfaitement libre de choisir son époux.

— Comment ont réagi les deux dames ? demanda Dominic à Kamal.

— Elles étaient furieuses. Elles voulaient m'accompagner, mais je leur ai dit qu'elles me ralentiraient.

Dieu soit loué, Meriel avait aussi des alliés !

Dominic se servit une tranche de viande froide, puis il dévoila à Kamal sa véritable identité.

29

Ils se rendirent directement à Bladenham, ne s'arrêtant que brièvement dans une auberge. Durant la longue chevauchée, Dominic étudia différentes stratégies avec Kamal, et ils décidèrent que la morgue aristocratique aurait le plus de chances de réussir.

Dès que la porte de l'asile s'ouvrit, Dominic ordonna :

— Je dois parler immédiatement au Dr Craythorne.

— Le docteur est en train de soigner un patient, répondit la jeune servante, alarmée.

— Il me recevra tout de suite ! s'emporta Dominic. Sinon, il se retrouvera derrière les barreaux !

Ayant imité avec succès l'attitude autoritaire de son père, il ne fut pas surpris de voir la jeune femme partir en courant. Derrière lui, Kamal affichait un air menaçant.

Quelques minutes plus tard, Craythorne entra dans la salle d'attente.

— Que signifie cette intrusion ? s'exclama-t-il, avant de reconnaître Dominic. Lord Maxwell, je présume que vous êtes venu à cause de lady Meriel...

Le jeune homme le fusilla du regard.

— Vous présumez juste. J'exige qu'on la relâche immédiatement.

— C'est impossible. Elle a été internée par son oncle, qui est son tuteur légal. Lui seul peut autoriser une sortie. Il m'a prévenu qu'on essayerait de la faire libérer, et m'a chargé de veiller à ce qu'elle reçoive le traitement nécessaire.

— Lord Grahame était l'un des tuteurs de lady Meriel lorsqu'elle était enfant. Maintenant qu'elle est majeure, il ne possède aucun droit sur elle. Il ne peut pas faire interner une jeune femme saine d'esprit dans un asile d'aliénés !

— La malheureuse s'est débattue comme un animal sauvage. J'ai rarement vu une femme aussi démente.

— Bien sûr qu'elle a protesté ! Vous feriez de même, si l'on vous kidnappait pour vous enfermer !

Le docteur cligna des yeux, étonné, comme s'il n'y avait pas réfléchi.

— Vous vous trompez, milord. Lady Meriel n'est pas devenue folle en arrivant ici : elle a été conduite chez nous parce qu'elle était folle. Pour quelle autre raison lord Grahame la ferait-il interner ?

Comment convaincre Craythorne ? Dominic improvisa :

— Lady Meriel et moi sommes fiancés, et Grahame souhaite empêcher notre mariage. Son autre oncle, lord Amworth, approuve notre union.

Il tira la procuration de sa poche et la tendit au médecin. Craythorne la parcourut.

— Certes, mais Amworth ne l'a pas vue depuis sa crise. Il n'est pas au courant de son état actuel.

— Cet enlèvement n'a rien à voir avec l'équilibre mental de Meriel, insista Dominic, laissant libre cours à son imagination. Je crois que Grahame est en train de détourner son héritage, et qu'il redoute l'enquête qui sera menée après notre mariage. Pour cacher ses crimes, il veut empêcher notre union.

— C'est absurde, voyons ! Un mélodrame pour impressionner les jeunes filles ! L'explication de Grahame est plus plausible : il prétend que vous êtes un coureur de dot sans scrupules, qui veut épouser une jeune handicapée mentale pour mettre la main sur son argent.

— L'héritier Wrexham n'a pas besoin d'argent, rétorqua Dominic. Et que pensez-vous d'un mari capable d'enfermer sa femme parce qu'elle n'est pas d'accord avec lui ? Demandez donc à Jena Ames, ou à son père.

Craythorne blêmit.

— C'était un regrettable malentendu. Les deux cas sont loin d'être similaires...

— Pourtant, chaque fois, un homme a accusé une femme d'être folle, et vous avez acquiescé alors que la pauvre essayait de protester. Dans le cas de Mlle Ames, j'ai pensé que vous aviez été trompé par son odieux mari, mais je commence à me poser des questions... Quel genre d'institution dirigez-vous, Craythorne ? Combien de personnes retenez-vous contre leur gré ?

— Aucune ! s'écria le médecin, désarçonné. Lady Meriel n'a pas toute sa raison, c'est évident. Je...

— Si elle est devenue folle, c'est à cause des traitements que vous lui avez fait subir ! cria Dominic, hors de lui. Je l'emmène avec moi tout de suite. Sinon, je reviendrai avec la police, et je ferai démonter cet établissement pierre par pierre ! Tous les journaux de Grande-Bretagne raconteront l'histoire du médecin qui enfermait de riches héritières pour que leurs maris puissent les voler... C'est votre dernière chance, Craythorne. Si vous ne relâchez pas lady Meriel, je vous détruirai.

Le médecin semblait décomposé. Il savait qu'un lord puissant pouvait le ruiner.

— Venez voir par vous-même, dit-il, la gorge sèche. Votre serviteur doit attendre ici. Trop de visiteurs risquent de la perturber.

— Kamal est son gardien fidèle et son ami. Sa présence lui sera bénéfique, décréta Dominic, songeant qu'il aurait besoin de l'Indien pour arracher la jeune femme au médecin.

Lorsqu'ils pénétrèrent dans l'aile des patients, le sang de Dominic ne fit qu'un tour. Il repensa à sa dernière visite. Meriel était enfermée ici depuis presque quarante-huit heures. Combien de temps pouvait résister une jeune femme fragile et habituée à une totale liberté ?

Le médecin s'arrêta devant une porte et chercha la clé dans son trousseau. Seigneur Dieu, ce n'était tout de même pas la cellule capitonnée ?

— Rappelez-vous que c'est pour son bien, prévint Craythorne avant d'ouvrir la porte.

Meriel portait une camisole de force, avec des liens supplémentaires qui la retenaient sur la chaise arrimée au sol. Son visage était couvert de bleus, et elle regardait fixement devant elle.

— Espèce de salaud ! hurla Dominic en se précipitant vers elle.

La jeune femme était immobile comme une statue. Seul le pouls qui battait sur sa gorge prouvait qu'elle était en vie.

— Nous allons vous sortir d'ici, Meriel, dit-il d'une voix douce.

— Nous avons dû l'attacher, expliqua Craythorne d'un air inquiet. Grahame l'a amenée ici enroulée dans une couverture. Quand on l'a relâchée, il a fallu deux hommes pour la retenir. Elle risquait de se faire mal. Par ailleurs, il faut imposer une discipline avant de commencer le traitement.

— Voilà pourquoi son visage est abîmé ? gronda Dominic, furieux, en contournant la chaise.

Il essaya de défaire les nœuds de la corde, mais ses doigts tremblaient trop.

— Permettez-moi, milord, intervint Kamal en sortant son poignard.

Craythorne parut estomaqué lorsque l'Indien commença à trancher les liens qui retenaient Meriel.

Dominic reconnut le poignard qui avait servi à découper l'ananas. Non seulement la lame effilée tranchait les liens, mais elle permettait d'effrayer le médecin.

Meriel tomba en avant quand elle fut enfin libérée. Dominic la retint et remarqua que ses pupilles étaient dilatées. Il y avait des taches sur la camisole de force, et il crut respirer l'odeur sucrée du laudanum.

— Lui avez-vous administré l'une de vos maudites drogues ?

— Je voulais la calmer avant le traitement, se défendit le médecin. Vous ne savez pas comme c'est difficile de traiter des fous furieux...

Avec l'aide de Kamal, Dominic retira la camisole de force. Aussitôt, Meriel s'agrippa à lui, l'emprisonnant entre ses bras et ses jambes. Elle tremblait comme si elle souffrait d'une forte fièvre.

Il la pressa contre lui, soulagé qu'elle fût saine et sauve. Et si la captivité avait provoqué chez elle une rechute ? Si la jeune femme dont il était amoureux avait disparu à jamais ?

— Encore un peu de patience, murmura-t-il, ému. Et vous aurez quitté cet endroit à jamais.

Il eut du mal à se relever, car elle le serrait de toutes ses forces.

— Si vous lui avez fait du mal, Craythorne... lança-t-il d'un air menaçant.

— J'admets qu'elle semble vous reconnaître, dit le médecin à contrecœur. Si l'un de mes infirmiers l'avait libérée, elle l'aurait attaqué telle une louve. Toutefois, cela ne prouve pas qu'elle soit normale.

— Et vous, pourriez-vous prouver que vous êtes sain d'esprit ? J'en doute... Combien de temps avant que la drogue ne fasse plus son effet ?

— Quelques heures. La dose était élevée pour quelqu'un d'aussi frêle.

Sans un regard au médecin, Dominic quitta la cellule, Kamal sur les talons. Craythorne n'essaya pas de les arrêter.

Dehors, Kamal alla chercher les chevaux. Dominic lui confia Meriel, puis enfourcha Pégase avant de la reprendre dans ses bras.

— Le médecin va faire prévenir lord Grahame, dit Kamal lorsqu'ils atteignirent la route.

— Je sais.

Dominic se demanda combien de temps il faudrait à Meriel pour se remettre. Si elle n'avait pas été aussi faible, ils auraient pu retourner à Warfield.

— Nous allons l'emmener à Holliwell Grange, décida-t-il soudain. Ce n'est pas trop loin, et le général nous aidera.

Kamal acquiesça. Ils étaient épuisés et les chevaux avançaient lentement...

Les Ames accueillirent leurs invités impromptus à bras ouverts. Jena emmena Meriel dans une chambre. Dominic fut heureux de remarquer que la jeune femme semblait reconnaître ses amis.

— Vous méritez de savoir toute la vérité, mon général, lui dit-il avant de décliner sa véritable identité.

— Décidément, vous aimez les histoires compliquées, s'amusa Ames. Nous en parlerons demain. Pour le moment, vous avez besoin de repos.

Quelques minutes plus tard, Dominic dormait à poings fermés dans une chambre d'amis.

30

Des flammes. Des hurlements. Une silhouette diabolique. Un voyage de nuit, une main la retenant dans le dos pour éviter qu'elle ne tombe de cheval. Ses larmes. Ses cris, appelant en vain sa maman et son papa, refusant l'idée de ne plus les revoir. L'espoir s'amenuisant de jour en jour, jusqu'à ce qu'elle dût admettre qu'elle avait été abandonnée…

Son oncle l'attachant avec des cordes. Sa lutte contre la camisole de force, contre un terrible sentiment d'impuissance. Les paroles apaisantes du docteur qui lui coinçait de force un entonnoir dans la bouche et y versait un liquide gluant. Obligée d'avaler ou d'étouffer.

Cette fois, elle n'espérait plus être sauvée…

Meriel reprit conscience, couverte de sueur. Elle avait été sauvée, n'est-ce pas ? Ou avait-elle rêvé les bras de Renbourne, son parfum, le battement de son cœur ?

Elle garda les yeux fermés. Elle reposait dans un lit douillet, respirait l'air frais de la campagne plutôt que les relents de l'asile. Prudemment, elle ouvrit les paupières et vit Jena Ames, assise à son chevet, en train de lire un livre.

Ainsi, Renbourne et Kamal étaient vraiment venus la chercher.

Elle portait une chemise de nuit trop grande pour elle, vieille mais confortable. Elle s'étira doucement. Tous ses muscles étaient endoloris, car elle avait été ficelée pendant des heures comme une momie. Elle n'avait été relâchée que quelques fois pour utiliser un pot de chambre, sous l'œil revêche d'une surveillante.

— Oh, tu es réveillée, Meriel… C'est bien. Comment te sens-tu ?

Meriel haussa les épaules.

— Tu dois avoir soif, dit Jena en lui versant un verre d'eau. Ma bouche était toujours desséchée, après leurs horribles potions.

Elle ne put empêcher sa voix de trembler. Quelque temps auparavant, elle avait été à la place de Meriel.

Alors qu'elle buvait avidement, Meriel se rappela que Jena avait été emprisonnée plusieurs mois. Jamais elle n'y aurait survécu.

— J'ai été horrifiée quand Renbourne et Kamal t'ont amenée. Tu avais l'air plus morte que vive… Comment ton oncle a-t-il osé t'envoyer à Bladenham ? Nous devons une fière chandelle à ton fiancé, toi et moi.

Meriel comprit que Dominic avait avoué sa véritable identité aux Ames. Elle en fut soulagée. Il lui manquait affreusement.

— J'ai repensé à mon séjour là-bas, poursuivit Jena. Craythorne est sincère. Il essaye de faire de son mieux. Beaucoup des patients sont réellement fous, mais il est si obsédé qu'il voit la folie partout, même où elle n'existe pas. Je ne peux pas le lui pardonner.

Elle sourit à Meriel.

— N'en parlons plus. Je vais plutôt te raconter comment nous allons punir mon odieux mari. Comme un divorce est presque impossible à obtenir, mon père demande une annulation du mariage. Est-ce que tu savais qu'un mariage n'est pas légal si l'une des personnes concernées est folle ? Puisque mon mari m'a fait interner, c'est que je devais être folle, donc notre mariage n'est pas valide. Je n'ai eu aucun mal à signer une déposition, déclarant que je n'avais pas toute ma raison quand j'ai épousé Morton… C'était sûrement vrai ! plaisanta-t-elle.

Meriel esquissa un sourire. Elle espérait que Jena serait bientôt libérée de son affreux époux.

— Le pire, à Bladenham, c'est le manque d'intimité. Je ne voulais pas que tu sois seule à ton réveil, mais préfères-tu rester tranquille maintenant ?

Meriel hocha la tête.

— Repose-toi, dit Jena en se levant. Demain, tu ne sentiras plus du tout les effets du laudanum. Je suis dans la chambre sur ta gauche. Renbourne est en face. Kamal et mon père dans l'autre aile de la maison. Tu es en sécurité ici. Si tu as besoin de quelque chose, n'hésite pas à appeler… Veux-tu que je laisse la lampe allumée ?

Meriel acquiesça. Elle en avait assez des ombres.

Après le départ de Jena, elle resta allongée quelque temps. Renbourne était de l'autre côté du corridor… Elle avait envie de le voir. Elle voulait le sentir près d'elle. Tremblante, elle se leva. Son corps lui faisait mal.

Elle dut se retenir à la table de chevet pour ne pas tomber. Elle s'aspergea le visage avec l'eau qui se trouvait dans une cuvette. La fraîcheur lui redonna des forces.

Elle étudia son visage dans un petit miroir. Elle avait un bleu sur une joue et des cernes noirs sous les yeux. Des mèches folles s'étaient échappées de sa natte.

Sur la pointe des pieds, elle traversa le corridor et ouvrit la porte de Renbourne.

Éclairé par la lueur de la lune qui entrait par la fenêtre, il était allongé sur le côté. La couverture s'était enroulée autour de ses hanches. Ses vêtements étaient disséminés dans la pièce. Il avait dû les arracher avant de s'écrouler de fatigue.

Soulagée, elle admira le torse puissant, les épaules larges et la taille mince. On voyait encore quelques traces du *mehndi*. Quand son oncle l'avait chassé de Warfield, elle avait pensé ne plus jamais revoir Dominic. Elle n'avait pas imaginé qu'il viendrait à sa rescousse. Elle se sentit envahie d'une immense tendresse.

Elle retira sa chemise de nuit et se glissa dans le lit. Essayant de ne pas le déranger, elle se pressa contre son dos, posa un bras autour de sa taille. Enfin en sécurité, elle se détendit. Elle retrouvait son odeur familière.

Elle aimait le contact de la peau lisse. Elle baisa son épaule. Son sang s'enflammait. Elle avait besoin de retrouver le feu de leur amour. Un mâle pouvait-il faire l'amour en dormant ? Ce serait amusant à découvrir...

Lorsqu'elle commença à le caresser, sa virilité s'étira sous ses doigts.

— Meriel... murmura-t-il.

Il roula sur le dos et se mit à lui caresser un sein. Il n'était pas vraiment réveillé. Les lèvres chaudes et accueillantes de son amant la parcoururent.

Il posa une main entre ses cuisses. Quand les doigts la pénétrèrent, elle ressentit une vague de désir ardent. Cessant de jouer, elle lui mordit le lobe de l'oreille.

Il se réveilla tout à fait.

— Seigneur, ce n'est pas un rêve ! Vous êtes réellement là...

Il l'embrassa à nouveau.

Emplie de joie, elle aurait voulu crier son bonheur. Il allait chasser tous les souvenirs de Bladenham. Elle se hissa sur lui et l'enfourcha.

Il la saisit aux épaules.

— Je suppose que vous êtes parfaitement remise, dit-il en riant.

Elle frissonna de plaisir et déposa un baiser sur sa joue râpeuse. Comme il était délicieux et viril !

— Nous ne devons pas continuer, protesta-t-il en la soulevant. Ce sera le mariage ou rien, petite. Par ailleurs, j'aurais l'impression d'abuser de l'hospitalité du général Ames. Il n'apprécierait pas que je profite de vous sous son toit.

Agacée, elle se frotta contre lui, sentant sa virilité entre ses cuisses. Elle gémit de plaisir à l'idée d'unir leurs corps, mais il l'immobilisa.

— Arrêtez, petite sorcière. Ce n'est pas bien.

À la lumière de la lune, elle voyait qu'il essayait de se dominer. Comme il était fort pour parvenir à maîtriser sa passion ! Elle ne possédait pas cette discipline.

Quand il commença à la repousser, elle eut l'impression d'être déchirée en deux.

— Je vous en prie, murmura-t-elle, humiliée d'avoir tant besoin de lui. Je vous en prie, Dominic...

Elle éclata en sanglots et ses larmes mouillèrent le torse de Dominic. Il la pressa contre lui.

— Ne pleurez pas, ma chérie, je vous en supplie. Venez...

Folle de joie, elle l'embrassa. Les mains tremblantes, elle le guida en elle, gémissant de plaisir. Cette fois, son corps l'accepta plus facilement, l'entourant de sa chaleur. Il grogna lorsqu'elle se mit à onduler avec sensualité. Elle aimait ce sentiment de puissance, l'idée de pouvoir à son tour le rendre esclave du plaisir.

Il lui caressa les seins, ses doigts attisant des flammes dans ses veines. Il y avait quelque chose de particulier dans cette position, leurs ventres l'un contre l'autre...

L'illusion de puissance s'envola quand le corps de Meriel échappa à son contrôle. Elle bougea, se tordit, s'abandonnant à une danse divine.

Plus vite... plus fort... Un éclatement en mille morceaux... Une chute vertigineuse dans l'abîme...

Mais elle n'était pas seule...

Il la tenait contre lui, tremblant. Jamais il n'aurait pensé que la passion pût être aussi dévastatrice. Une part de cette intensité était due à la peur terrible qu'il avait éprouvée, et au soulagement de l'avoir retrouvée saine et sauve. Mais c'était surtout à cause de Meriel elle-même.

Il n'avait jamais connu une femme aussi généreuse lorsqu'elle faisait l'amour. Elle ne pensait pas à elle, ni à la bataille silencieuse que se livraient souvent un homme et une femme quand ils s'aimaient. Elle se donnait entièrement, et c'était le meilleur des aphrodisiaques.

Il adorait la sentir sur lui. Elle était si menue, si sensuelle... Pourtant, sa peau se rafraîchissait à cause de la brise. Il roula de côté et drapa sur eux la couverture. Avec un soupir, elle se pelotonna contre lui.

— Pas de séquelles durables de l'asile ? demanda-t-il en déposant un baiser sur sa tempe.

Elle resta un moment silencieuse.

— Non... mais j'ai changé. Ayant eu une si grande liberté pendant des années, je n'avais pas réalisé comme j'étais vulnérable. Il a suffi d'un homme pour m'arracher au paradis...

— Votre oncle croyait agir pour le mieux, dit-il en la serrant contre lui.

— Je veux rentrer à la maison.

— Ce ne sera pas aussi simple, ma chérie. Après avoir quitté Warfield, je suis allé trouver votre oncle Amworth afin d'obtenir son soutien. J'avais l'intention de revenir solliciter l'aide du magistrat Ames, pour convaincre Grahame que vous êtes saine d'esprit et capable de prendre vos propres décisions. Or, Craythorne peut désormais témoigner en votre défaveur, puisqu'il est persuadé que vous êtes folle. Grahame prétendra que je veux profiter de vous. La cour risque de vous mettre sous tutelle. On pourrait vous renvoyer à l'asile...

— Non ! s'écria-t-elle.

— La justice est souvent lente, Meriel. Amworth est en mauvaise santé. Grahame peut obtenir gain de cause parce qu'il est opiniâtre. Quand il apprendra que je ne suis pas lord Maxwell, il sera d'autant plus furieux.

— Vous ne les laisserez pas m'enfermer à nouveau, n'est-ce pas ? murmura-t-elle d'une toute petite voix.

— Il y a deux solutions pour l'empêcher, Meriel. Nous enfuir et nous cacher…

— Je n'abandonnerai pas Warfield !

— Dans ce cas, vous n'avez pas le choix… (Il inspira profondément.) Vous devez m'épouser.

— Je ne veux pas me marier.

— Je sais. Mais si je suis votre mari, j'aurai le droit et le devoir de vous protéger.

Elle se glissa hors du lit et s'approcha de la fenêtre. Il fit une grimace en voyant les bleus sur son corps gracile. Elle avait lutté comme une damnée pour échapper à ses ravisseurs.

— Est-ce que vous exagérez le danger pour me forcer à vous épouser ? demanda-t-elle après réflexion.

— Le danger est réel, Meriel. Je le regrette, car ce n'est pas bien d'entamer un mariage dans ces conditions.

Il se leva pour la rejoindre, et posa les mains sur ses épaules.

— J'aimerais mieux vous convaincre par des caresses et des baisers…

— Je préférerais être votre maîtresse.

— Hélas, vous n'avez pas le choix. Votre oncle est peut-être déjà lancé à votre poursuite. Il a probablement fait délivrer un mandat d'arrêt contre moi.

Frissonnant, elle croisa les bras.

— Je dois donc choisir entre deux maux…

— Je vais signer un document qui vous laissera les mains libres concernant votre héritage. Ainsi, je ne pourrai pas toucher à votre fortune.

— Vous l'avez déjà proposé, dit-elle d'un ton morne.

Il comprit qu'elle regrettait surtout la liberté de son ancienne vie.

— Je vous jure que si vous désirez que je quitte Warfield, je m'en irai. Je renoncerai à mes droits sur votre fortune et votre personne.

— Vous êtes prêt à me défendre sans rien attendre en retour ? fit-elle, dubitative.

— Oui.

Il prenait le risque d'être rejeté à l'avenir, et de ne pas être libre de choisir une autre épouse car ils seraient toujours mariés. C'était un choix difficile, mais il ne pouvait l'abandonner à son oncle Grahame.

Elle prit une profonde inspiration.

— Très bien, Dominic. J'accepte de vous épouser.

Il avait tellement souhaité cette réponse… Alors pourquoi se sentait-il si triste ?

31

Meriel se réveilla le lendemain matin dans son lit. Dominic avait dû la porter dans sa chambre durant la nuit, alors qu'elle dormait. Comme c'était conventionnel ! Mais il avait peut-être raison. Elle payait le prix d'avoir défié les conventions, jusqu'à présent.

Hélas, Renbourne risquait d'en payer le prix aussi. Elle n'avait pas réalisé qu'il serait en danger après l'avoir aidée. Lord Grahame avait été furieux contre lui : il pouvait le faire arrêter pour avoir enlevé une héritière. Elle frémit en imaginant un duel, et Renbourne mortellement blessé.

Elle se leva, l'air déterminé. Elle devait l'aider. L'époque où elle avait été une créature de la nature, libre et insouciante, était révolue. Pour le meilleur et pour le pire, elle appartenait à nouveau au monde extérieur…

Jena lui avait trouvé des vêtements car les siens avaient été abîmés à l'asile. Meriel examina la robe bleue sans enthousiasme. Même la plus menue des servantes de Holliwell Grange était plus grande…

Elle détesta les bas épais et les souliers. Pourtant, elle les enfila à contrecœur. Bientôt elle serait obligée de se rendre dans des endroits où les pieds nus seraient mal vus.

Puis elle peignit ses cheveux et les attacha, avant de descendre rejoindre le monde des gens normaux.

Renbourne, les Ames et Kamal prenaient le petit déjeuner dans la salle à manger. Bien que Kamal fût respecté à Warfield, on le traitait là-bas comme un domestique. Dans cette maisonnée plus modeste, il était accueilli comme un invité.

Elle s'arrêta sur le seuil, intimidée. Jena se leva pour l'accueillir.

— Tu as l'air beaucoup mieux, Meriel. Nous étions justement en train de discuter de l'avenir…

Meriel choisit un muffin et un œuf à la coque, puis s'assit en face de Renbourne. Jena lui versa une tasse de thé.

— Je leur ai tout expliqué, annonça-t-il en souriant. Je leur ai dit que nous allions nous marier.

— Ce serait la meilleure solution, mais est-ce vraiment ce que vous souhaitez, lady Meriel ? demanda Ames.

Elle comprit qu'il souhaitait s'assurer qu'elle avait toute sa tête. Le moment était venu de franchir un nouvel obstacle…

— Oui, dit-elle.

— Tu parles ! s'exclama Jena, enchantée. Nous pourrons bavarder toutes les deux, c'est merveilleux !

Meriel regarda Kamal qui ne semblait guère étonné. Avait-il toujours deviné qu'elle jouait seulement à être muette ? Probablement, mais il l'avait respectée. On ne pouvait pas désirer meilleur ami.

— Il faut vite nous marier, dit Renbourne. Nous pouvons nous rendre à Londres et obtenir une dispense, ou aller en Écosse et nous marier sans attendre. D'ici, l'Écosse n'est pas plus éloignée que Londres. À mon avis, ce serait mieux.

— Un mariage à Gretna Green n'est jamais une bonne chose, protesta Jena.

— Cela ne servira qu'à renforcer l'impression que vous êtes un aventurier et lady Meriel une victime, renchérit le général. Londres serait préférable.

Dominic hésita.

— Londres est un endroit bruyant et qui sent mauvais. Quelqu'un qui a habité longtemps la campagne trouvera la ville détestable…

Ils se tournèrent vers Meriel, persuadés qu'elle ne supporterait pas la ville.

— La discussion est close, déclara soudain le général en levant une main. Je vous prête mon attelage et vous irez où bon vous semble. Je ne veux pas le savoir. Car si Grahame vient me trouver, je serai obligé de dire la vérité.

— Nous vous sommes très reconnaissants pour votre aide, mon général, le remercia Dominic d'un air grave.

— Vous avez sauvé Jena. Je ne laisserai pas une autre innocente être enfermée dans un asile… Toutefois, mon aide dépend de lady Meriel. J'aimerais vous parler après le petit déjeuner, ma chère.

Le muffin de Meriel prit brusquement un goût de poussière. Maintenant qu'elle était une personne normale, tout le monde voulait lui parler. Ils allaient tous lui donner des ordres. Elle prit son courage à deux mains.

— Très bien, répondit-elle.

Elle suivit le général Ames dans le jardin. Elle se rappelait de lui à Cambay. À l'époque, elle l'avait trouvé intimidant. Comme son oncle Grahame, il possédait une volonté de fer qui lui donnait envie de prendre ses jambes à son cou.

Ils marchèrent en silence, comme s'il devinait l'inquiétude de la jeune femme. Le jardin était joliment disposé, avec des allées qui contournaient les plantes et les buissons.

Des arbres en espalier grimpaient le long d'un mur de pierre. Le général examina quelques pêches.

— Lorsque vous êtes venue à Cambay, vous étiez une enfant intrépide sur un poney blanc. Un an plus tard, à votre retour de captivité, vous ressembliez à une poupée de cire. Quand j'ai pris ma retraite, on m'a dit que vous étiez devenue folle. Et désormais vous êtes sur le point de vous marier... Comment est-ce que toutes ces Meriel peuvent cohabiter ?

— Elles sont toutes moi.

— Vous rappelez-vous l'attaque à Alwari ?

— Pourquoi ?

— Vos parents sont morts près de Cambay, à une journée de cheval. Je ne me le suis jamais pardonné. Ils n'étaient pas loin d'un cantonnement britannique dont j'étais le commandant en chef. Je me suis senti responsable.

— Les pilleurs savaient exactement ce qu'ils faisaient. Personne n'aurait pu les arrêter.

— Nous avons mené une enquête, bien sûr. Les agresseurs étaient des bandits soutenus par l'État princier du Kanphar. Le maharaja de Kanphar permettait aux pilleurs de camper dans ses collines. En échange, ils laissaient ses gens en paix et il recevait une part du butin. Évidemment, le maharaja a tout nié, mais c'est diablement curieux que vous soyez réapparue dans son palais. Il a prétendu que vous étiez un cadeau d'un autre souverain et qu'il vous a renvoyée chez nous dès qu'il vous a vue. Est-ce vrai ?

Elle secoua la tête.

— J'ai tout de suite été emmenée au harem de Kanphar.

— Je voulais entrer de force dans le palais, mais je n'avais pas de preuves, et des raisons politiques nous ont obligés à accepter ses explications. (Furieux, il frappa la terre avec sa canne.) Un joli paquet de mensonges ! J'ai dû donner l'ordre à votre oncle Grahame de rester éloigné de Kanphar. Il était l'officier de liaison avec le palais du maharaja, mais après la mort de vos parents, il a voulu y mettre le feu. Heureusement, on l'a renvoyé en Angleterre, sinon il aurait déclenché une guerre…

Un souvenir éphémère glissa dans la mémoire de Meriel et s'éclipsa aussitôt. Puis elle se rappela ses deux oncles venant la chercher à l'hôtel à Londres. Elle avait préféré jouer avec les fleurs que Kamal lui avait achetées.

Le général longea le mur.

— Vous êtes certaine de souhaiter épouser le jeune Renbourne ?

— Vous le croyez indigne ?

— J'ai eu beaucoup de jeunes hommes sous mes ordres, et je sais les juger. Renbourne a du tempérament, le sens de l'honneur, et il vous aime. Il est bien né, mais sa fortune n'est pas comparable à la vôtre. Est-ce que cela vous dérange ?

— Pourquoi un homme riche peut-il épouser une femme pauvre sans susciter de commentaires, et non l'inverse ?

Il cueillit une pâquerette.

— Vous avez raison. On a toujours envie de protéger les jeunes orphelines sans le sou, s'amusa-t-il en lui offrant la fleur.

Elle pensait plutôt que la société trouvait normal qu'un homme soutienne sa femme, alors que la situation inverse était dérangeante.

— Renbourne veillera sur vous, poursuivit Ames d'un air embarrassé. Mais cette décision est si soudaine. Vous avez mené une vie très protégée. Une épouse a des devoirs…

— Vous me croyez incapable de les assumer ? s'étonna-t-elle.

Le visage buriné du général s'empourpra.

— Vous n'avez pas de mère. Jena pourrait vous parler...

Meriel faillit éclater de rire. Ce vieux général s'inquiétait pour son innocence virginale. Elle avait envie de lui dire qu'elle prenait un grand plaisir à son devoir conjugal, et que c'était plutôt Renbourne qu'il fallait protéger !

— Je ne suis pas aussi jeune que j'en ai l'air, général, et j'ai vécu à la campagne.

— Tant que vous comprenez ce qui vous attend... dit-il, soulagé.

Sur ce, le général obliqua pour rentrer à la maison. Meriel lui annonça qu'elle désirait encore se promener. Il lui fit promettre de ne pas trop tarder et la laissa seule.

32

Meriel suivit le sentier qui serpentait entre les buissons de fleurs. Elle dépassa un petit banc et se retrouva dans une roseraie cernée par une haie. Au centre, une fontaine en pierre représentait un jeune garçon tenant un dauphin.

Elle s'assit sur l'herbe au pied de la fontaine. Elle était déjà fatiguée d'être normale… Elle retira ses bas et ses souliers pour sentir l'herbe sous ses pieds. Ah, quel bonheur !

Elle s'allongea sur le dos et regarda deux papillons blancs qui dansèrent dans la lumière avant de s'envoler au-delà des haies. La nature avait envie de faire l'amour…

Le bruit joyeux de l'eau qui s'écoulait de la bouche du dauphin la rasséréna. Elle devait reprendre des forces, afin de ne pas se laisser dominer par le monde extérieur.

Renbourne méritait ces efforts. Elle se rappela la tendresse et la passion qui les avaient unis la veille. Maintenant qu'elle avait découvert la complicité avec un être humain, elle ne voulait plus l'abandonner. C'était seulement dommage qu'ils soient obligés de se marier pour être ensemble.

Elle allait repartir vers la maison, quand elle entendit des voix. Elle reconnut Jena et Kamal.

— C'est une magnifique journée, disait Jena. Asseyons-nous sur le banc.

Ils s'installèrent sur le petit banc en bois. Meriel les observa par une ouverture dans la haie. Ils se tenaient à distance respectable l'un de l'autre. Toutefois, elle devinait une certaine tension entre eux...

Si elle avait été une vraie lady, elle leur aurait fait signe. Mais elle se contenta de jouer avec la pâquerette que lui avait offerte le général.

— Depuis mon séjour à l'asile, je ne prends plus rien pour argent comptant, déclara Jena en offrant son visage au soleil. Tout est précieux. L'air frais, le soleil, la liberté d'aller et venir...

— Vous n'auriez pas apprécié un harem, s'amusa Kamal. Les femmes y avaient du soleil et du confort, mais peu de liberté.

— J'ai visité des harems en Inde. J'y deviendrais folle... Vous êtes un homme éduqué, reprit-elle après une pause. Vous auriez sûrement pu occuper un poste important dans votre pays. Pourquoi avez-vous accepté de quitter les Indes pour l'étranger ?

— J'avais atteint un poste de responsabilité, expliqua Kamal. Ce qui signifiait que je devais admettre la guerre. Puis j'ai accompagné lady Meriel jusqu'à Cambay, et l'on m'a demandé de l'escorter en Angleterre. J'ai compris que le destin m'offrait la possibilité de mener une vie de paix. Et de pénitence, ajouta-t-il dans un murmure.

Fascinée, Meriel observait son profil. Comment avait-elle pu l'ignorer ? Elle ne lui avait jamais posé de questions, car Kamal avait été partie intégrante de sa vie. Autant questionner la pluie ou le vent.

— Est-ce que vous regrettez d'être venu en Angleterre ? demanda Jena.

— Il n'y a rien de plus paisible qu'un jardin. J'ai fait le bon choix.

— J'en suis heureuse pour vous. Savez-vous que ma mère était hindoue ? Je suis aussi anglaise qu'indienne.

— Je m'étais posé la question. Jena est un nom hindou, et votre héritage se lit sur vos traits.

— Je crois que mon sang mêlé explique en partie pourquoi mon mari m'a maltraitée. Morton ignorait que j'étais moitié indienne lorsque nous nous sommes mariés. Je ne lui avais pas menti... mais je ne pensais pas que cela fût important. Quand il l'a appris, il m'a traitée comme une moins que rien et, pour couronner le tout, je l'ai défié ! Ensuite, il m'a condamnée à l'asile.

— Je suis désolé, dit doucement Kamal. Le monde est souvent cruel.

La jeune femme repoussa ses cheveux d'une main tremblante.

— Je suis enfin libre. Je ne commettrai plus la même erreur.

— Les erreurs permettent de se fortifier.

— Dans ce cas, je devrais pouvoir soulever des montagnes ! répliqua-t-elle en riant.

— Je vous crois capable de beaucoup de choses...

Leurs regards se croisèrent.

— Pardonnez-moi d'être indiscrète, Kamal, mais on dit que vous êtes un eunuque... Or, d'après ce que je sais, vous ne ressemblez pas à...

Aucune femme n'aurait posé cette question sans une raison valable. Meriel retint son souffle.

Kamal eut un sourire amusé.

— Mme Madison, le chaperon de ma petite maîtresse, était persuadée que j'étais un gardien du harem. Comme je pensais qu'on accepterait mieux un eunuque comme protecteur d'une petite fille, je ne l'ai pas détrompée.

Jena éclata de rire.

— Ça a marché ! Je crois que vous avez permis de sauver Meriel.

— Je l'espère. Elle m'est aussi chère que si elle était mon enfant.

L'évocation d'un enfant les rendit silencieux. Jena et Kamal s'examinaient à la dérobée. Puis, avec hésitation, elle posa sa main sur la sienne. Il la saisit et la serra sans rien dire, mais il y avait toute la tendresse et la promesse du monde dans son geste.

Stupéfaite, Meriel retourna s'asseoir sur l'herbe. Jena et Kamal ? À ses yeux, Kamal était un ami doux et patient, presque paternel. Cependant, il était aussi un homme jeune et séduisant. Pour Jena, qui était à moitié indienne, il n'était même pas un étranger.

Avant sa rencontre avec Renbourne, Meriel aurait été jalouse que Kamal s'intéresse à quelqu'un d'autre, mais sa vie avait changé et elle avait moins besoin de lui. Elle avait découvert une intimité plus profonde avec Dominic. Si Kamal désirait éprouver la même chose pour une femme, n'avait-il pas le droit d'y goûter ?

Quand le mariage de Jena serait annulé, elle serait libre de se remarier. Son père, ayant épousé lui-même une Indienne, ne verrait sûrement aucun inconvénient à ce qu'elle épouse Kamal. On jaserait dans le Shropshire !

Meriel songea que si elle devenait un membre à part entière de la haute société, elle détiendrait le pouvoir de faire accepter ce couple original.

Soudain, elle comprit pourquoi Renbourne la désirait comme épouse et non seulement comme maîtresse. Ce serait une déclaration adressée au monde, afin de montrer qu'ils s'appartenaient.

— Il est temps de trouver milady et de la ramener à la maison, dit soudain la voix grave de Kamal.

— Le jardin n'est pas bien grand, je me demande où elle est passée, s'inquiéta Jena. Seigneur, vous ne pensez pas qu'elle est près de la fontaine !

Meriel entendit qu'ils se levaient, et son cœur fit un bond dans sa poitrine. Même des amis chers seraient mécontents d'avoir été épiés. Mais où s'enfuir ?

Elle eut juste le temps de rouler sur le côté et de fermer les yeux, forçant sa respiration à se calmer.

— Elle dort, dit Kamal.

— C'est sûrement encore les effets du laudanum. Elle a l'air fatiguée.

Ils étaient si attentionnés que Meriel s'en voulut de les avoir écoutés.

— Inutile de la réveiller, déclara Kamal en la soulevant dans ses bras, comme il l'avait souvent fait quand elle était enfant.

Elle feignit de se réveiller et lui glissa la pâquerette dans la barbe. Puis elle se pelotonna contre son épaule et se laissa porter vers la maison.

Tristement, elle songea qu'il ne la porterait peut-être plus jamais. Il avait été son roc et son refuge, mais tous deux découvraient une nouvelle vie et leur relation allait changer.

Décidément, le changement était douloureux !

Pendant la promenade de Meriel, il avait été décidé que Kamal retournerait à Warfield pour rassurer les deux dames, tandis qu'un messager apporterait la bonne nouvelle aux Amworth.

Par ailleurs, quelques vêtements avaient été rassemblés pour la future mariée.

33

Entraîné par des vents favorables, le navire de Kyle voguait rapidement vers l'Angleterre. Il serait à la maison plus tôt que prévu.

Constancia avait été enterrée dans un paisible cimetière, sous un oranger dont les pétales viendraient décorer sa tombe. Les palombes avaient roucoulé dans le clocher de l'église, tandis que le cercueil était descendu en terre. Teresa avait sangloté, mais Kyle était demeuré stoïque. Il avait déjà pleuré toutes les larmes de son corps.

Teresa avait choisi de rester en Espagne et de retourner dans sa ville natale. Kyle lui avait donné une bourse remplie de pièces d'or qui lui permettrait de faire un joli mariage. Puis, plus solitaire que jamais, il avait embarqué pour l'Angleterre.

Sur le bateau, il passait son temps accoudé à la rambarde, regardant voler les mouettes. Reviendrait-il un jour en Espagne ? Le pays lui avait plu, mais les souvenirs seraient probablement trop douloureux.

Il se sentait triste, bien sûr, et surtout très vide. Il avait l'impression de pouvoir être emporté par le vent comme une bulle de savon.

La pensée de lady Meriel Grahame le réconfortait. Elle ne remplacerait jamais Constancia, mais elle avait besoin d'un mari qui la protégerait et administrerait sa fortune. Il ferait de son mieux pour s'occuper d'elle. Pourvu que Dominic ait bien joué son rôle! Son frère avait dû se montrer à la hauteur, car il souhaitait la réussite du projet autant que lui.

Une mouette cria, à quelques mètres. Kyle jeta les morceaux de pain qu'il avait remontés de son petit déjeuner. Les oiseaux les attrapèrent au vol.

Il avait décidé de ne pas évoquer son mariage, une fois rentré au pays. Non qu'il eût honte de son amour pour Constancia, mais il ne supporterait pas qu'on se moque de cette union avec une courtisane plus âgée. Les blagues de mauvais goût seraient indignes de la mémoire de Constancia.

Aux yeux du monde, lady Meriel serait la première et l'unique lady Maxwell.

34

Lorsqu'ils atteignirent la capitale, Dominic regretta que Meriel eût insisté pour venir à Londres. Elle avait mal supporté le voyage, car elle détestait être enfermée toute la journée dans un attelage.

Londres se révéla bien pire que l'Écosse. Les relents désagréables et le bruit infernal agressèrent Dominic, comme toujours après un séjour à la campagne. En pénétrant dans les faubourgs, Meriel s'était recroquevillée dans un coin, comme si elle ne voulait pas qu'on la touche. Quoique la situation fût meilleure à Mayfair, un quartier plus aéré et élégant, Londres demeurait un endroit harassant pour la jeune femme.

Il redoutait que Meriel ne cède sous les pressions diverses qu'elle endurait depuis peu. Dans ce cas, elle risquait de se réfugier dans un monde intérieur où personne ne pourrait plus l'atteindre.

Il avait longuement hésité avant de décider où descendre à Londres, sachant qu'une jeune femme ne pouvait pas habiter dans son appartement de célibataire. Puis, en voyant Hyde Park, il eut une idée.

— Nous allons nous rendre chez mes amis lord et lady Kimball. Je ne crois pas qu'ils soient déjà partis pour la campagne.

— Ce sont des gens mondains ? demanda Meriel.

— Ils sont peintres tous les deux, et tolérants comme le sont les artistes. Je crois que vous aimerez leur maison. Ils ont même un beau jardin.

Elle se détendit quelque peu.

— Pourquoi fréquentez-vous des peintres ?

— Rebecca est une artiste reconnue. Un jour, l'une de mes amies, qui posait pour un portrait, m'a demandé de l'accompagner. Les deux femmes se sont mises à discuter et j'en ai profité pour me promener dans cette étonnante maison. C'est alors que j'ai rencontré Kenneth. Il était militaire de carrière. Ses tableaux de batailles sont célèbres.

Dominic se rappela qu'il était entré dans l'atelier de Kenneth, où il avait découvert une toile presque terminée, posée sur un chevalet. Ce jour-là, il avait compris la puissance de l'art.

— Il peignait une scène de Waterloo, et nous avons commencé à parler. Nous y avions combattu tous les deux. Il avait un grade élevé dans l'armée, et il avait commandé des jeunes gens comme moi. Il comprenait parfaitement mes émotions… Kenneth et Rebecca m'ont adopté comme un petit frère. Voilà des années que je suis accueilli chez eux comme si c'était chez moi. Ils ne seront pas étonnés de nous voir.

Meriel hocha lentement la tête.

— Ils semblent… gentils.

La voiture s'arrêta devant la maison.

— Cette demeure appartenait au père de Rebecca, sir Anthony Seaton, le président de l'Académie royale. Avez-vous entendu parler de lui ?

Meriel hocha la tête. Sir Anthony, un homme charmant mais plutôt vaniteux, serait flatté d'apprendre que même une jeune recluse connaissait son nom.

— Lorsque Kenneth et Rebecca se sont mariés, sir Anthony leur a donné cette maison et a emménagé dans une maison voisine. Ils ont pratiqué une ouverture dans le mur, et les deux familles entrent et sortent comme cela leur chante.

Meriel descendit de l'attelage derrière lui. Elle portait des chaussures, mais pas de bas. Le visage blême, habillée en servante, fragile comme le cristal, elle semblait incongrue dans cette rue élégante.

Alors qu'ils venaient de pénétrer dans le vestibule, un petit garçon se précipita vers eux.

— Oncle Dominic !

Avec un sourire, Dominic souleva l'enfant de cinq ans.

— Tu devrais dire bonjour avant d'attaquer, remarqua-t-il en riant. Puis-je vous présenter l'honorable Michael Seaton Wilding ? dit-il à Meriel, ajoutant pour l'enfant qu'il reposa au sol : Veux-tu présenter tes respects à lady Meriel Grahame, qui m'a fait l'honneur d'accepter de devenir mon épouse ?

Tandis que le petit garçon s'inclinait, une voix déclara d'un ton agacé :

— Oncle Dominic, tu n'as pas attendu que je grandisse…

Il leva les yeux. Une petite fille rousse de huit ans descendait l'escalier, vêtue d'une blouse couverte de peinture.

— Je suis désolé, Antonia, s'excusa-t-il. Mais je craignais de souffrir pendant dix ans, puis que tu ne me brises le cœur en refusant de m'épouser.

— Cela aurait été possible, admit l'enfant en faisant une révérence. Bienvenue, lady Meriel.

Rebecca Wilding vint les rejoindre, sa blouse de peintre aussi tachée que celle de sa fille.

— Dominic, quelle joie de te voir ! Ai-je cru entendre parler d'une future épouse ?

Elle écarquilla les yeux en découvrant Meriel, son œil d'artiste appréciant cette beauté rare et insolite.

Enfin, le dernier habitant de la maisonnée descendit à son tour. C'était un homme corpulent, qui dégageait une faible odeur de térébenthine.

— Quelle agitation ! s'exclama Kenneth. Ai-je manqué quelque chose ?

Ils firent les présentations, un chien et deux chats vinrent les rejoindre. Toute cette frénésie fit tourner la tête à Meriel, qui se sentit sur le point de s'évanouir.

— Lady Kimball, pourrais-je visiter votre jardin ? demanda-t-elle. Cette histoire sera plus facile à expliquer en mon absence.

— Antonia, emmène lady Meriel au jardin, puis laisse-la tranquille, ordonna Rebecca. Michael, retourne terminer tes devoirs.

Meriel et Antonia furent suivies par le chien et l'un des chats.

Lorsque les adultes furent seuls, Kenneth proposa d'aller au salon.

— Promettez-moi de n'en parler à personne, pas même à sir Anthony, déclara Dominic, avant de tout leur raconter. Je sais que c'est beaucoup demander, mais pourrions-nous rester deux jours chez vous, le temps de tout arranger pour le mariage ?

— Évidemment, répondit Kenneth en fronçant les sourcils. Es-tu sûr de toi ?

— La situation n'est pas idéale, je le sais bien, soupira Dominic. Mais je suis certain de vouloir l'épouser, et je ne laisserai pas son oncle l'enfermer dans un asile.

Rebecca et Kenneth se regardèrent d'un air entendu.

— Vous allez vous marier ici, décréta-t-il. Un mariage dans la maison d'un lord paraît toujours respectable, et vous avez besoin de tout le décorum possible.

— C'est très gentil, dit Dominic, stupéfait. Mais si lord Grahame m'accuse d'être un séducteur sans scrupules, vous serez mêlé à un scandale…

— Voilà trop longtemps que nous nous ennuyons, s'amusa Rebecca. La cérémonie aura lieu après-demain.

— Il ne faudra pas être trop nombreux. Meriel est déjà très tendue.

— Bien sûr, répliqua-t-elle avec un sourire. Cependant, même s'il n'y a que nous et les enfants, un mariage est un moment essentiel. Il faut une belle cérémonie.

— Tu as raison, Rebecca, acquiesça Dominic. Meriel a été privée de beaucoup de choses dans sa vie. Elle mérite d'être une mariée heureuse.

Il songea qu'il devait faire publier les bans, trouver un pasteur, passer chercher ses propres vêtements. Il ne pouvait se marier dans les habits de Kyle.

Rebecca s'approcha de la fenêtre qui ouvrait sur le jardin.

— Penses-tu que lady Meriel me laisserait faire son portrait ?

Dans le charmant jardin, la jeune femme était assise sur un banc, adossée à un arbre. Elle avait les yeux fermés. Le chien était à ses pieds et le chat sur ses genoux. Dominic fut soulagé de voir qu'elle avait repris des couleurs.

— Elle serait peut-être d'accord, mais pas cette fois. Elle a déjà du mal à supporter la ville.

— Nous risquons de tirer au sort pour l'avoir comme modèle, s'amusa Kenneth. Elle a une présence irrésistible.

— Crois-tu que je puisse aller lui parler, Dominic ? demanda Rebecca.

— Si elle ne veut pas, elle te le fera comprendre. La seule personne qu'elle ait mordue, pour le moment, c'est mon père.

Rebecca éclata de rire et retira sa blouse de peintre.

— J'ai l'impression que je vais bien m'entendre avec lady Meriel, dit-elle en quittant la pièce.

Dominic se mit à discuter des détails du mariage avec Kenneth. Il avait été bien inspiré de se réfugier chez ses amis. Grahame ne songerait jamais à les chercher ici.

Encore deux jours, et ils seraient mari et femme. Meriel serait enfin sauvée. Et elle serait à lui.

Les bruits de la ville créaient un brouhaha constant, et Meriel ne s'aperçut pas qu'elle n'était plus seule.

— Puis-je m'asseoir à côté de vous ? demanda une voix féminine.

Gênée d'être aussi craintive, Meriel essaya de se ressaisir. Heureusement, la présence des animaux la rassurait. Ouvrant les yeux, elle vit que l'aura de lady Kimball était opalescente et multicolore.

— Bien sûr, lady Kimball. Pardonnez-moi de m'être réfugiée dans le jardin.

— Londres est impressionnant pour quelqu'un de la campagne…

Rebecca avait une trentaine d'années, des cheveux acajou et un air serein.

— Horatio semble vous apprécier, reprit-elle en regardant le chien. Tout comme Gray Ghost, le chat sur vos genoux.

— J'aime les animaux, avoua Meriel en caressant le chat.

Elle se demanda si elle manquait à Roxana et à Ginger. Avec un peu de chance, elle serait revenue à la maison avant la fin de la semaine. Mais auparavant, elle devait apprendre à être forte.

— Si vous n'y voyez pas d'inconvénient, vous pourrez vous marier ici, après-demain.

— Ce serait parfait, lady Kimball, dit Meriel, soulagée.

— Appelez-moi Rebecca. Plus jeune, j'ai été mêlée à un scandale, et j'ai vécu en recluse dans cette maison pendant des années. J'ai eu beaucoup de mal à en émerger pour retrouver la société.

— Comment avez-vous fait ?

— Kenneth a dû me traîner à mon premier bal. Je me suis débattue comme une furie.

— Je comprends pourquoi Dominic et lui sont amis...

— Ils partagent la même franchise, acquiesça Rebecca. Au début, j'ai beaucoup souffert. Les gens murmuraient dans mon dos. J'ai même été insultée. Mais les amis de Kenneth m'ont tout de suite acceptée et, finalement, j'ai été heureuse de retrouver le monde. Mon atelier était sécurisant, pourtant il finissait par devenir ennuyeux.

— Je crains que mon chemin vers le monde extérieur ne soit plus difficile que le vôtre, soupira Meriel.

— Certainement, mais avec de la détermination et le compagnon adéquat, tout chemin est possible. Dominic est un bon choix. À part Kenneth, je ne connais pas d'homme plus gentil et tolérant.

Rebecca avait raison. Dominic avait eu la patience et la compréhension d'un saint – presque trop pour une fille païenne comme elle.

— J'aimerais vous offrir une robe pour votre mariage. Nous avons environ la même taille, et je crois avoir quelque chose qui vous plaira.

— Merci beaucoup.

Meriel eut les larmes aux yeux. Les derniers jours l'avaient rendue vulnérable.

— Vous êtes très aimable envers une folle, Rebecca, murmura-t-elle.

— Vous êtes plus raisonnable que la plupart des artistes que je connais ! Restez ici autant qu'il vous plaira. Plus tard, je vous montrerai votre chambre. Elle donne sur le jardin.

Rebecca se leva.

— Merci, répéta Meriel, regrettant de ne pas être plus bavarde.

Puis elle se surprit à toucher la main de la jeune femme :

— Je suis heureuse que Dominic m'ait amenée ici...

— J'espère que nous nous verrons souvent. Dominic est comme un membre de la famille, ce qui veut dire que vous le serez aussi.

Rebecca remarqua alors les traces du *mehndi* sur le poignet de Meriel.

— Qu'est-ce que c'est ?

— Un *mehndi*. Ce sont des dessins au henné. On en trouve beaucoup en Inde.

— Comme c'est fascinant ! s'exclama Rebecca en se rasseyant. Est-ce qu'ils ont un sens particulier ? Peut-on trouver du henné à Londres ?

Avec un sourire, Meriel se mit à répondre aux questions qui fusaient. Elle était heureuse de pouvoir rendre un peu de ce qu'elle recevait.

35

Dominic fut soulagé de voir que Meriel semblait remise de ses émotions, lorsqu'elle quitta le jardin. Cependant, elle était encore fatiguée et demanda de prendre son dîner dans sa chambre.

Fatigué lui aussi, il décida de se retirer tout de suite après le repas. Avant de rejoindre sa propre chambre, il frappa à la porte de Meriel.

Elle était assise près de la fenêtre, les bras autour de ses genoux, regardant le crépuscule. Le chat gris terminait les reliefs du repas.

— J'espère que vous avez mangé quelque chose, dit-il en déposant un baiser sur sa tête, avant de s'asseoir.

— Gray Ghost et moi avons conclu un pacte. J'ai eu la première moitié du repas, et lui la seconde.

— Vous vous sentez mieux ?

Elle hocha la tête, contemplant le jardin et les toits de Mayfair.

— Ma vie a tellement changé que je me demande parfois si je rêve.

— Regrettez-vous ces changements ?

Elle demeura silencieuse un long moment avant de répondre :

— Non. Mais j'étais heureuse avant votre arrivée, puisque j'ignorais ce qui me manquait... Aurais-je mieux fait de rester dans l'ignorance ? Je ne sais pas.

Il se sentit légèrement heurté. Il appréciait sa franchise; toutefois, il regrettait qu'elle ne fût pas convaincue d'être heureuse avec lui.

— Les changements seraient survenus tôt ou tard, précisa-t-il, sur la défensive. Lord Amworth était le seul obstacle entre vous et l'asile. Or, il est plus âgé et en moins bonne santé que lord Grahame.

— Alors Warfield n'était peut-être qu'un rêve heureux…

— Êtes-vous malheureuse, maintenant ?

— J'ai l'impression d'être… suspendue, fit-elle avec un frisson.

Il la prit sur ses genoux et elle posa la tête sur son épaule. Tandis que la lumière disparaissait, il lui caressa le dos, rassuré par son parfum et sa chaleur.

— On peut encore annuler le mariage, Meriel. Nous trouverons un autre moyen pour vous tenir éloignée de votre oncle. Les parents de Rebecca sont sur le point de partir à la campagne. Vous pourriez vous joindre à eux. C'est un endroit plutôt sauvage. Il devrait vous plaire.

Son corps mince se raidit, et elle resta si longtemps silencieuse qu'il pensa qu'elle allait accepter cette proposition.

— Est-ce que vous ne voulez plus de moi parce que je serai une épouse inepte ? s'enquit-elle d'une toute petite voix.

— Bien sûr que non ! Qui vous a donné cette idée ?

— Je vous ai créé beaucoup d'ennuis. Maintenant que nous sommes à Londres, vous voyez bien que je ne serai jamais « normale ». D'après les règles de la société, un homme qui demande une femme en mariage ne peut pas revenir sur sa parole : seules les dames ont ce privilège. C'est une règle absurde. Je vous délivre de vos obligations. Vous souhaitiez me sauver, et vous y êtes parvenu. Vous n'avez plus à vous comporter en gentleman.

Le cœur de Dominic se mit à battre la chamade.

— Je ne vous désire pas par devoir mais par amour, Meriel. Je veux seulement m'assurer que vous m'épousez de votre plein gré.

Elle semblait incrédule. Horrifié à l'idée qu'ils soient sur le point de se séparer, il l'embrassa avec ferveur, pour dissiper ses doutes. Un instant surprise, elle ouvrit les lèvres et lui répondit avec passion.

Ils n'avaient pas fait l'amour depuis la nuit où elle avait été sauvée de l'asile. Durant le voyage, ils avaient occupé deux chambres séparées, afin de respecter les convenances. Mais la passion était réparatrice : c'était une manière de renouer avec la complicité du début. Sous ses baisers, il sentait qu'elle revenait à la vie…

Il glissa les mains sous sa robe. Elle écarta les genoux pour qu'il pût toucher la peau satinée à l'intérieur de ses cuisses. Lorsqu'il effleura les pétales humides de son intimité, elle retint son souffle. Elle se mit à onduler sous la caresse.

Brusquement, il se leva et la déposa sur le lit.

Oubliant toute mesure, il déboutonna son pantalon, écarta la jupe et les dessous de Meriel afin de la pénétrer. Elle l'accueillit avec ardeur, l'enserrant entre ses jambes et ses bras.

Ils firent l'amour de manière presque brutale, le sang bouillonnant dans leurs veines. Quand il sentit qu'elle jouissait, il posa ses lèvres sur les siennes pour l'empêcher de crier. À son tour, il connut l'extase, puis s'apaisa, tremblant, s'étonnant de cette folie furieuse qui s'était emparée d'eux.

Il roula sur le côté.

— Est-ce que vous doutez encore de mon désir ? dit-il, le souffle court.

— Non, Dominic, répondit-elle en riant et en lui caressant la joue.

Il comprit qu'elle avait eu besoin d'exercer son pouvoir sensuel sur lui. Sous ses airs fragiles se cachait une véritable force. Pendant des années, elle avait été maîtresse de sa vie à Warfield, mais ces derniers temps, des puissances incontrôlables l'avaient chahutée et elle cherchait de nouveaux repères. Elle avait besoin de se rassurer, en se prouvant qu'elle n'était pas une malheureuse victime. Tendrement, il déposa un baiser sur son front.

Ils ne parlèrent plus d'annuler le mariage.

La matinée débuta sous de bons auspices, avec une visite chez le notaire des Kimball, car Dominic voulait éviter celui qui avait révélé les projets d'Amworth à Grahame. Carlton, un homme intelligent au regard avisé, promit de rédiger les documents qui permettraient à Meriel de contrôler sa fortune. Ils seraient prêts dans l'après-midi.

Puis Dominic obtint facilement une dérogation de l'Église, et le vicaire de la paroisse locale accepta de conduire la cérémonie.

Lorsqu'il passa chez lui, il fut heureux de retrouver son valet, Clément, qui venait de rentrer de chez sa mère désormais guérie.

Il lui expliqua les événements des dernières semaines. Clément était autant un ami qu'un serviteur. Le valet prépara un bagage pour son maître et lui souhaita un bon mariage. Dominic ne l'invita pas à la cérémonie, afin que Meriel n'eût pas à affronter un autre inconnu. Le valet les rejoindrait plus tard…

À son retour à Kimball House, il découvrit que Meriel était désormais très appréciée par la maisonnée. Elle avait joué avec les enfants, tenu compagnie à Rebecca dans son atelier, puis composé un bouquet de fleurs du jardin et de mauvaises herbes dans un vieux pot taché de peinture. Rebecca déclara que la jeune femme avait l'œil d'une artiste.

Plus tard dans l'après-midi, Carlton apporta les documents pour le mariage. Kenneth fut présent lors de l'entretien, car Dominic souhaitait éviter qu'on l'accuse d'avoir profité de Meriel.

Confrontée aux trois hommes, celle-ci affichait un air détaché et ennuyé. Dominic espéra qu'elle réalisait l'importance de l'événement.

Puis, quand Carlton eut fini son exposé, elle parcourut rapidement le document… avant de le déchirer en mille morceaux.

— Conservez les clauses au sujet des enfants, dit-elle au notaire. Quant au reste, je veux que vous rédigiez un nouveau texte. Renbourne et moi partagerons à égalité la responsabilité de Warfield, et nous aurons tous deux accès à mon argent. En revanche, aucun des deux ne pourra vendre une partie des terres ou des investissements sans l'accord de l'autre.

Carlton sembla effaré.

— C'est un arrangement plutôt radical…

— Mais pas illégal ? demanda Meriel, arquant un sourcil.

— Pas s'il est rédigé en respectant la loi.

— Dans ce cas, faites-le, ordonna-t-elle en se levant.

Dans la jolie robe bleue de Rebecca, elle avait tout d'une aristocrate.

— Si je meurs avant mon mari, il hérite de toute ma fortune. Si nous mourons tous deux sans enfant, ma fortune retourne d'où elle vient : la maison et ses terres à ma famille maternelle, l'argent à ma famille paternelle.

— Mais… vous vouliez éviter que je puisse avoir accès à votre fortune, bafouilla Dominic.

— C'était votre idée, pas la mienne. J'ai dit que je préférais être votre maîtresse plutôt que votre épouse, mais je n'ai jamais douté de votre honnêteté. Messieurs ! conclut-elle en inclinant la tête.

Puis elle quitta la pièce, la tête haute, sa natte oscillant dans son dos.

Dominic, choqué, avisa Kenneth qui riait sous cape. Carlton retira ses lunettes cerclées d'or et les essuya avec un mouchoir.

— Une jeune femme remarquable, monsieur Renbourne... Elle sait ce qu'elle veut. Ses exigences sont inattendues, mais elles ne sont pas déraisonnables.

— Tu épouses une sylphide en acier, Dom, renchérit Kenneth. On voit que le sang des conquérants normands coule dans ses veines...

Il prit un crayon et se mit à dessiner sur un morceau de papier du document déchiré :

— Voilà comment il faut la peindre, en châtelaine normande debout sur ses remparts, défendant ses gens pendant l'absence de son mari. Fragile mais indomptable, elle brandit une épée pour rameuter ses soldats...

Dominic leva les yeux au ciel. Même si Meriel l'avait fait passer pour un imbécile aux yeux des deux hommes, sa réaction lui avait procuré un immense plaisir. Elle voulait qu'ils soient des partenaires. C'était exactement ce qu'il souhaitait.

C'était une preuve de confiance... Un jour, elle apprendrait aussi à l'aimer.

36

En retrouvant Londres, Kyle éprouva un étrange sentiment d'irréel. Rien n'avait changé, et pourtant il avait l'impression de s'être absenté des années et d'être profondément différent.

Il décida tout d'abord d'aller chez son frère. Avec un peu de chance, Dominic aurait terminé sa mission à Warfield et aurait regagné la capitale. Il raconterait son séjour à Kyle qui prendrait sa place. Le mariage serait célébré dans les jours à venir, avant le retour en Angleterre de lord Grahame.

Si Dominic était encore à Warfield, son valet Clément aurait sûrement de ses nouvelles. Il lui faudrait alors prévenir Dominic qu'il quitte Warfield sans attendre, patienter quelques jours puis s'y rendre à sa place.

Lorsqu'il frappa à la porte, il entendit un bruit de pas. Heureusement, il y avait quelqu'un !

Clément ouvrit la porte. Il sembla étonné.

— Avez-vous oublié quelque chose, monsieur ? Si vous ne vous dépêchez pas, vous serez en retard à votre propre mariage…

Kyle se crispa, pressentant un désastre.

— Quel mariage ?

— Seigneur Dieu, lord Maxwell ! s'exclama Clément, le visage blême.

— Qui épouse-t-il ? insista Kyle en pénétrant de force dans l'appartement.

— Je me suis mal exprimé, milord. Vous m'avez surpris...

Furieux, Kyle serra les poings.

— Il épouse lady Meriel Grahame, n'est-ce pas ?... N'est-ce pas !

Le visage de Clément suffit à l'en convaincre. Bouleversé, Kyle se demanda comment Dominic avait pu commettre une trahison pareille.

Son frère l'avait toujours jalousé parce qu'il était l'héritier. Il souffrait de ne pas posséder de propriété ni de revenus. En épousant la folle, son avenir serait assuré. Au lieu de devoir se contenter d'un modeste domaine, il détiendrait une fortune équivalente à celle de Wrexham. C'était tellement évident !

Kyle ne pouvait s'en prendre qu'à lui-même. Il avait été assez stupide pour lui faire confiance.

— Où et quand ? interrogea-t-il d'un ton autoritaire.

Le valet secoua la tête, refusant de répondre. La colère qui couvait en Kyle depuis la maladie de Constancia explosa. Il projeta le mince Clément contre le mur et l'empoigna par le cou.

— Dites-le-moi ! Où est-ce que Dominic l'épouse ?

— À Kimball House, mais c'est inutile d'essayer d'empêcher la cérémonie, bafouilla le valet effrayé. Elle sera terminée avant que vous n'arriviez...

Avec un juron, Kyle relâcha le domestique et tourna les talons. S'il ne pouvait empêcher la cérémonie, il pourrait tordre le cou à son frère !

Rebecca avait eu raison de faire des efforts pour le mariage. Vêtue d'une robe en soie ivoire, ses superbes cheveux lâchés sous un voile blanc retenu par des fleurs fraîches, Meriel était si belle que le cœur de Dominic se serra. Elle entra dans le salon en portant un bouquet de roses et de lierre. Sous l'ourlet, on devinait ses ravissants pieds nus.

Décorée de fleurs, la pièce embaumait. Rebecca et Kenneth étaient les témoins. Leurs enfants et les parents de Rebecca étaient les seuls invités. Grâce à eux, Meriel et Dominic se souviendraient toujours de leur mariage comme d'un moment unique.

Avec une pensée attristée pour son frère, Dominic prit la main de Meriel et se tourna vers le pasteur. L'homme d'Église leur adressa un gentil sourire, ainsi qu'à Gray Ghost qui observait l'assemblée en ronronnant.

— Mes chers amis, nous sommes réunis ici en présence de Dieu…

Les paroles familières rassurèrent Dominic. Meriel et lui étaient faits l'un pour l'autre. Lorsqu'elle prononça ses vœux d'une voix douce et limpide, il eut du mal à se souvenir de la fille sauvage qui avait fui à son approche.

Quand le vicaire lui demanda la bague, Dominic connut un moment d'angoisse. Il avait acheté une bague la veille, n'est-ce pas ? Où l'avait-il rangée ? Le regard malicieux, Kenneth la lui tendit et il poussa un soupir soulagé.

Il avait toujours pensé que son frère serait témoin à son mariage…

Il glissa la bague au doigt de Meriel. Elle le contempla de ses yeux verts, lumineux. Son exquise petite païenne, butée et féerique, mystérieuse et magique… Il adressa une prière au Ciel pour être toujours digne d'elle.

La fin de la cérémonie se déroula comme dans un rêve, puis le vicaire proclama :

— Je vous déclare mari et femme.

Et il les bénit.

Dominic embrassa la mariée, et leurs amis les entourèrent en riant. Il était fou de bonheur. Désormais, Meriel était à lui. Il pouvait l'aimer, l'honorer et la protéger. Ensemble, ils affronteraient l'avenir...

Brusquement, les portes s'ouvrirent avec fracas et Kyle se rua dans le salon, les cheveux en désordre, le visage sombre. Les regards des deux frères se croisèrent.

— Espèce de salaud ! cria Kyle.

Abasourdis, tous pivotèrent. Pour quelqu'un qui n'avait jamais vu les jumeaux ensemble, la ressemblance donnait le frisson.

Dominic s'avança.

— Ce n'est pas ce que tu penses...

Kyle décocha un coup de poing rageur dans la mâchoire de son frère. Dominic ne chercha même pas à l'esquiver. Il accueillit la douleur, regrettant qu'elle ne pût effacer son sentiment de culpabilité.

— Ça suffit !

Kenneth saisit le bras de Kyle et le tordit dans son dos en ordonnant :

— Laissez Dominic s'expliquer.

Kyle se débattit, mais la douleur dans son épaule l'immobilisa.

— Qu'y a-t-il à expliquer ? gronda-t-il d'un ton amer. Tu m'as toujours méprisé d'avoir commis le crime d'être né le premier, et maintenant tu t'es vengé. Va au diable !

Dominic était consterné par son désarroi.

— Je suis désolé, Kyle. Il n'y avait pas d'autre solution pour sauver Meriel.

— Maudit hypocrite ! cria Kyle en essayant de se libérer de la main de fer qui le retenait.

— Je vous interdis de parler en ces termes devant ma femme et mes enfants, intervint Kenneth. Adoptez un langage décent, ou sortez de ma maison !

Tendu comme un arc, Kyle cessa de s'agiter.

— Je ne pensais pas que tu tomberais si bas, Dominic, dit-il d'une voix tremblante. J'espérais une réconciliation, alors que tu me trahissais sans vergogne... (Il esquissa une moue ironique.) Non seulement tu as eu le plaisir de séduire ma fiancée, mais en plus tu as obtenu la fortune que tu avais toujours convoitée. J'ai été assez bête pour te faire confiance, parce que tu étais mon frère !

— Je te jure que je n'avais pas l'intention de te nuire, répliqua Dominic, sachant que ce n'était pas le moment d'expliquer à Kyle qu'il aimait Meriel et devait la protéger.

Son frère était si furieux qu'il ne voyait que la trahison. Il prendrait toutes les explications pour de lâches excuses.

Meriel s'approcha de Dominic et lui prit le bras.

— Vous commettez une erreur, lord Maxwell. De toute façon, je ne vous aurais jamais épousé. Vous avez tort d'accuser Dominic de vous avoir dérobé votre fiancée.

Pour la première fois, Kyle la regarda. Il sembla surpris, comme s'il ne reconnaissait pas la jeune fille qu'il avait prévu d'épouser. Puis il se concentra à nouveau sur son frère. Il ne s'intéressait pas à Meriel. C'était Dominic qui avait commis le crime impardonnable.

— Je suis désolé, Kyle, répéta celui-ci.

— Il est temps que vous partiez, lord Maxwell, dit Rebecca froidement. Je vous suggère de vous calmer, avant d'en reparler avec votre frère.

Kenneth lâcha le bras de Kyle et l'escorta jusqu'à la porte d'entrée. Il s'en alla sans rien ajouter.

Dominic devait faire quelque chose pour rompre le silence embarrassé qui régnait dans le salon. Il était responsable de ce désastre. Toutefois, il se sentait tétanisé par la détresse, et celle de son frère qu'il ressentait aussi intensément – d'autant plus que Kyle avait eu l'intention de se réconcilier avec lui...

Meriel le guida vers un fauteuil et le força à s'asseoir. Puis elle demanda aux autres de les laisser. Même le chat quitta le salon.

Lorsqu'ils furent seuls, elle serra Dominic dans ses bras.

— Je suis désolée, dit-elle en lui caressant la nuque. Je n'avais pas compris que ton frère serait bouleversé par notre mariage.

Glacé jusqu'aux os, Dominic l'entoura de ses bras.

— Kyle et moi sommes brouillés depuis des années, mais il y a toujours eu une confiance entre nous. Je l'ai trahi, il ne me le pardonnera jamais.

— Tu as été déloyal envers lui par loyauté pour moi. C'est une preuve de grand courage, assura-t-elle en posant la joue sur ses cheveux. Je te remercie, mon époux.

Il ferma les yeux, savourant la chaleur et la tendresse de Meriel. Il se força à respirer calmement. Il se sentait encore pire que si Kyle était mort. Alors, il aurait seulement perdu une partie de son âme. Cette rupture brutale, ce cauchemar de trahison et de chagrin, laisserait des cicatrices à vie chez les deux hommes.

Aurait-il pu agir différemment ? Cacher Meriel jusqu'au retour de Kyle ? Son frère aurait été furieux, mais il n'aurait pas été placé devant le fait accompli...

Dominic repensa à la jeune femme attachée sur la chaise à l'asile. Le risque avait été trop important. Grahame représentait un danger réel. Il était un ancien soldat. S'il les avait poursuivis avec un magistrat et un pistolet de duel, l'affaire aurait pu mal se terminer, avec Dominic mort et Meriel enfermée dans un sinistre asile où elle aurait dépéri.

Attristé, il dut admettre qu'il avait fait le bon choix. Désormais, il fallait en assumer les conséquences. Dieu soit loué, Meriel savait qu'il n'avait pas agi pour les raisons mesquines dont l'accusait Kyle.

La vie continuait. Sa douleur deviendrait supportable. Ce serait plus difficile pour Kyle, qui n'avait pas Meriel et venait de connaître une terrible souffrance. Dominic se sentait d'autant plus désolé…

Il ne pouvait pas rester ainsi accroché à la jeune femme, tel un enfant terrifié. Il la lâcha et leva les yeux. Elle le contemplait d'un air grave. Auréolée de ses cheveux pâles et de son voile lumineux, elle ressemblait à un ange.

— Autrefois, je rêvais d'avoir une sœur jumelle, murmura-t-elle en lui caressant la joue. Une âme sœur qui serait ma meilleure amie, qui m'aimerait et me comprendrait. Je n'imaginais pas qu'il y a aussi un côté sombre chez les jumeaux, et qu'ils peuvent se détruire.

— Il faudra que je sois ton meilleur ami, et toi, le mien, dit-il avec un soupir.

Elle sourit et lui offrit un tendre baiser.

— Nous le sommes déjà, non ? le taquina-t-elle. Et maintenant, mon époux, nous allons prendre un petit déjeuner joyeux et festif avec nos amis. Puis nous rentrerons à Warfield.

Il se leva et la serra dans ses bras.

— J'aime quand tu donnes des ordres.

— Dans ce cas, tu seras un homme heureux, plaisanta-t-elle.

Dominic lui prit la main, et ils se rendirent dans la salle à manger. Un jour, à la grâce de Dieu, Kyle le laisserait s'expliquer. Mais quoi qu'il arrive à l'avenir, Meriel serait à son côté.

Kyle arpenta Londres pendant des heures. *Trahison, trahison, trahison…* Jamais il n'aurait imaginé que Dominic deviendrait son ennemi !

Son esprit s'apaisa lorsqu'il s'accouda au pont de Westminster et contempla les courants de la Tamise. Il réalisa qu'une partie de lui avait envie de sauter.

Il se reprocha aussitôt cette pensée. Dominic serait trop content ! Si Kyle mourait, il serait le prochain lord Wrexham, et deviendrait l'un des hommes les plus riches d'Angleterre.

Il tourna résolument le dos au fleuve. Il ne laisserait pas ce fourbe mettre la main sur la fortune des Wrexham. La solitude qui le rongeait depuis la mort de Constancia s'était encore accrue. Qu'allait-il faire de sa vie, maintenant qu'il n'avait plus lady Meriel Grahame ?

Il devait se marier et avoir des descendants, pour que Dominic n'hérite jamais de Wrexham. Cependant, il n'avait pas le temps de courtiser une jeune fille. Il avait pu envisager un mariage de complaisance avec une demeurée, mais il ne pouvait remplacer Constancia par une vraie épouse.

Il décida de rentrer à Dornleigh. Au moins, il serait chez lui. Il se rappela vaguement que Lucia et son père avaient projeté d'aller rendre visite aux futurs beaux-parents de sa sœur. Avec un peu de chance, il serait seul à la maison.

Dornleigh... C'était curieux que l'envie de regagner la demeure familiale surnage parmi les ruines de sa vie. Il en fut reconnaissant. Sans cela, il aurait été vraiment abandonné.

37

— Bienvenue à la maison ! s'écria Jena Ames en serrant Meriel dans ses bras. Je suppose que tu es maintenant lady Renbourne ?

Meriel sembla un peu surprise. Elle n'y avait pas encore réfléchi.

— En effet, dit-elle avec un sourire.

Dominic la dévisagea avec une telle tendresse qu'elle se sentit frémir. Le retour à la campagne avait été plus agréable que l'aller. Elle avait ignoré qu'on pût autant s'amuser dans un attelage fermé…

— Meriel s'est très bien débrouillée à Londres, déclara fièrement Dominic. Je crois même l'avoir entendue dire qu'elle aimerait y retourner un jour…

— Mais pas tout de suite, corrigea Meriel.

La ville ne lui plaisait pas vraiment, cependant elle avait apprécié Rebecca, Kenneth et leurs enfants. L'excitation de la capitale l'avait également séduite. Sa prochaine visite serait moins pénible.

Ils entrèrent dans Holliwell Grange en plaisantant. Jena demanda qu'on apporte le thé, et le général apparut à son tour. Il serra la main de Dominic et embrassa la mariée.

— Lord Grahame s'est précipité à Gretna Green en espérant vous trouver, raconta Jena qui sirotait sa tasse de thé. Depuis, il vous attend de pied ferme à Warfield.

Meriel hocha la tête. Son oncle savait pertinemment qu'elle ne resterait pas longtemps absente de Warfield.

— C'est Kamal qui nous donne des nouvelles, ajouta Jena en rougissant.

Meriel fut contente de voir que cette amitié amoureuse suivait son cours…

— Comment vont les dames ? s'enquit-elle.

— Bien. Elles étaient ravies d'apprendre que vous alliez vous marier, tous les deux. Elle vous apprécie beaucoup, Dominic.

— Et maintenant, qu'allez-vous faire ? intervint le général.

Meriel et Dominic échangèrent un regard. Ils en avaient discuté pendant le voyage.

— Nous allons nous rendre à Warfield, et nous aimerions que vous veniez en tant que magistrat, expliqua Meriel. Je peux feindre d'être une jeune femme raisonnable assez longtemps pour convaincre mon oncle…

— Je vous accompagne, proposa Jena. Meriel a besoin de tous les alliés possibles.

— Grahame est obstiné, mais ce n'est pas un imbécile, dit le général. Une fois qu'il aura accepté que lady Meriel est saine d'esprit, vos problèmes seront terminés.

Meriel semblait inquiète.

— Pensez-vous qu'une tenue décente et une conversation sensée suffiront à le convaincre, alors qu'il me croit folle depuis si longtemps ?

— Hélas, nous sommes presque toujours jugés d'après notre apparence, dit Dominic. Si tu te comportes en lady, tu seras considérée comme une lady. Et comme tu es une héritière, on dira que tu es simplement excentrique.

Meriel n'était pas tout à fait convaincue. Elle ne pensait pas arriver à reprendre possession de sa maison aussi aisément.

Le lendemain matin, ils partirent pour Warfield avec quatre des excellents chevaux du général. Meriel chevauchait à côté de Dominic, la tête haute, ses cheveux rassemblés en chignon sous un chapeau, le visage serein. Rebecca lui ayant offert une tenue de cavalière, elle montait en amazone et ressemblait à une vraie lady. Seul l'un de ses proches aurait remarqué qu'elle était tendue comme un ressort.

Lorsqu'ils atteignirent le portail de Warfield, la jeune femme sonna. Le gardien émergea lentement de sa maison.

— Bonjour, Walter, dit-elle poliment.

— Lady Meriel ? s'exclama-t-il, abasourdi.

— Bien sûr. La porte, s'il vous plaît…

Walter se dépêcha de leur ouvrir. Les cavaliers remontèrent la longue allée. Dominic avait l'impression d'entendre une cavalcade militaire. C'était une bonne chose, puisqu'ils allaient au combat.

Bien qu'il eût le droit de son côté, il fut soulagé de voir Grahame sortir sur le perron sans arme. Il n'avait pas oublié les menaces du vieil homme.

L'oncle descendit les marches, le regard fixé sur les arrivants. Mme Marks et Mme Rector sortirent à leur tour de la demeure.

— Je n'en reviens pas de votre impudence, Maxwell, grogna Grahame. J'ai cherché ma nièce dans toute l'Angleterre ! Général Ames, savez-vous ce que ce vaurien a fait ?

Dominic retint son souffle en regardant Meriel descendre de cheval et se dresser devant son oncle. Une petite silhouette indomptable…

— C'est à moi que vous devez vous adresser, mon oncle, pas à mon époux ni à mes amis.

Grahame blêmit.

— Seigneur, tu parles !

— En effet. Bonjour, mesdames, ajouta-t-elle. J'espère que vous ne vous êtes pas trop inquiétées pour moi...

Les deux dames rayonnaient de bonheur. Une dizaine de domestiques, fascinés, étaient apparus de nulle part. Dans quelques heures, tout le comté du Shropshire saurait que lady Meriel était parfaitement saine d'esprit.

— Mais... pourquoi n'as-tu pas parlé jusqu'à maintenant ? bredouilla Grahame.

— Tout simplement parce que je n'avais rien à dire, répondit Meriel en donnant les rênes à un valet de pied. Je n'ai jamais été folle. Votre intention était louable, cependant je n'ai pas apprécié d'être enfermée dans cet asile sinistre, ni de vous entendre menacer mon futur époux. J'espère que cela ne se reproduira plus.

— Tu ne peux pas m'en vouloir d'avoir cherché à te protéger.

Le regard ironique de Meriel montrait qu'elle lui en voulait beaucoup, mais qu'elle ne le dirait pas.

— Entrez prendre un rafraîchissement, lança-t-elle en se tournant vers ses amis.

Ils gravirent les marches et Dominic en profita pour lui murmurer à l'oreille :

— Bravo ! Encore un peu de patience...

Grahame fit de son mieux pour s'habituer à la nouvelle situation. Lorsqu'ils furent installés dans le grand salon, il déclara d'un ton formel :

— Je suis désolé de t'avoir créé des problèmes, Meriel. J'espérais prendre soin de toi comme l'aurait souhaité mon frère...

Décidant que ces excuses étaient sincères, Meriel lui décocha un sourire rayonnant et retira ses gants d'équitation.

— Je peux comprendre vos craintes. Nous n'en parlerons plus. Heureusement, j'avais deux protecteurs consciencieux...

La gêne se dissipa quand Roxana se jeta sur sa maîtresse, folle de joie de la retrouver. La jeune femme s'agenouilla pour la caresser.

— Le mariage vous sied, Mer… lady Maxwell, dit Mme Marks. Je ne vous ai jamais vue aussi radieuse.

— Je ne suis pas lady Maxwell, répliqua-t-elle en se redressant, mais lady Renbourne. Mon époux, que vous avez appris à apprécier ces dernières semaines, est Dominic Renbourne, le frère jumeau de lord Maxwell.

Les deux dames poussèrent un cri stupéfait, et lord Grahame sembla ahuri.

— Pardon ? fit-il d'une voix glaciale. Wrexham s'est débarrassé d'un fils cadet en lui faisant épouser ma nièce ?

— Mon père n'était pas au courant de la substitution, intervint posément Dominic. Il ne le sait toujours pas. Je dois lui écrire aujourd'hui, ainsi qu'à ma sœur.

— Comment pouvait-il l'ignorer? demanda Mme Marks. Ils sont venus en visite pendant deux jours.

— Mon père a une très mauvaise vue, et il s'attendait à voir Maxwell. Lucia m'a reconnu immédiatement, mais elle a accepté de garder le secret.

— Je savais que les enfants pouvaient jouer à ce genre de jeu, commenta Mme Marks, un peu agacée. Mais pas les adultes !

Dominic sourit. Meriel et lui avaient décidé de déguiser quelque peu la vérité.

— Les jumeaux ont souvent une relation particulière, expliqua-t-il. Lorsqu'il a rencontré lady Meriel, mon frère a compris que nous étions faits l'un pour l'autre. Il m'a persuadé de venir la courtiser à sa place.

— Dominic m'a dévoilé très tôt sa véritable identité, ajouta Meriel. Je n'avais pas été attirée par lord Maxwell. C'est un homme honorable, mais épuisant. Dominic est différent, même s'il lui ressemble physiquement.

— Et puis, je suis tombé amoureux de Meriel... conclut Dominic.

Il pensait que Kyle ne révélerait pas toute la vérité. En tout cas, il l'espérait : il ne voulait pas passer pour un idiot.

— Quelle histoire ! s'exclama Mme Rector.

Grahame semblait indigné que Meriel eût épousé un fils cadet, cependant il ne protesta pas.

— Puisque l'héritière de Warfield s'est mariée, il faut organiser une fête pour les villageois et les métayers, grommela-t-il.

— Bien sûr ! C'est une vieille tradition de famille, renchérit Mme Rector.

— Dans quelques jours, ce sera la Saint-Jean, poursuivit Grahame. C'est l'occasion idéale d'organiser un banquet et un feu de joie. Avec un peu de chance, Amworth se sentira assez bien pour venir. Et votre famille aussi, Renbourne, lança-t-il d'un air moqueur. Comme nous n'avons pas eu la joie d'être conviés à la noce...

Dominic regarda son épouse. Ils avaient l'habitude de communiquer sans paroles. Il devina qu'un banquet dans le jardin lui permettrait de s'éclipser, quand elle le jugerait bon.

— Parfait, dit-elle. Si Mme Marks et Mme Rector sont d'accord...

— C'est votre décision, lady Meriel, répliqua Mme Marks. Vous n'avez plus besoin de chaperons. Notre autorité prend fin, désormais.

Elle paraissait soucieuse. Warfield avait été un cadeau du Ciel pour les deux veuves désargentées.

— Vous faites toutes les deux partie de ma famille, s'empressa de préciser Meriel. J'espère que vous resterez toujours ici.

Mme Marks lui sourit, et Mme Rector vint la serrer dans ses bras.

— Que Dieu vous bénisse, mon enfant ! Nous irons

nous installer dans la maison douairière, Edith, afin de laisser le jeune couple tranquille.

Ils prirent le café en discutant de la fête. Jena pouvait les aider, car elle avait été la maîtresse de maison de son père. On enverrait des invitations à Dornleigh et Bridgton Abbey. Dominic ne pensait pas que son père viendrait, mais il fallait l'inviter.

Puis, les Ames prirent congé. Grahame s'excusa à son tour. Dominic devina que le militaire avait envie d'être un peu seul pour réfléchir à tous ces bouleversements.

Il se retrouva avec Meriel et Roxana. Il enlaça tendrement la jeune femme.

— Tu as réussi, ma chérie ! La bataille a été gagnée haut la main, et tout le monde t'accepte comme maîtresse de Warfield.

Les yeux brillants, Meriel retira ses bottes d'équitation et ses bas.

— Enfin ! s'écria-t-elle en riant.

Elle arracha les épingles qui retenaient son chignon, enleva sa veste et courut vers l'arrière de la maison. Il lui emboîta le pas.

Poussant des cris de joie, elle traversa le parterre en courant. Roxana, excitée, fila ventre à terre derrière elle en aboyant. La sage lady londonienne était redevenue la fée qui avait captivé le cœur de Dominic...

Il la suivit, mais n'essaya pas de la rattraper, savourant le bonheur de sa jeune épouse. Enfin, à bout de souffle, elle se laissa tomber dans l'herbe.

— Comme c'est merveilleux d'être de retour à la maison ! s'exclama-t-elle.

Il s'assit à côté d'elle et Roxana s'étendit un peu à l'écart.

— Est-ce que Warfield te semble différent ?

— C'est encore mieux qu'avant... soupira-t-elle en s'allongeant sur le dos. Cela vaudra la peine de partir, de temps à autre, pour pouvoir revenir. Un jour, j'aimerais voyager et découvrir l'Italie, Vienne, les îles grecques... (Elle éclata de rire.) J'écrirai un livre pour expliquer comment composer des bouquets que tout le monde déteste !

— Tu lanceras une nouvelle mode, approuva-t-il, amusé. Et qu'en est-il des enfants ? Ils viennent souvent après un mariage...

Elle fronça les sourcils, soucieuse. Dominic songea, effrayé, qu'elle n'avait pas été en contact avec des enfants depuis longtemps. Elle n'arrivait sans doute pas à s'imaginer maman.

— Pardonne-moi, nous aurions dû en discuter plus tôt, dit-il, inquiet à l'idée qu'elle ne souhaite pas fonder une famille. Il y a des méthodes pour éviter la conception...

— J'aimerais bien attendre encore un peu, mais ce n'est pas cela qui m'inquiète. Je viens de me souvenir d'une conversation au sujet d'un bébé... Une dispute. Malheureusement, je ne me rappelle pas qui parlait.

— Une servante de Warfield qui serait tombée enceinte sans être mariée ?

— Non... C'est beaucoup plus lointain... Et la colère était terrible.

— Cette histoire t'a peut-être ôté l'envie d'avoir des enfants ?

— Peu importe, ce n'était qu'un souvenir passager... Je n'ai jamais pensé avoir des bébés, mais ce serait sûrement amusant. Comme des chatons ou des chiots.

— Il n'y a que toi pour dire une chose pareille, s'amusa-t-il, et il se pencha pour l'embrasser.

Plus tard, il espérait qu'elle désirerait des enfants autant que lui...

Elle lui chatouilla les côtes. Ils se déshabillèrent lentement, et firent l'amour avec joie et tendresse, libérés des ombres qui les avaient hantés jusqu'à présent. Elle ressemblait à une déesse païenne, nue sur l'herbe semée de pâquerettes.

— Je t'aime, Meriel. J'aime être avec toi. J'aime l'homme que je deviens à tes côtés…

Elle ferma les yeux, et il comprit que sa déclaration la mettait mal à l'aise. Il se demanda si elle éprouverait jamais les mêmes sentiments envers lui. Fallait-il grandir en société, connaître les rituels des fiançailles et du mariage, pour comprendre le sens de l'amour humain ?

Une autre pensée traversa son esprit et lui glaça le sang dans les veines : Meriel n'avait plus besoin de lui. Le mariage en avait fait la maîtresse incontestée de Warfield, et c'était ce domaine qu'elle aimait par-dessus tout.

Il lui avait promis de s'en aller, si elle le désirait. Mais elle ne le renverrait sûrement pas tout de suite. Elle l'appréciait, elle lui faisait confiance… et elle aimait faire l'amour avec lui.

Pourtant, les liens de l'amour, de la coutume et de l'engagement mutuel lui étaient étrangers. Un jour, elle pourrait le rejeter. Si elle piquait une colère, elle finirait par exiger qu'il s'en aille. Passé les premiers émois de la passion, aurait-elle envie de connaître d'autres hommes ? Si cela devait arriver, il partirait de lui-même.

Il se ressaisit en chassant ces pensées noires. Il devait vivre au jour le jour. S'ils avaient des enfants, les liens entre eux se renforceraient. Et même si elle le renvoyait dans un accès de colère, elle pourrait toujours lui demander de revenir.

Il l'attira à lui tandis qu'un nuage glissait devant le soleil. Ils n'étaient pas seulement des amants, ils étaient aussi des amis.

Pourvu que cela soit suffisant !

38

Wrexham et Lucia étaient déjà de retour à Dornleigh. Flûte ! Du haut de la colline, Kyle regarda le carrosse s'arrêter devant la maison. Son père et Lucia en descendirent. Il avait eu deux jours tranquilles, mais il ne se sentait pas le cœur de les affronter.

Devait-il dire à son père que Dominic lui avait soufflé l'héritière de Warfield sous le nez ? Wrexham se mettrait à tempêter, et ce serait affreusement humiliant.

La colère qu'il avait éprouvée à Londres avait disparu. Désormais, il ne ressentait qu'une profonde tristesse…

Kyle parvint à éviter son père et sa sœur pendant une journée et demie, car le domaine de Dornleigh était très étendu. Le soir, en revenant dans sa chambre, il trouva Lucia qui lisait un livre. Elle leva les yeux.

— Trop tard ! Je t'ai vu, dit-elle.

Il eut envie de s'enfuir, mais trouvait indigne de se cacher dans sa propre maison.

— J'aurais dû fermer ma porte à clé, grommela-t-il en entrant dans la pièce.

— Tu ne peux pas nous fuir éternellement. Quoi qu'il arrive, tu sais, je serai toujours ton alliée.

Il jeta son chapeau à travers la chambre.

— Est-ce que cela signifie que tu rejettes Dominic ?

— Je suis votre alliée à tous les deux, murmura-t-elle. Je te connais mieux, bien sûr, mais Dominic est autant mon frère que toi.

— Sais-tu ce qu'il a fait ?

— Des lettres sont arrivées ce matin, adressées à papa et à moi. Papa a eu la version officielle du mariage. Dans sa lettre, Dom me raconte toute la vérité, parce que je l'ai aidé. Il me dit que tu es apparu peu de temps après la cérémonie, et que tu as été… troublé.

— C'est un mot faible ! ironisa Kyle en se versant un cognac.

Il avait fait monter une carafe, sachant qu'il aurait besoin d'un fortifiant à portée de main.

— Tu ne m'en offres pas ?

— Tu es trop jeune pour boire du cognac, rétorqua-t-il.

— Je suis majeure, et bientôt mariée. J'ai le droit de boire un peu d'alcool, non ?

Il lui tendit un verre contenant deux doigts de cognac, puis s'assit dans un fauteuil.

— J'espère que tu ne t'attends pas à une longue conversation. Je ne suis pas d'humeur.

— Je l'avais deviné. Savais-tu que papa et moi sommes passés à Warfield pendant que Dominic y était ?

— Wrexham est au courant de la mascarade depuis aussi longtemps ? s'inquiéta Kyle.

— Non. Il refuse de porter des lunettes et n'y a vu que du feu. Moi, j'ai tout de suite reconnu Dom. Il m'a avoué la vérité et m'a demandé de garder le secret, pour votre bien à tous les deux.

Kyle imagina le malaise de Dominic en voyant sa famille débarquer à Warfield. Il avait probablement eu envie de prendre ses jambes à son cou. Pour la première fois, il se demanda ce qui s'était passé exactement.

— Je t'écoute. Tu meurs d'envie de tout me raconter.

— Absolument, répliqua Lucia, amusée.

— Est-ce que Dominic t'a envoyée pour me calmer ? Il devrait savoir que ce sera en vain.

— C'est pourquoi il ne m'a rien demandé. C'est mon idée de te parler, car je ne veux pas que mes frères soient brouillés toute leur vie.

Kyle examina la belle couleur ambrée du cognac à la lumière du soir.

— Il faudra pourtant t'y habituer. Ce qu'il a fait est impardonnable.

— Pourquoi ? Parce que tu étais fou amoureux de Meriel ? Un homme amoureux n'aurait jamais laissé un autre courtiser sa fiancée.

— J'avais mes raisons, rétorqua-t-il, les lèvres pincées.

— J'en suis sûre, admit-elle d'une voix douce, mais tu n'étais pas amoureux d'elle. Tu ne l'avais aperçue qu'une fois, n'est-ce pas ?

— Tu es trop romantique, s'agaça-t-il. Tout le monde ne fait pas un mariage d'amour. Lady Meriel n'est pas saine d'esprit, on ne peut pas tomber amoureux d'elle. Il faut seulement la protéger d'aventuriers peu scrupuleux. (Il se mit en colère.) Je n'aurais jamais imaginé que l'aventurier en question serait mon propre frère !

Il se sentait coupable d'avoir laissé la jeune innocente entre les mains d'un vaurien.

— Quand tu as regardé lady Meriel, tu n'as vu qu'une pauvre créature sans défense, déclara sévèrement Lucia. Dominic, lui, a vu une femme superbe digne d'être aimée.

— J'ignorais qu'il était aussi doué pour le mensonge, railla Kyle en se versant un autre verre.

— J'ai rencontré Meriel, et je la trouve charmante. Grâce à la patience de Dom, il paraît qu'elle est parfaitement normale, désormais. Aurais-tu pu faire la même chose ?

Kyle hésita un instant. Le jour du mariage, il n'avait pas prêté attention à lady Meriel. Pourtant, elle avait parlé et déclaré clairement que son choix s'était porté sur Dominic. Même si elle avait menti, sous l'influence néfaste de son frère, elle avait semblé parfaitement normale…

— Si c'était un mariage d'amour, pourquoi cette hâte ? S'il avait attendu mon retour et expliqué ses raisons, je lui aurais probablement cédé ma place volontiers.

— Il n'a pas eu le choix. L'oncle de Meriel l'avait enfermée dans un asile. Dom voulait s'assurer qu'elle n'y retournerait jamais.

— Un asile ? répéta-t-il, choqué. Pourquoi Amworth ferait-il une chose pareille ? Il m'a dit qu'il voulait justement l'éviter.

— C'était son autre oncle, lord Grahame, précisa Lucia. Je crois que je ferais mieux de tout reprendre depuis le début…

Alors qu'elle lui racontait l'histoire, Kyle l'écouta d'un air sombre. Il se demanda si sa petite sœur n'avait pas été influencée par Dominic.

— Selon l'explication officielle, celle qu'a reçue papa, c'est toi qui as pensé que Dominic et Meriel étaient faits l'un pour l'autre. Tu t'es donc montré très généreux.

Kyle eut un rire ironique et blessé.

— Quel menteur !

— Que diraient les gens s'ils apprenaient que tu lui as demandé de courtiser ta fiancée à ta place ? rétorqua sèchement Lucia. Voulais-tu sincèrement épouser Meriel, ou es-tu agacé que Dominic t'ait pris l'un de tes jouets ?

— Il ne s'agit pas de rivalité. J'avais confiance en lui, et il m'a trahi.

Elle poussa un soupir.

— D'une certaine façon, c'est exact, mais il devait protéger la femme qu'il aime. As-tu déjà aimé, Kyle ?

Son verre éclata en mille morceaux et le cognac se répandit sur sa main. En jurant, il enveloppa ses doigts ensanglantés d'un mouchoir, se demandant comment Dominic osait parler d'amour. Son frère n'avait eu que des liaisons passagères. Il n'avait pas été fidèle pendant dix ans à une femme. Il n'avait pas tenu sa bien-aimée mourante dans ses bras...

À bout de nerfs, il s'aperçut qu'il allait éclater en sanglots devant sa petite sœur.

— Sors d'ici, Lucia. Maintenant !

Têtue, comme tous les Renbourne, elle s'approcha et posa une main sur son bras.

— Je suis désolée, Kyle. Je comprends que tout ceci a été affreux pour toi... Mais ne peux-tu pas voir le bon côté des choses ? Contrairement à toi, Dominic est amoureux de Meriel. Désormais, tu es libre d'aimer une autre femme.

Il s'écarta brusquement.

— Lucia, tu ne sais pas de quoi tu parles.

— J'ignore peut-être ce que l'on ressent quand on est trahi par son jumeau, mais je sais ce qu'est aimer. J'aime Robin, j'aime Dominic... et je t'aime, toi.

Il lui tourna le dos, priant pour qu'elle s'en aille. Après un long moment, il l'entendit approcher de la porte.

— Dominic et Meriel donnent une fête la veille de la Saint-Jean. Papa et moi partons pour Warfield demain matin. Si tu peux pardonner à Dominic, je suis sûr que tu seras le bienvenu.

Furieux, il secoua la tête. Dans ce monde abject, ni l'amour, ni la confiance, ni l'honneur ne perduraient.

Après le départ de sa sœur, il ferma la porte à clé et se jeta sur le lit, serrant sa main blessée contre lui. Il devinait que sa colère contre Dominic était surtout due à son désespoir d'avoir perdu Constancia. Il s'était dit que lady Meriel le détournerait de ses idées noires.

Jamais il n'aurait pensé qu'elle deviendrait normale. Il ne voulait pas d'une épouse normale. Il avait eu une vraie épouse, même si leur mariage n'avait duré que quelques heures. Meriel serait plus heureuse avec un homme attentionné, patient et amoureux. Quelqu'un comme Dominic, qui avait toujours soigné les animaux blessés et les humains malheureux…

Sans Constancia, sans lady Meriel, quel sens avait sa vie ?

Au milieu de cette terrible détresse, il ressentit peu à peu une certaine sérénité, comme si Constancia était entrée dans la pièce. Il l'imagina allongée à côté de lui, ses grands yeux sombres l'observant avec sagesse.

Il repensa à leur conversation sur le bateau, quand elle lui avait parlé de sa sœur et de leur querelle. Elle avait espéré qu'il se réconcilierait avec son frère, afin de ne pas éprouver la culpabilité qu'elle avait ressentie à la mort tragique de sa sœur. Si quelque chose arrivait à Dominic maintenant, Kyle survivrait-il ?

Constancia lui avait demandé s'il avait été jaloux de la liberté échue au fils cadet. Dominic n'avait jamais éprouvé l'envie de voyager dans de lointains pays. Il avait eu cette liberté que lui enviait Kyle, or il ne l'avait pas désirée.

Dominic serait un mari, un père et un propriétaire terrien exemplaire. S'il devenait magistrat, il se montrerait digne et équitable dans ses jugements. C'était lui qui aurait dû être l'héritier de Wrexham.

Les deux frères seraient-ils restés amis, si l'ordre de leur naissance avait été inversé ? Ils s'étaient querellés lorsque Kyle avait essayé d'imposer ses choix à Dominic et quand celui-ci avait refusé de les suivre. Dominic aurait-il été un frère aîné aussi dictatorial ? Soudain, Kyle réalisa qu'il aurait réagi exactement de la même façon.

Avec le temps, un mélange malsain de rivalités, d'attitude protectrice, de domination et de rébellion, avait sapé les liens tissés dans leur enfance. Kyle s'aperçut que la plupart des erreurs étaient de son fait. Par colère et orgueil, il avait voulu dominer son frère – par amour aussi, ne sachant exprimer autrement ses sentiments.

Pourraient-ils se rapprocher ? Il devait à Constancia, à Dominic et à lui-même, de faire une ultime tentative.

Il ouvrit les yeux et contempla le plafond, entendant les dernières paroles de Constancia :

Je te demande, en souvenir de moi, de continuer à vivre…

39

— Vos métayers savent s'amuser, remarqua lord Wrexham d'un air satisfait.

Alors que la journée se terminait, la fête battait son plein au pied de Castle Hill. Beaucoup dansaient, les enfants gambadaient en criant, les buffets regorgeaient de boissons et de plats divers, tandis qu'un quartier de bœuf rôtissait sur un feu de bois.

Dominic était assis à côté de Wrexham à la table des mariés, stupéfait par la bonne humeur de son père.

— Ils sont heureux de pouvoir entrer dans Warfield Park et rencontrer leur maîtresse, après tant d'années de rumeurs.

Ils étaient rassurés de la savoir en bonne santé, et tout le monde appréciait une belle fête. Jena Ames avait passé une heure à dessiner des petits *mehndi* sur les visages et les mains des enfants et des jeunes filles enthousiastes. L'Orient se mêlait à l'Occident, à la grande joie générale.

Son père regarda Meriel, assise à l'autre bout de la table avec Lucia et Jena.

— On dirait que tu as appris quelques manières à ta femme…

— Elle a toujours eu d'excellentes manières, rétorqua sèchement Dominic. Elle n'avait pas envie de les montrer, c'est tout.

Heureusement, son père avait retenu la leçon et n'essayait plus de pincer le menton de sa belle-fille. Meriel devenait peu à peu une gracieuse lady, mais sa tolérance avait des limites.

— Je suis très heureux que vous soyez venu avec Lucia, père, reprit le jeune homme. Cependant, j'avoue que cela m'étonne. Je ne pensais pas que vous approuveriez ce mariage, alors qu'il y a eu des fiançailles officieuses entre Maxwell et lady Meriel.

— J'avais des doutes sur cette union concernant Maxwell, mais le projet de mariage entre nos deux familles remontait à vingt ans. Par ailleurs, je ne pensais pas pouvoir te proposer comme mari potentiel, puisque tu as toujours rejeté mes suggestions.

— Ai-je été aussi terrible ? demanda Dominic, un peu troublé.

— Pire encore. Tu es le fils le plus obstiné qu'un père ait jamais eu !

Dominic ne protesta pas. Il avait effectivement été rebelle. Les manières de son père laissaient à désirer, mais celui-ci ne s'était jamais montré déraisonnable lors des choix importants.

— Je suis désolé de vous avoir causé de la peine.

— Tous les enfants sont ainsi. Tu as été ma punition, pour avoir moi-même été odieux envers mon père. Et je serai vengé quand tu auras des enfants ! s'amusa Wrexham.

Dominic éclata de rire.

— Il doit y avoir également des avantages à être parent…

— Bien sûr. Les enfants sont l'avenir. Quel autre sens y a-t-il à la vie ?

Dominic fut surpris d'entendre une pointe d'émotion dans la voix de son père. Sous ses airs brusques, il semblait vraiment aimer ses enfants.

— Je sais que tu es brouillé avec ton frère, poursuivit Wrexham d'un air plus sombre. Je suppose que ton mariage va empirer les choses, mais je suis heureux que tu aies choisi un bon parti. Ton épouse et toi êtes faits l'un pour l'autre, et sa fortune est désormais alliée à celle des Renbourne, ce que j'ai toujours souhaité. De son côté, Lucia aurait pu mieux faire, mais le jeune Justice est un bon choix. Si ton frère se trouve une femme correcte, la prochaine génération sera assurée.

Autrefois, Dominic aurait été irrité par les propos intéressés de son père, mais depuis qu'il était marié, il voyait les choses différemment. S'il avait des enfants, lui aussi leur souhaiterait une bonne situation dans la vie.

Wrexham avait raison de faire attention à la fortune familiale. Il avait hérité de dettes importantes et d'un domaine en déréliction. Il avait travaillé dur pour redresser la barre, d'où son souci pour la situation matérielle de ses enfants.

Dominic se demanda si, à l'avenir, son père et lui se découvriraient des points communs. Au fond, ils envisageaient la vie de la même manière. La famille était importante à leurs yeux, ainsi que les propriétés et le sens du devoir. Wrexham pouvait être exaspérant, mais Dominic aussi. Ils parviendraient sans doute à se comprendre et à se rapprocher.

— Puis-je vous chercher encore un peu de bière ?

— Non merci, répondit tristement le vieil homme. Sinon, la goutte me fera souffrir l'enfer pendant trois jours.

— Acceptez-vous une danse, milord ? s'enquit soudain une jeune servante aux joues roses en se plantant devant Dominic.

Ses amies avaient dû la mettre au défi de venir le trouver. Une petite fleur au henné décorait sa joue droite.

— Avec plaisir, répondit-il, après que Meriel lui eut donné sa permission d'un sourire.

Dominic avait craint qu'elle ne fût mal à l'aise, à cause de la foule, mais les métayers l'avaient rassurée en se montrant timides et respectueux. Il rejoignit le carré des danseurs. Meriel et lui avaient conduit le premier quadrille, s'amusant comme des fous.

Le violoniste entama la danse. Dominic éclata de rire en voyant la stupéfaction d'une fermière rubiconde, qui n'avait pas réalisé que le seigneur du manoir dansait avec eux. Elle lui décocha un sourire édenté quand il la fit tournoyer. Les gens de la région l'avaient accepté de tout cœur.

Un peu plus loin, Lucia virevoltait au bras de Jem Brown, l'ancien braconnier. Le garçon semblait bien nourri, et très heureux.

Bientôt viendrait l'heure d'allumer le feu de la Saint-Jean.

Meriel tapa du pied en mesure, regardant Dominic danser avec la jeune servante. Il était si bon avec les gens. Tous les métayers et villageois de Warfield l'appréciaient.

Elle se leva pour se dégourdir les jambes. La plus longue journée de l'année se terminait. Le soleil déclinait à l'horizon, peignant le vieux château et les champs d'une couleur dorée. Sa maison n'avait jamais été plus belle.

— Milady, dit Kamal en venant la rejoindre.

Il était magnifique avec son turban et sa tenue de cérémonie.

— À l'équinoxe de printemps, qui aurait pu imaginer cette fête pour le solstice d'été ? fit-elle avec un sourire.

— Personne.

Il observa la table où étaient assis lord et lady Amworth, avec deux de leurs enfants qui avaient l'âge de Meriel. Mme Rector et Mme Marks bavardaient avec le général et Jena Ames. Même lord Grahame discutait aimablement avec le vicaire de la paroisse.

— Beaucoup de choses ont changé, reprit Kamal d'un ton grave. Et ce n'est pas fini… L'heure est venue pour moi de quitter Warfield, milady.

— Non ! s'écria-t-elle, désemparée. Vas-tu rentrer en Inde ?

— L'Angleterre est devenue ma maison, mais vous n'avez plus besoin de moi. Vous avez un mari pour veiller sur vous.

— J'ai encore besoin de toi, protesta-t-elle, la gorge nouée.

— Je ne vais pas partir loin, la rassura-t-il. Le général Ames a besoin de quelqu'un pour l'aider à Holliwell Grange. Il m'a demandé de devenir son intendant.

— Je comprends… Est-ce que Jena et toi serez heureux, Kamal ?

Il la dévisagea, étonné.

— Comment avez-vous deviné ?

— J'ai mes secrets, avoua-t-elle en riant.

— Oui, milady, nous serons heureux. Je crois que nous nous sommes déjà connus, dans une autre vie. Même enfant, je n'avais pas le sentiment d'être chez moi en Inde. Le moment venu, je vous ai accompagnée en Angleterre. Désormais je dois continuer mon chemin.

Meriel comprit que le général avait donné sa tacite bénédiction au couple, en proposant la place d'intendant à Kamal.

— Je suis heureuse que tu restes près de moi.

— Je serai toujours là si vous avez besoin de moi, petite fleur, murmura-t-il.

Elle sentit les larmes lui piquer les yeux. Kamal était pour elle à la fois un père, un grand frère et un ami. Sa bonté et son amour lui avaient sauvé la vie.

— Où nous sommes-nous rencontrés ? demanda-t-elle soudain. Je ne m'en souviens pas…

— C'est peut-être mieux ainsi.

Elle le regarda d'un air intrigué.

— Je ne cherche pas à être mystérieux, continua-t-il, ennuyé. Si vous voulez vraiment le savoir, je vous expliquerai.

Elle voulait savoir, mais pas tout de suite. Un vague souvenir venait de l'effleurer. Ses souvenirs des Indes étaient un mélange bouleversant de terreur et de beauté intense. Elle avait toujours essayé d'effacer le passé. Le moment était sans doute venu de l'affronter…

La danse prit fin. Dominic tenait une petite fille blonde dans ses bras. Le cœur de Meriel se serra. Il serait un père merveilleux. Pour la première fois, elle ressentit le besoin vital d'avoir un bébé, celui de Dominic.

Elle essaya de se ressaisir. Elle ne voulait pas laisser libre cours à ses émotions.

Un cavalier s'approchait de la fête, venant de la maison. Qui pouvait arriver si tard ? C'était un homme jeune, aux vêtements poussiéreux. Séduisant et sévère, qui ressemblait à son époux, mais dont l'aura était plus sombre, plus agitée…

Elle retint son souffle, estomaquée.

Dominic leva la tête au même moment. Il resta immobile un instant, puis il rendit la petite fille à sa maman et s'approcha du nouveau venu.

— Quelque chose ne va pas ? s'enquit Kamal.

— Je m'en occupe ! s'écria Meriel en partant au pas de course.

Cette fois, elle souhaitait être présente quand Dominic et son frère jumeau se retrouveraient.

Dominic essaya de deviner les pensées de Kyle, sans succès : le visage de son frère était impénétrable. Dans sa poche, il avait un petit pistolet. Kyle mit pied à terre et Dominic se raidit. Allait-il l'abattre à bout portant ?

— Je ne pensais pas te voir, dit-il d'un ton neutre.

Avant que Kyle pût répondre, Meriel fondit sur eux, à bout de souffle, les cheveux en bataille.

— Lord Maxwell ! déclara-t-elle. Si vous êtes venu insulter mon mari, je vous arracherai les yeux !

— Tu as un protecteur féroce, constata Kyle avant de s'incliner devant elle. Rentrez vos griffes, lady Meriel. Je ne suis pas venu me battre.

— Alors pourquoi es-tu là ? demanda Dominic. Pour rendre la justice ?

Kyle comprit que son frère pensait au pistolet logé dans la poche de sa redingote.

— Bien sûr que non... Je voulais seulement parler. Est-ce que tu ferais quelques pas avec moi... seul ?

Kamal prit les rênes du cheval et Dominic emboîta le pas à son frère. En silence, ils longèrent une haie.

— Lucia m'a expliqué ta version des faits, dit Kyle. Est-ce la vérité ?

— Probablement.

— Quand tu as décidé d'épouser lady Meriel, tu ne cherchais pas à me damer le pion ?

— Non, répondit Dominic. J'étais terrifié à l'idée que lord Grahame l'enferme de nouveau à l'asile. Lorsque Kamal et moi sommes arrivés à Bladenham, elle était ligotée avec une camisole de force, comme un animal sauvage.

— Bon sang, comment son oncle a-t-il pu tolérer une chose pareille ? s'exclama Kyle, choqué.

— Il pensait que c'était pour son bien. J'étais très inquiet pour elle. Mais j'avais aussi envie de l'épouser afin que personne ne puisse me la retirer.

— Ton amour pour elle était plus fort que ta loyauté envers moi.

— Je te jure que je n'ai jamais autant souffert en sachant que pour protéger Meriel, je devais te faire du mal. Si je n'avais pas craint qu'elle retourne à l'asile, j'aurais attendu ton retour.

Kyle poussa un soupir soulagé.

— Je suis heureux de l'entendre. Je craignais que tu ne te sois vengé de ne pas être né le premier.

— Je n'ai jamais voulu te nuire, même quand nous étions fâchés. Je te le jure.

— Je te crois, car j'éprouvais la même chose. C'est pourquoi j'ai été si bouleversé en pensant que cette confiance avait été bafouée.

Dominic songea qu'il n'avait donc pas été le seul à éprouver ce lien si profond.

— Dans ce cas, l'intérêt de Meriel l'emportait avant tout. J'espère que je n'aurai plus jamais à faire ce choix.

— Moi aussi, j'ai eu ce choix à faire et je n'ai pas choisi Meriel, avoua Kyle. C'est normal que je l'aie perdue... Elle est complètement transformée. Il paraît que c'est grâce à toi.

— Elle n'a jamais été folle, et elle aussi m'a apporté beaucoup.

Dominic humecta ses lèvres sèches, avant de poser la question décisive :

— Durant des années, j'ai espéré que nous pourrions être amis à nouveau. Crois-tu que cela soit possible ?

Son frère s'immobilisa et se tourna vers lui. Dans le regard de Kyle se lisaient la douleur, la méfiance, et une envie égale à celle de Dominic.

— Je ne sais pas. Nous avons été brouillés pendant si longtemps...

— Il n'y a plus de rivalité entre nous, Kyle. Y en a-t-il d'ailleurs jamais eu ? Désormais, nous pouvons accepter nos différences.

Un sourire éclaira le visage de Kyle.

— Cela vaut la peine d'essayer.

Lorsque Dominic prit la main de son frère pour la serrer, Kyle esquissa une grimace de douleur. Il portait un pansement. Dominic songea qu'il avait dû souffrir de tenir les rênes.

— Qu'est-il arrivé ?

— Du verre brisé. Rien de grave.

Comme son jumeau, Kyle avait profondément changé, ces derniers temps. Seraient-ils assez adultes pour éviter les tensions et les conflits du passé ?

— Pourquoi as-tu quitté l'Angleterre ? questionna Dominic.

— Comment l'as-tu deviné ?

— Je l'ai senti. J'ai reçu des messages plutôt intenses venant de toi. Des messages... douloureux.

— Tu as toujours été doué pour cela... dit Kyle, le visage crispé. J'ai emmené la femme que j'aimais mourir dans son pays, en Espagne, avoua-t-il, la voix brisée de douleur.

— Mon Dieu... soupira Dominic.

Désormais, il comprenait la requête incroyable de Kyle pour jouer ce rôle auprès de Meriel, la souffrance qui avait émané de lui, et la colère dont il avait fait preuve à Kimball House.

— Je suis désolé.

Il imagina ce qu'il ressentirait, si cela devait arriver à son épouse, et son cœur se serra. Il posa la main sur l'épaule de Kyle.

— Je suis vraiment désolé...

Visiblement, son frère ne pouvait rien ajouter, mais les paroles étaient inutiles. En une seule phrase, il avait évoqué une tragédie.

Kyle avait révélé sa vulnérabilité. À présent, c'était au tour de Dominic. Il devait lui raconter le drame de Waterloo, la douleur, la peur et la folie. Maintenant que les années étaient passées, il pouvait évoquer l'expérience qui avait changé sa vie et l'avait hanté si longtemps.

En parlant, ils retrouveraient le chemin de l'amitié.

40

Nerveuse, Meriel avait regardé Dominic et son frère s'éloigner. Comme elle craignait qu'ils ne se battent comme des chiffonniers, elle fut très soulagée de les voir revenir. Visiblement, ils avaient réglé leurs différends. Ils marchaient d'un pas détendu. Dominic éclata de rire, et son jumeau lui donna une tape amicale dans le dos. Tous deux semblaient rajeunis et heureux. Si Kyle laissait son époux en paix, elle parviendrait peut-être à l'apprécier.

Kyle s'arrêta pour prendre une assiette de bœuf grillé, et Dominic vint glisser un bras autour de la taille de Meriel.

— Tu n'en as plus pour longtemps, lui dit-il avec un sourire.

— Tant mieux. J'aurais besoin d'un peu de tranquillité... Je suis heureuse que tu te sois réconcilié avec ton frère.

— Moi aussi. Nous avons réglé près de vingt ans de malentendus. (Il la serra contre lui.) C'est peut-être mieux que nous ayons été séparés si longtemps. Nous avons grandi chacun de notre côté et, aujourd'hui, nous pouvons accepter nos différences. Lui n'a plus besoin de me dominer, et moi de me rebeller.

Meriel songea qu'elle ne comprendrait jamais les subtilités entre jumeaux. L'essentiel était que Dominic fût heureux...

Enfin, la nuit tomba. Tout le monde était rassasié et satisfait. Il ne restait plus qu'à allumer le feu de joie. Lord Grahame s'approcha de la pile de bois.

— Il est l'heure d'allumer le feu de la Saint-Jean ! appela-t-il de sa voix de stentor. Qu'il brûle longtemps, en cette nuit la plus courte de l'année, en l'honneur du mariage de Dominic et de lady Meriel !

Son oncle brandit une canne au lourd pommeau de cuivre. Il prétendait s'être tordu la cheville. Meriel le soupçonnait d'avoir donné un coup de pied rageur dans une armoire en apprenant son mariage. Heureusement, il s'était parfaitement comporté depuis.

— Attends-moi un instant, lui murmura Dominic. J'emmène Kyle voir mon père et ma sœur, pour leur annoncer la bonne nouvelle.

La jeune femme hocha la tête. Elle n'avait pas peur de rester seule quelque temps. Elle était entourée de gens qui l'aimaient.

Kerr, l'intendant, alluma la torche de lord Grahame. Son oncle se tourna vers elle :

— Meriel, veux-tu allumer le feu de joie ?

Elle réprima un frisson. Elle n'avait jamais apprécié les feux de joie, qui lui rappelaient la mort de ses parents.

— Je vous en prie, mon oncle, je vous laisse faire.

Grahame lança sa torche sur la pile de bois. Des matériaux inflammables avaient été coincés entre les branchages, afin que le feu prît sans attendre. Lorsque les flammes crépitèrent, la foule poussa des cris excités.

Meriel se figea. Le geste de son oncle jetant la torche, les flammes, les cris… Elle fut saisie d'une terreur sans nom, aussi soudaine et violente qu'un éclair.

Paniquée, elle fit volte-face et partit en courant, cherchant le refuge de la nuit. Elle trouva le sentier qui montait au château en ruine et s'y précipita, ses pieds trébuchant sur les racines et les cailloux.

Quand elle atteignit la cour intérieure du château, elle dut s'arrêter à cause d'un point de côté. À bout de souffle, elle s'assit dans l'herbe, essayant de comprendre ce qui lui arrivait. Elle revoyait ses cauchemars, des scènes de feu, de terreur et de maléfice, entendait les cris désespérés des personnes prises au piège de l'incendie.

Et Kamal ? Il était là, lui aussi...

Au pied de la colline, elle voyait flamber le feu de joie. Personne ne devinait rien de son tourment. Tremblante, elle se força à rechercher la vérité enfouie dans son cauchemar...

Wrexham et Lucia furent ravis de la réconciliation des deux frères. Puis Dominic retourna auprès de son épouse. Il était encore un peu éloigné lorsqu'il la vit s'enfuir en courant. Il se demanda si elle s'était brusquement sentie oppressée par la foule. Soucieux, il se fraya un chemin à sa suite, parmi les villageois.

Une lumière orange entourait la lune. Il devait prendre garde à ne pas trébucher sur le sentier. Heureusement, la jeune femme portait une robe de couleur claire. Il pourrait la retrouver plus facilement.

— Meriel, qu'est-ce qui ne va pas ? s'écria-t-il, affolé, en la voyant allongée sur l'herbe.

Il s'agenouilla et l'entoura de ses bras. Elle leva vers lui un visage livide, puis se pressa contre lui, terrifiée.

— As-tu été agressée ? s'affola-t-il.

— Non... murmura-t-elle. Je... je me souvenais...

— Est-ce que le feu et les cris t'ont rappelé la mort de tes parents ?

Brusquement, elle s'arracha à lui et gravit l'escalier jusqu'aux remparts. Il la suivit de près. Elle posa les mains sur le parapet en pierre et contempla la nuit.

— La lune ressemblait à celle de ce soir. J'étais sur un balcon, regardant les étoiles. J'avais peur que ma nurse vienne me chercher pour me remettre au lit. La partie principale du palais était là, dit-elle en indiquant la droite. Comme Alwari n'était pas la résidence principale du maharaja, ce n'était pas un palais avec d'importantes fortifications.

— As-tu vu les pilleurs ?

Elle était si tendue qu'il comprit qu'elle revivait le drame intensément.

— Ils sont arrivés par dizaines au galop, hurlant et brandissant des torches. Une armée de bandits, tirant avec des fusils et agitant des lances. Ils ont rapidement dominé l'escorte de mon père. Nous n'étions pas très protégés, puisque nous étions censés être en pays ami. Nos hommes ont été pris par surprise.

Elle inspira profondément.

— L'un des pilleurs était vêtu de noir, le visage caché, excepté ses yeux. Il n'était pas leur chef, mais il a lancé la première torche. Comme c'était la saison sèche, le toit s'est aussitôt enflammé. Il a pénétré avec son cheval terrifié dans l'enceinte du palais. Je ne l'ai plus revu.

Elle tremblait. Il lui entoura les épaules d'un bras, cherchant à la ramener au présent.

— Tu as vu tout le drame…

— Les personnes qui fuyaient l'incendie étaient abattues ou transpercées par les lances. Pas une n'en a réchappé. Il y avait un gentil vieillard qui me donnait des sorbets. On lui a tranché la tête.

— Mon Dieu, murmura Dominic.

Ce n'était pas étonnant qu'elle eût cherché à oublier cet horrible massacre.

— As-tu vu tes parents ?

Elle secoua la tête.

— Leur chambre se trouvait exactement sous le toit qui s'était embrasé. J'espère qu'ils sont morts rapidement…

— Comment as-tu pu t'enfuir ?

— J'étais terrifiée par l'incendie, mais j'avais très peur de sauter. Il y avait tous ces monstres dans la cour. Je me suis roulée en boule en hurlant. J'avais peur d'être embrochée par un sabre. Puis ma nurse Hiral est venue vers moi... Sa robe avait pris feu. Elle a poussé un cri, et un cavalier sous le balcon l'a entendue. C'était étrange... L'homme semblait choqué de voir une femme qui brûlait avec un enfant dans les bras...

Meriel se mit à pleurer.

— Hiral a crié quelque chose, qui m'a fait dresser les cheveux sur la tête. Puis elle m'a jetée par-dessus le balcon.

— Seigneur... Le pilleur t'a rattrapée ?

Il tremblait aussi fort qu'elle.

— Probablement. Ensuite, je me rappelle avoir été emmenée à cheval, les mains dans le dos.

Il la pressa contre lui, regrettant de ne pouvoir lui retirer toute cette souffrance.

— Tu es saine et sauve, mon amour. C'est fini...

— Justement, murmura-t-elle. Ce n'est pas fini.

Affamé par sa longue chevauchée, Kyle dévorait son dîner quand Lucia vint s'asseoir à côté de lui.

— Dominic et toi, êtes-vous vraiment réconciliés ?

— Oui, Lucia. C'est en partie grâce à toi.

— Je suis si heureuse. Et tu crois que cela va pouvoir durer ?

— Oui. Nous voulons tous deux la paix et nous n'avons plus de raison de nous battre.

Par ailleurs, Kyle avait l'impression que la mort de Constancia l'avait libéré de beaucoup de choses.

— C'est un merveilleux cadeau de mariage que vous me faites, dit-elle, enchantée, avant de rejoindre les convives qui dansaient autour du feu.

Kyle allait continuer à manger, lorsqu'il ressentit un pincement au cœur. Quelque chose n'allait pas avec

Dominic… Était-il en danger ? Un frisson lui parcourut l'échine. Il chercha en vain son frère des yeux.

Il se rappela vaguement avoir vu lady Meriel s'éloigner de la foule, suivie par son frère. Mais que pouvait-il leur arriver dans ce parc ? Un voleur s'était-il introduit parmi les invités ?

Ils s'étaient dirigés vers les ruines du château. Ils avaient peut-être eu un accident… Il se leva et s'avança en direction du sentier. Au mieux, il les surprendrait dans une situation délicate !

Soudain, une haute silhouette apparut à son côté.

— Quelque chose ne va pas, milord ? demanda Kamal.

— C'est probablement idiot, mais je m'inquiète pour mon frère.

— Moi aussi, je m'inquiète pour lady Meriel. Nous ferions mieux d'aller voir tous les deux.

Ils commencèrent à gravir la colline.

Dominic essayait de déchiffrer l'expression sur le visage de Meriel.

— Que veux-tu dire ? Qu'est-ce qui n'est pas fini ?

— Je t'ai parlé d'une querelle au sujet de bébés, tu te souviens ? Elle était entre mon père et mon oncle Grahame. Quelques jours avant notre départ de Cambay, je les ai surpris. Mon père lui disait que maman était à nouveau enceinte, et que si l'enfant était un garçon, mon oncle ne serait plus l'héritier.

— Et Grahame était furieux ?

Meriel se frotta les tempes d'un geste nerveux.

— Mes parents avaient été longtemps mariés avant ma naissance, puis d'autres années s'étaient écoulées. L'annonce d'une nouvelle naissance a dû être un choc pour mon oncle. Il s'est mis en colère, criant qu'il s'était endetté en hypothéquant son futur héritage.

Elle reprit son souffle, avant de poursuivre.

— Mon père a dit qu'il rembourserait ses dettes, mais qu'à l'avenir, mon oncle devrait vivre selon ses moyens. Grahame a poussé un juron, puis il s'est excusé, promettant de faire attention, maintenant qu'il n'était plus certain d'hériter. Mais il était tellement furieux... Je me demande s'il a eu quelque chose à voir avec le massacre.

Dominic s'apprêtait à dire que c'était improbable, quand une voix glaciale résonna dans la nuit.

— Ainsi, tu t'es souvenue... C'est ce que je craignais depuis que tu as recommencé à parler.

Grahame gravit les dernières marches qui menaient au chemin de ronde. Il tenait sa canne à la main.

— Je croyais que tu étais morte à Alwari. J'ai eu un choc lorsque tu es revenue, mais tant que tu étais folle et muette, je pouvais te laisser la vie sauve. Il aurait mieux valu pour toi rester folle...

Dans sa voix tranquille perçait une sourde menace. Dominic se glissa entre la jeune femme et son oncle, espérant gagner du temps.

— Avez-vous organisé l'attaque ?

— J'étais l'officier de liaison auprès du maharaja de Kanphar, expliqua Grahame. J'ai fait un pacte avec lui, sachant qu'il laissait les bandits camper sur ses terres. Il enverrait ses pilleurs à Alwari et j'assisterais à l'attaque. Les bandits auraient le butin, tandis que je garantissais au maharaja certaines clauses d'un accord que nous étions en train de négocier avec son pays. Tout le monde y trouvait son compte, conclut-il en souriant, et ses dents blanches luirent dans la semi-pénombre.

— Vous avez fait assassiner votre frère et son épouse ! s'écria Dominic, bouleversé. Combien d'autres personnes sont mortes pour satisfaire votre cupidité ?

Grahame haussa les épaules.

— Une centaine environ. La plupart étaient des Indiens, qui pensent que leur vie est prédestinée. Je n'étais qu'un instrument de leur destin. Moi-même, j'ai remis ma vie au destin en entrant dans le palais enflammé. Je suis ressorti de l'autre côté, sain et sauf. Évidemment, je connaissais le palais d'Alwari, mais les dieux ont choisi de me laisser en vie.

D'un geste de la main, il dévissa le pommeau de sa canne et en tira une épée.

Meriel siffla comme un chat en colère. Devinant qu'elle allait se jeter sur son oncle, Dominic lui saisit le poignet pour la retenir. Il valait mieux qu'elle s'enfuie. Elle connaissait les ruines par cœur et pourrait se cacher.

— Maintenant que vous avez tout avoué, je présume que vous avez l'intention de nous tuer tous les deux, dit-il en avançant d'un pas. Deux meurtres... cela risque de paraître suspect, non ?

— Pas du tout. Tout le monde sait que Meriel est folle, même si elle vient de connaître quelques jours de lucidité. Ce sera tragique qu'elle se soit suicidée le jour de la fête de son mariage. Et son mari se sera jeté dans la rivière pour essayer de la sauver... (Grahame esquissa un sourire maléfique.) Je vous remercie d'être montés jusqu'ici. J'avais songé à du poison, aux pistolets de duel de son père, à une chute, mais tout cela eût été difficile à organiser. Quand vous serez mort, j'hériterai des cent mille livres que mon frère a laissées en héritage à Meriel. Dommage que Warfield retourne dans la famille d'Amworth... On ne peut pas tout avoir.

Bon sang, le plan de Grahame avait une chance de marcher ! se dit Dominic. Après quelques jours dans la rivière, on ne remarquerait plus les traces d'épée sur les corps.

— Cours, Meriel ! hurla-t-il.

Grahame se tenait prêt. Il abattit le pommeau de sa canne sur la tête de Dominic, qui ressentit une douleur fulgurante. Le monde devint noir.

41

Meriel poussa un hurlement. Dominic s'écroula au sol, comme une masse. Pourquoi s'était-il jeté en avant ? Ils auraient pu s'enfuir tous les deux !

Pétrifiée d'horreur, elle tomba à genoux au côté de son mari. Dieu du ciel, comment pourrait-elle vivre sans lui ?

Un filet de sang coulait de sa tempe, cependant il respirait encore. Elle lui effleura la joue d'une main tremblante. Il n'était pas mort.

Mais Grahame ferait en sorte que ni l'un ni l'autre ne survivent. Pourquoi n'avait-elle jamais réalisé qu'il était responsable de la mort de ses parents et de tant d'autres personnes ? Des lambeaux de vérité avaient été logés dans son esprit, pourtant elle avait refusé de les examiner, préférant la tranquillité de son monde intérieur, dépourvu d'odieux souvenirs.

Furieuse, elle toisa Grahame qui se tenait à quelques mètres d'elle.

— Espèce de salaud !

— Quel langage, ma chère... Décidément, tu n'es qu'une petite sauvage, ironisa-t-il en tapotant le pommeau de sa canne. Je préfère utiliser cette arme plutôt que l'épée. On pensera que les bleus sur ton corps sont dus à ta chute...

— C'est vous qui êtes fou !

— Pas du tout. Je suis pragmatique.

Il lâcha son épée et s'approcha. Il s'imaginait qu'elle attendrait la mort tranquillement. Au dernier moment, Meriel esquiva le coup et se rua sur lui, toutes griffes dehors, tel un chat sauvage.

Il réussit à la frapper violemment au bras droit avec la canne, mais fut déséquilibré. Elle en profita pour se faufiler entre lui et le parapet de pierre. Elle se baissa afin de ramasser l'épée.

— Vous avez pensé que Dominic était dangereux, mais vous vous êtes trompé. Vous allez mourir pour l'avoir blessé !

Il éclata de rire.

— Tu crois qu'une enfant comme toi fait peur à un soldat aguerri ?

Il fit un mouvement pour la désarmer. Lorsqu'il lui saisit l'épaule, elle le poignarda avec la lame de l'épée, qui déchira sa chemise. Du sang l'éclaboussa alors qu'elle s'arrachait à lui et reculait de quelques pas.

— Petite salope ! s'écria Grahame, abasourdi de voir qu'il avait été blessé. Tu vas me le payer ! Ta mort sera d'autant plus pénible…

— Il n'y aura pas de mort ce soir ! intervint Kamal, gravissant les marches trois par trois, son poignard à la main.

— Allons-nous le découper en morceaux, Kamal ? demanda Meriel.

— Non, milady, répondit calmement l'Indien. Il est à moi. Si j'avais su qu'il était le diable responsable du massacre à Alwari, je l'aurais tué depuis longtemps.

Grahame lâcha sa canne et sortit un pistolet de la poche de sa redingote.

— Vous ne me laissez pas le choix, gronda-t-il en visant Kamal. Personne n'entendra le coup de feu…

— Kamal ! hurla Meriel.

Il y eut une double détonation. Un bruit de métal résonna sur la pierre, alors que la fumée de la poudre noire lui piquait les yeux.

— Meriel, prenez son arme ! cria une voix.

Kyle avait suivi l'Indien. La jeune femme se dépêcha de ramasser le pistolet que son oncle avait laissé échapper. La balle de Kyle avait atteint le pistolet de Grahame, déviant ainsi le coup de feu mortel.

— C'est fini, espèce de monstre, dit-il. Si jamais vous avez grièvement blessé mon frère, je vous découperai moi-même en morceaux avec le poignard de Kamal !

— Trois contre un... ce n'est pas très équitable, commenta celui-ci en s'approchant de Grahame.

— Je me moque de ce qui est équitable ou non, répliqua Kyle d'un air sombre.

Meriel se dit qu'il était très différent de son frère. De manière paradoxale, l'homme civilisé était Dominic. Lord Maxwell et elle étaient beaucoup plus sauvages. Désormais, elle comprenait pourquoi elle n'avait pas eu envie d'épouser Kyle : ils se ressemblaient trop.

Elle lâcha le pistolet et s'approcha de Dominic qui ne bougeait toujours pas, prostré aux pieds de Grahame. Soudain, son oncle l'empoigna.

— Je ne mourrai pas tout seul ! grogna-t-il.

Il se tourna vers le parapet. Elle se débattit de son mieux, sachant que la chute serait vertigineuse. Mais la rage de Grahame lui donnait une force surhumaine. Il grimpa sur le parapet et elle sentit le vide terrifiant du précipice. À leurs pieds, les eaux de la rivière scintillaient au clair de lune.

Soudain, des bras lui agrippèrent les jambes. Un court instant, elle eut l'impression d'être déchirée en deux, puis elle fut arrachée à l'étreinte de Grahame et retomba sur les pierres du chemin de ronde.

Le hurlement de son oncle résonna contre les murs du château fort.

Elle s'aperçut, abasourdie, que Dominic l'avait sauvée. Ils étaient retombés l'un sur l'autre. Aussitôt, elle le serra dans ses bras.

— Tu n'as rien !

— Je ne dirais pas cela, répliqua-t-il avec un sourire. Ma tête va me faire mal pendant une semaine. Mais je survivrai.

Elle éclata en sanglots.

— Je t'aime, Dominic... Je t'interdis de mourir avant moi !

Il demeura parfaitement immobile.

— Si tu m'aimes, Meriel, je risque de vivre éternellement.

Kyle s'agenouilla à côté d'eux.

— Tu n'as rien de grave, Dom ? s'inquiéta-t-il en examinant sa blessure au cuir chevelu.

— J'avais perdu connaissance, expliqua Dominic en se relevant avec l'aide de son frère.

— Heureusement qu'il t'a frappé à la tête, plaisanta Kyle. Elle est trop dure à esquinter.

Dominic éclata de rire. À l'écart, Kamal se penchait au-dessus du parapet et observait la rivière.

— Est-ce que mon oncle a une chance de survivre à cette chute ? lui demanda Meriel.

— Aucune, répondit l'Indien. Les roues du karma sont impitoyables.

— Je me souviens d'Alwari. Tu étais présent, n'est-ce pas, Kamal ?

Il lui fit face. Dans son regard sombre brillait une étrange lueur.

— J'étais l'un des nombreux fils du maharaja de Kanphar. Non pas l'héritier, mais un officier dans l'armée de mon père. Parfois, j'accompagnais les bandits pour m'assurer qu'ils n'excédaient pas ses souhaits et pour les empêcher de trop dévaster. C'était un rôle très important, ajouta-t-il d'un ton sarcastique. On attendait beaucoup de moi.

Meriel s'approcha.

— Alors, nous nous sommes connus lors du massacre.

Le visage de Kamal se crispa.

— Je savais qu'il se passait une chose bizarre, cette nuit-là. Les pilleurs étaient accompagnés d'un inconnu, un fanatique qui parlait l'ourdou comme un autochtone et voulait faire couler le sang anglais. Cette attaque me déplaisait, mais j'ai participé à la destruction – jusqu'à ce que j'entende un cri. Sur un balcon, j'ai vu une femme dont les vêtements avaient pris feu.

— Hiral t'a maudit, n'est-ce pas ? demanda Meriel.

Il acquiesça.

— Elle m'a ordonné de vous sauver, pour préserver mon âme. Puis elle vous a jetée dans mes bras. Vous étiez comme un petit oiseau fragile, auréolé de cheveux argentés... En vous tenant, j'ai compris que la vie était sacrée. Pour la première fois, j'ai discerné les conséquences de la vie de violence que j'avais embrassée malgré moi.

Meriel se rappela l'expression horrifiée sur le visage de Kamal, et les lueurs du palais en flammes qui se reflétaient dans ses yeux.

— Alors, tu m'as sauvée et tu m'as emmenée au harem.

— Je savais que vous y seriez en sécurité. J'avais compris que je ne pouvais plus être un soldat, mais il m'a fallu de longs mois pour réaliser qu'une autre vie était impossible si je demeurais le fils de mon père. Puis j'ai appris qu'on allait vous donner en cadeau à un seigneur voisin. Je suis allé trouver mon père et je lui ai suggéré que ce serait plus intelligent de vous rendre aux Anglais, qui se montreraient reconnaissants.

— Tu m'as accompagnée à Cambay, poursuivit Meriel. Et on t'a prié de nous escorter, Mme Madison et moi, jusqu'en Angleterre.

Comme son oncle était depuis longtemps retourné au pays, aucun militaire anglais n'avait reconnu Kamal. On l'avait pris pour un Indien bien éduqué, digne de confiance.

— Tu étais un prince, et Mme Madison a cru que tu étais un gardien de harem.

— J'en ai été heureux. Cela m'a permis de me séparer de mon passé et d'entamer une période de pénitence. Pourtant, une vie ne suffira pas pour expier mes péchés. Je ne peux pas vous demander de me pardonner d'avoir participé au massacre. Je ne peux pas me pardonner moi-même.

Les larmes aux yeux, elle se réfugia dans ses bras.

— Bien sûr que je te pardonne, car tu m'as sauvée...

Il la serra contre lui.

— Merci, petite fleur.

Lorsqu'elle s'écarta, elle eut l'impression qu'une porte venait de se refermer sur la première partie de sa vie. Désormais, elle savait qui elle était.

— J'aurais aimé que le nom de mon oncle Grahame fût déshonoré, ainsi qu'il le méritait, dit-elle d'un air grave. Mais ce sera plus facile, et plus discret, de prétendre que sa mort a été accidentelle.

Meriel frémit en imaginant le scandale qu'auraient suscité les révélations concernant les crimes de son oncle. La famille n'en serait pas sortie grandie...

Dominic l'entoura de ses bras et elle lui sourit. Elle avait mis du temps à accepter ce merveilleux cadeau qu'on appelait l'amour. Désormais, les sentiments de passion, de protection, d'amitié et d'engagement éternel consumeraient chaque fibre de son être.

— Un jour, tu m'as dit que tu quitterais Warfield si je te demandais de partir. Si jamais je suis assez folle pour le faire, je t'en supplie, ne pars pas !

Il éclata de rire, puis l'embrassa.

— Ne t'inquiète pas, ma chérie. Je ne crois pas que j'aurais été assez gentleman pour honorer cette parole.

Pressée contre son torse, elle entendait battre le cœur de son amour.

— Tu n'as pas besoin d'être un gentleman. La seule chose qui importe, c'est que tu ne me quittes jamais.

ÉPILOGUE

Efficace comme à son habitude, lady Lucia Renbourne avait choisi une superbe journée de septembre pour se marier. La cérémonie se déroulait à l'église du village de Dornleigh.

Tout se déroula sans incident, excepté quand le marié laissa tomber l'alliance par nervosité. Dominic comprenait l'émotion du jeune homme. À son propre mariage, lui aussi avait été une boule de nerfs, même si l'assistance avait été beaucoup moins nombreuse...

Les jeunes mariés se donnèrent un baiser fougueux, puis les invités quittèrent l'église pour les attendre dehors. Dominic s'assura que Meriel était bien accrochée à son bras. Bien qu'elle fût moins timide, on pouvait aisément la perdre parmi la foule !

Tandis que les enfants agitaient des rubans colorés, on donna aux adultes des paniers remplis de pétales de roses.

Impatiente, Meriel étudia le cimetière qui entourait l'église.

— Je reviens tout de suite, dit-elle.

Elle portait une élégante robe verte, et ses cheveux étaient sagement coiffés sous un chapeau orné de fleurs. Dominic fut amusé de remarquer qu'elle retirait ses chaussures pour sentir l'herbe sous ses pieds.

— Je suis heureux de voir qu'elle n'est pas encore totalement apprivoisée, commenta Kyle.

— Elle ne le sera jamais, répondit Dominic, en repensant à la nuit de la veille.

Il n'avait pas encore eu le temps de discuter avec son frère depuis son arrivée avec Meriel, la veille. Mais Kyle semblait détendu. Dominic ne l'avait pas vu aussi serein depuis leur enfance.

— As-tu parlé à Wrexham ? demanda Kyle. Comme Meriel n'a pas de parent masculin du côté Grahame, il songe à vous faire attribuer le titre. Ainsi, tu seras enfin un lord, ajouta-t-il avec un sourire taquin.

— Seigneur... s'exclama Dominic, surpris.

— Aimerais-tu être le prochain lord Grahame ?

— Quelle importance ? Le vrai trésor, c'est ma femme, nullement son titre de noblesse. Je demanderai à Meriel ce qu'elle en pense.

Le visage de Kyle se fit plus sérieux.

— Je vais quitter l'Angleterre, Dominic. Je ne sais pas quand je reviendrai. Je suis resté pour le mariage de Lucia, mais je pars demain.

— Flûte ! grommela Dominic.

Il refréna l'envie de le dissuader. Kyle avait le droit de chercher son propre bonheur.

— Tu me manqueras. Tu nous manqueras à tous...

— Toi aussi, tu me manqueras, répliqua Kyle à mi-voix. C'est curieux de partir, alors que nous sommes redevenus des amis, mais si je ne le fais pas maintenant, je ne partirai jamais.

— Qu'en pense Wrexham ?

— Je le lui dirai ce soir. Il ne sera pas content. Tant pis. Meriel et toi prendrez ma succession, s'il devait m'arriver quelque chose. J'ai toujours eu envie de découvrir des pays lointains, mais j'estimais que mon devoir me retenait en Angleterre et que je devais être un héritier responsable. Puis, quelqu'un m'a fait comprendre que j'avais le choix. Il est temps pour moi de suivre mon désir le plus cher.

Dominic lui tendit la main.

— N'oublie pas de revenir un jour.

— Je te le promets, dit Kyle en la serrant très fort.

Ils échangèrent un regard complice. Même à des milliers de kilomètres l'un de l'autre, ils ne seraient jamais séparés comme autrefois.

— Je t'offre Pégase. Quand tu le monteras, pense à moi, conclut Kyle, luttant pour contenir son émotion.

Les jeunes mariés sortirent de l'église et Meriel vint leur lancer des pétales de roses blanches. Puis elle saisit la main de son époux et l'entraîna.

— Viens voir, dit-elle en contournant l'église pour lui montrer un buisson de fleurs bleues. Je ne les connaissais pas. Crois-tu que le vicaire me permettrait d'en rapporter des spécimens à Warfield ?

— Sûrement.

Comme ils étaient seuls, il l'attira à lui.

— Je ne t'ai pas embrassée depuis que nous avons quitté Dornleigh pour venir à l'église, dit-il.

— Le temps m'a semblé long, à moi aussi.

Ils s'embrassèrent avec ardeur. Le souffle court, la jeune femme éclata de rire.

— Je suppose que tu vas me dire que cela ne se fait pas de faire l'amour sous un chêne lors d'un mariage, alors qu'on pourrait nous surprendre à tout moment ?

— Tu m'as ôté les mots de la bouche, grommela-t-il. Mais l'attente rendra notre nuit encore plus belle…

Tandis qu'elle ajustait sa robe, il ajouta d'un ton grave :

— Kyle va quitter l'Angleterre pour faire le tour du monde.

— Je suis désolée. Tu dois en souffrir.

— J'y survivrai. Je suis heureux qu'il soit libre de faire ce dont il a toujours eu envie… Et si on rentrait à pied à Dornleigh, plutôt que de prendre un attelage ? proposa-t-il.

Elle acquiesça, et ils se dirigèrent vers le sentier qui menait au château.

— Kyle m'a dit que mon père songe à demander pour nous le titre de lord et lady Grahame, puisqu'il n'y a pas d'héritier mâle du côté de ta famille paternelle. Qu'en penses-tu ?

Elle réfléchit.

— Je serais heureuse que le fils que nous aurons un jour, hérite du titre que mon père et toi aurez porté.

Il comprit avec bonheur qu'elle n'était plus inquiète à l'idée d'avoir des enfants. Une épouse, des terres, une famille... Qu'est-ce qu'un homme pouvait espérer de mieux ?

— T'ai-je dit récemment combien je t'aimais ?

— Pas depuis une demi-heure, ce qui est beaucoup trop long ! Moi aussi je t'aime, Dominic, corps et âme.

Avec un sourire taquin, elle l'enlaça d'un mouvement sensuel :

— Très certainement avec mon corps...

Les sens de Dominic s'embrasèrent aussitôt. En embrassant Meriel, il se dit que ce sentier dans les bois était un lieu merveilleusement discret...

Rendez-vous au mois d'avril
avec trois nouveaux romans de la collection

Aventures et Passions

Le 2 avril 2002

Douces voluptés

de Gaelen Foley (n° 6172)

Londres, 1815. Belinda, jeune femme bourgeoise dont le père ruiné est en prison, est contrainte de vendre des oranges dans la rue pour survivre. Elle décide alors de devenir courtisane et est repérée par Dork, un homme malveillant; ennemi du jeune comte Hawk. Pour faire rager Dork, Hawk décide d'engager la jeune femme. Ce qui n'était qu'une boutade se transforme bientôt en histoire d'amour...

Le 9 avril 2002

Ce que veut Béatrice

de Patricia Rice (n° 6173)

Angleterre, XIXe siècle. À la mort de son père, Béatrice se retrouve seule pour gérer le domaine et les paysans. C'est alors qu'arrive un Américain arrogant, Mac, à la recherche de l'ancienne nourrice de Béatrice récemment décédée. Dans ses bagages, il a ses deux neveux recueillis à la mort de sa sœur. Béatrice et Mac concluent un marché : il l'aide à gérer le domaine, elle s'occupe des enfants. Béatrice apprend peu à peu à connaître cet homme qui, sous des dehors suffisants, est un homme tout à fait séduisant...

Le 24 avril 2002

Une passion au Far West

de Jill Marie Landis (n° 6174)

États-Unis, années 1870. Alors qu'elle n'est qu'une petite fille, Kate est placée à l'orphelinat par sa mère prostituée, qui veut lui donner une chance de s'en sortir. Des années après, réalisant que les habitants de la petite ville la perçoivent toujours comme fille de prostituée, elle décide de s'exiler au Texas, où un fermier demande une épouse. L'homme en question, Reed, est en réalité un ranger qui ne s'est pas remis de la mort de sa femme. Mais le charme de Kate ne le laissera pas longtemps insensible...

J'AI LU Aventures et Passions

Quand l'amour s'aventure très loin, il devient passion

Ce mois-ci, découvrez également
deux nouveaux romans de la collection

Amour et Destin

Le 1er mars 2002

Magie irlandaise – 1 :
Les joyaux du soleil

de Nora Roberts (n° 6144)

Jude Murray, au bord de la dépression, fuit Chicago pour s'installer dans le cottage d'une grand-tante irlandaise, récemment décédée. Histoire de renouer avec ses racines et de se reposer. Elle s'intéresse aux légendes locales, écrit un livre et rencontre Aidan, dont elle tombe éperdument amoureuse. Rapidement, elle découvre que le cottage est hanté par le fantôme d'une jeune femme, lady Gwenn, qui regrette d'avoir jadis refusé l'amour de Carrick, prince des fées. Mais si, trois fois de suite, des jeunes gens écoutent leur cœur et vont au bout de leur amour, le sort qui sépare Gwenn et Carrick prendra fin. L'histoire d'amour de Jude et d'Aidan est-elle la première étape qui permettra aux amants de se retrouver ?

Le 23 mars 2002

Crescendo pour un péché

de Tami Hoag (n° 4218)

Les habitants de la petite ville de Deer Lake sont sous le choc. Un enfant a été enlevé et son ravisseur appréhendé : Garrett Wright, éminent professeur de psychologie, estimé de tous. Le substitut du procureur, Ellen North, se jette à corps perdu dans cette affaire, sûre de la culpabilité de Wright. Tout l'accuse. Pourtant, lorsqu'un autre enfant disparaît, elle doute. Difficile d'incriminer le psychologue alors qu'il est en prison ! Ellen s'acharne malgré les menaces de mort, le harcèlement des médias, malgré Jay Butler Brooks, écrivain énigmatique qui la poursuit pour lui soutirer des informations. À quel jeu joue ce beau ténébreux ? Est-il un allié ou un ennemi ?

6145

Composition Chesteroc International Graphics
Achevé d'imprimer en Europe (France)
par Maury-Eurolivres à Manchecourt
le 1er février 2002.
Dépôt légal février 2002. ISBN 2-290-31724-1

Éditions J'ai lu
84, rue de Grenelle, 75007 Paris
Diffusion France et étranger : Flammarion